S. FISCHER

ROBERTO
BOLAÑO

Der Geist der Science-Fiction

Roman

Aus dem Spanischen
von Christian Hansen

S. FISCHER

Der Übersetzer dankt dem Deutschen Übersetzerfonds
für die großzügige Unterstützung seiner Arbeit.

MIX
Papier aus verantwortungsvollen Quellen
FSC® C083411
FSC
www.fsc.org

Erschienen bei S. FISCHER

Die Originalausgabe erschien 2016 bei
Penguin Random House Grupo Editorial, S.A., Barcelona

Satz: Dörlemann Satz, Lemförde
Druck und Bindung: CPI books GmbH, Leck
Printed in Germany
ISBN 978-3-10-397359-4

Für Carolina López

INHALT

EDITORISCHE NOTIZ

Zu jedem seiner Buchprojekte notierte sich Roberto Bolaño in eigens angelegten Notizbüchern Ideen, Recherchen, die ihm als Arbeitsmaterial dienten, das Profil der Figuren sowie einzelne Szenen, die er dann im Manuskript auszuarbeiten gedachte und ausstrich, sobald sie dort Eingang gefunden hatten. Namenslisten, Zeichnungen – die zuweilen ein zerstreutes Nebenprodukt der schöpferischen Arbeit zu sein scheinen, dann wieder unmittelbar mit Aufbau und Handlung in Verbindung stehen –, einzelne Sätze, die in anderen Werken Verwendung fanden, humorvolle Wortspiele, schematische Darstellungen und Karten stehen in diesen Heften neben Gedanken zu kulturellen Ereignissen der Zeit, im Flug notierten Namen, Adressen und Telefonnummern, Verzeichnissen künftiger Bücher, Gedichten, Ideen für Titel und minutiösen Berechnungen zum Umfang des Manuskripts, an dem er gerade saß. Die Anmerkungen sind sehr detailliert und geben einen guten Einblick in den Schreibprozess eines der bedeutendsten Gegenwartsautoren spanischer Sprache: in die intensiven und durchdachten Bauarbeiten an einer narrativen Architektur, die er jedem seiner Werke angedeihen ließ.

Schon ab einem frühen Zeitpunkt (1980) erwähnt Roberto Bolaño in seiner Korrespondenz verschiedentlich einen Roman mit dem Titel *Der Geist der Science-Fiction*. Das in Reinschrift übertragene Manuskript trägt die Unterschrift »Blanes 1984«. Bekanntlich hat Bolaño dieses Projekt über einen langen Zeitraum hinweg verfolgt, auch noch nach dem genannten Datum; es fällt in die Zeit der Abfassung von *Monsieur Pain*, *Consejos de un discípulo de Morrison a un fanático de Joyce* (Ratschläge eines Morrison-Anhängers an einen Joyce-Begeisterten), der Erzählung »El contorno del ojo« (Der Umriss des Auges) und *La Universidad Desconocida* (Die Unbekannte Universität). Die Arbeit an dem Roman folgt Bolaños üblicher Vorgehensweise vor Verwendung eines Computers: Notizen und Entwürfe, Rohfassung und Reinschrift. Elektronisch erfasst wurde der Text postum.

1

»Würden Sie mir freundlicherweise ein Interview geben?«

»Ja, aber bitte kurz.«

»Wussten Sie, dass Sie der jüngste Autor sind, der je diesen Preis gewonnen hat?«

»Ach wirklich?«

»Ich habe eben mit einem der Organisatoren gesprochen. Ich hatte den Eindruck, als seien alle sehr bewegt.«

»Was soll ich sagen … eine große Ehre. Es freut mich.«

»Alle scheinen ganz glücklich. Was haben Sie getrunken?«

»Tequila.«

»Ich Wodka. Wodka ist ein merkwürdiges Getränk, finden Sie nicht? Wir Frauen trinken selten Wodka. Wodka pur.«

»Ich weiß nicht, was Frauen so trinken.«

»Tatsächlich? Eigentlich auch egal, was Frauen trinken, ist immer ein Geheimnis. Ich meine, das authentische, das unendliche Trinken. Aber lassen wir das. Ist es nicht eine wunderbar klare Nacht? Von hier aus kann man die abgelegensten Dörfer und fernsten Sterne betrachten.«

»Eine optische Täuschung. Wenn Sie genau hinschauen, werden Sie erkennen, dass die Fensterscheiben auf eine sehr eigenartige Weise beschlagen sind. Gehen Sie mal auf die

Terrasse, ich glaube, wir befinden uns mitten im Wald. Wir können praktisch nur Äste und Zweige sehen.«

»Dann sind die Sterne natürlich aus Papier. Und die Lichter der Ortschaften?«

»Phosphoreszierender Sand.«

»Was Sie alles wissen! Bitte, erzählen Sie mir von Ihrem Werk. Von Ihnen und Ihrem Werk.«

»Ich bin etwas nervös, wissen Sie. All die Leute hier, und alle singen und tanzen ununterbrochen, ich weiß nicht ...«

»Sie mögen keine Feste?«

»Ich glaube, die sind alle betrunken.«

»Das sind die Gewinner und Finalisten aller früheren Preisverleihungen.«

»Sie feiern das Ende eines neuerlichen Wettbewerbs. Ist irgendwie ... verständlich.«

Vor Jans innerem Auge huschten die Gespenster und die gespenstischen Tage vorbei, eine rasche Angelegenheit, glaube ich, ein Seufzer, und schon war Jan allein, lag schwitzend am Boden und schrie vor Schmerz. Bemerkenswert auch seine Gesten, die Flugbahn seiner schreckstarren Gesten, als wollte er mir zu verstehen geben, da sei etwas an der Decke, was denn?, fragte ich, während sich mein Zeigefinger mit enervierender Langsamkeit hob und senkte, au Scheiße, sagte Jan, tut das weh, Ratten, Bergsteigerratten, Alter, und dann sagte er ah ah ah, und ich hielt ihn bei den Armen oder hielt ihn fest, und da merkte ich, dass ihm nicht nur in Strömen das Wasser lief, sondern dass die Ströme eiskalt waren. Ich weiß, ich hätte losflitzen und einen Arzt holen sollen, aber mir war so, als wolle er nicht allein bleiben. Vielleicht hatte ich auch Angst davor rauszugehen. (In jener Nacht erfuhr ich, wie wahrhaft groß die Nacht ist.) Eigentlich glaube ich, dass es Jan in gewisser Hinsicht egal war, ob ich dablieb oder fortging. Aber er wollte keinen Arzt. Also sagte ich zu ihm, dass du mir ja nicht abkratzt, du siehst schon aus wie der Idiot Myschkin, ich würde dir einen Spiegel geben, wenn wir einen Spiegel hätten, aber da wir keinen haben, musst du es mir so glauben, und versuch dich zu entspannen, und kratz mir nicht ab. Dann, aber vorher schwitzte er noch einen norwegischen Fjord zusammen, sagte er, an der Zimmerdecke wimmele es von Rattenmutanten, hörst du sie nicht?, flüsterte er, meine Hand auf seiner Stirn, und ich sagte, ja, das ist das erste Mal, dass ich an der Decke eines Dachzimmers im achten Stock das Fiepen von Ratten höre. Ah, sagte Jan. Armer Posadas, sagte er. Sein Körper war so dünn und lang, dass ich mir fest vornahm, mich in Zukunft mehr um seine Ernährung zu kümmern. Dann schien er einzuschlafen, die Augen halb geschlossen, das Gesicht zur Wand. Ich steckte mir eine Zigarette an. Durch unser einziges Fenster fielen die ersten Sonnenstrahlen des anbrechenden Morgens. Die Straße unten war immer noch dunkel und menschenleer, aber es fuhren schon wieder regelmäßiger Autos. Plötzlich hörte ich Jan hinter mir schnarchen. Ich drehte mich nach ihm um, er schlief nackt auf der unbezogenen Matratze, eine blonde Haarsträhne über der Stirn, die allmählich trocknete. Ich lehnte mich an die Wand und ließ mich an ihr hinabgleiten, bis ich am Boden hockte. Im Fensterausschnitt flog ein Flugzeug vorbei: rote, grüne, blaue, gelbe Lichter, das Ei eines Regenbogens. Ich schloss die Augen und dachte an die letzten Tage, an die großen traurigen Szenen und an das, was ich berühren und sehen konnte, dann zog ich mich aus, warf mich auf meine Matratze und versuchte, mir Jans Albträume vorzustellen, und plötzlich, bevor ich wie auf Befehl in Tiefschlaf sank, hatte ich die Gewissheit, dass Jan in dieser Nacht alles Mögliche gefühlt haben mochte, nur keine Angst.

Liebe Alice Sheldon,

ich wollte Ihnen bloß sagen, dass ich Sie zutiefst bewundere ... Ich habe Ihre Bücher mit Hingabe gelesen ... Als ich mich von meiner Bibliothek trennen musste – die nie groß gewesen ist, aber auch nicht klein –, brachte ich es nicht über mich, alle Ihre Werke zu verschenken ... So besitze ich immer noch *Die Mauern der Welt hoch*, und manchmal zitiere ich aus dem Gedächtnis einige Passagen ... Nur für mich ... Ich habe auch Ihre Erzählungen gelesen, aber die sind mir leider abhandengekommen ... Hier sind sie in Anthologien und Zeitschriften erschienen, von denen einige den Weg in meine Stadt gefunden haben ... Es gab einen Typen, der mir seltene Sachen lieh ... Außerdem kannte ich einen Science-Fiction-Autor ... Viele meinen, der einzige Science-Fiction-Autor meines Landes ... Ich bin nicht dieser Ansicht ... Remo sagt, seine Mutter habe vor zehn oder fünfzehn Jahren noch einen Science-Fiction-Autor gekannt ... Er hieß González, glaubt Remo sich zu erinnern, und arbeitete in der Verwaltungsabteilung des Krankenhauses von Valparaíso ... Er gab der Mutter von Remo und den anderen Mädchen Geld, damit sie seinen Roman kauften ... Verlegt auf eigene Kosten ... So waren die Abende von Valparaíso, vollständig rot und gestreift ... González wartete draußen vor der Buchhandlung, und Remos Mutter ging hinein und kaufte das Buch ... Und natürlich verkauften sie nur die Exemplare, die von den Jungs und Mädels aus der Verwaltungsabteilung gekauft wurden ... Remo weiß ihre Namen noch: Maite, Doña Lucía, Rabanales, Pereira ... Aber nicht den Titel des Buchs ... *Invasion vom Mars* ... *Flug zum Andromedanebel* ... *Das Geheimnis der Anden* ... Ich komme nicht drauf ... Vielleicht finde ich eines Tages ein Exemplar ... Wenn ich es ausgelesen habe, schicke ich es Ihnen als bescheidenen Dank für die vergnüglichen Stunden, die Sie mir beschert haben ...

Ihr

Jan Schrella

»Lassen Sie uns über das preisgekrönte Werk sprechen.«

»Meinetwegen, viel gibt es nicht zu sagen. Soll ich Ihnen erzählen, worum es geht?«

»Mit dem größten Vergnügen.«

»Alles beginnt in Santa Barbara, einem Dorf unweit der Anden, im chilenischen Süden. Ein entsetzliches Kaff, zumindest in meinen Augen, kein Vergleich zu diesen hübschen mexikanischen Städtchen. Trotzdem gibt es etwas, was ihm einen edlen Anstrich verleiht – alle Häuser dort sind aus Holz. Ich muss gestehen, dass ich nie da war, aber ich kann es mir gut vorstellen: Holzhäuser, unbefestigte Straßen, Fassaden in allen Brauntönen, fehlende Bürgersteige oder aber, wie in den Western, unregelmäßige Holzstege, damit in Regenzeiten der Schlamm nicht bis in die Häuser kommt. In diesem Santa Barbara der Albträume oder Grenzlinien beginnt die Geschichte. Um genau zu sein, in der Kartoffelakademie, einer Art Speicher, zweigeschossig und mit Wetterfahne aus Schmiedeeisen auf dem Dach, wahrscheinlich das trostloseste Gebäude in der Calle Galvarino und, unter uns, eine der vielen über die Welt verstreuten Fakultäten der Unbekannten Universität.«

»Das ist ja enorm spannend, erzählen Sie, erzählen Sie.«

»Im Erdgeschoss gibt es lediglich zwei Räume. Der eine ist riesig, dort waren früher sogar Traktoren untergebracht; der andere ist winzig klein und ein Eckzimmer. Der große Raum enthält mehrere Tische, Stühle, Aktenschränke, aber auch Schlafsäcke und Luftmatratzen. An den Wänden hängen Poster und Abbildungen diverser Kartoffelsorten. Das kleine Zimmer steht leer. Wände, Boden und Decke des Zimmers sind aus Holz, aber nicht aus dem alten Holz der Entstehungszeit der Hofanlage, sondern aus neuem, sauber verlegtem und auf Hochglanz poliertem, fast nachtschwarz gebeiztem Holz. Ich langweile Sie doch nicht?«

»Nein, erzählen Sie weiter. Für mich ist das eine Erholung. Sie wissen nicht, wie viele Interviews ich heute Vormittag schon in DF geführt habe. Wir Journalisten schuften wie die Leibeigenen.«

»Also gut. Im ersten Stock, zu dem eine geländerlose Treppe hinaufführt, gibt es zwei weitere Räume, beide gleich groß. In dem einen stehen mehrere Stühle, alle unterschiedlich, ein Schreibtisch, eine Wandtafel und andere Gegenstände, die eine sehr vage und entfernte oder, richtiger, verschwommene Vorstellung von einem Klassenraum vermitteln. Der andere Raum beherbergt nur landwirtschaftliches Gerät, alt und verrostet. Im zweiten Stock schließlich, zu dem man durch das Zimmer mit den Gerätschaften gelangt, finden wir eine Amateurfunkanlage und etliche am Boden liegende Landkarten, einen kleinen Kurzwellensender, ein semiprofessionelles Aufnahmegerät, etliche japanische Verstärker et cetera. Ich sage et cetera, weil das, was ich Ihnen nicht aufgezählt habe, unerheblich ist oder später noch auftauchen wird, und dann werden Sie in allen Einzelheiten davon erfahren.«

»Mein Lieber, die Spannung ist unerträglich.«

»Sparen wir uns ironische Kommentare. Im zweiten Stock, wie gesagt, in Wirklichkeit ein einziger, dachbodenartiger Raum, stößt man auf ein Sammelsurium sämtlicher Erfindungen der modernen oder frühmodernen Kommunikationstechnik. Die Amateurfunkanlage ist der einzige Überlebende diverser moderner Erfindungen, die in der Akademie zu Unterrichtszwecken verwendet wurden und die der Hunger des Verwalters und die augenscheinliche Verwahrlosung, die die Unbekannte Universität im Allgemeinen zeigt, zu verkaufen zwangen. Hier herrscht ein Zustand totaler Unordnung, man könnte meinen, dass sich seit Monaten keiner die Mühe gemacht hat, zu fegen oder zu wischen. Das Zimmer besitzt zwei Fenster, wenig für seine Größe, beide mit Rollläden aus Holz. Im östlichen Fenster sieht man die Kordillere. Durch das andere schaut man auf einen unendlichen Wald und den Beginn eines Weges oder das Ende.«

»Eine idyllische Landschaft.«

»Eine idyllische oder eine schreckliche Landschaft, je nachdem.«

»Mmmmh ...«

»Die Akademie befindet sich inmitten einer Hofanlage. Früher drängten sich hier Karren und Wagen. Jetzt ist dort kein einziges Fahrzeug zu sehen, nur das Mountainbike des Verwalters, eines Mannes, der die Sechzig überschritten hat und das gesunde Leben liebt, daher das Rad. Der Hof ist von einem Zaun aus Holz und Draht umgeben. Es gibt nur zwei Zugänge. Das Haupttor, groß und schwer, über dem außen ein fahlgelbes Metallschild hängt, auf dem in schwarzen Lettern geschrieben steht: *Kartoffelakademie – Lebensmittelforschung 3*, und klein darunter die Straße und die Hausnummer: *Galvarino 800*. Die andere Tür befindet sich in dem Teil, den ein normaler Besucher als Hinterhof bezeichnen würde. Diese Tür ist klein und führt nicht auf die Straße, sondern auf eine Brachfläche, und dann zum Wald und dem Weg.«

»Ist das derselbe Weg, den man von der Mansarde aus sieht?«

»Ja, das Ende des Wegs.«

»Wie schön muss es sein, in einer Mansarde zu wohnen, selbst wenn sie klein ist.«

»Ich habe unzählige Jahre in einer Dachkammer gewohnt. Würde ich Ihnen nicht empfehlen.«

»Ich habe nicht Dachkammer gesagt, sondern Mansarde.«

»Das ist das Gleiche. Die Landschaft ist die Gleiche. Eine Galgenlandschaft, aber mit Tiefe. Mit Morgendämmerungen und Abenddämmerungen.«

Ich dachte, das sei eine ideale Bühne, um die herum Bilder und Sehnsüchte kreisen konnten: Ein junger Mann, eins sechsundsiebzig groß, in Jeans und blauem Hemd, der am Rand der längsten Avenida Amerikas in der Sonne stand.

Das hieß aber, dass wir endlich in Mexiko waren und die Sonne, die zwischen den Gebäuden hindurch auf mich zielte, die oft erträumte Sonne von DF war. Ich zündete mir eine Zigarette an und suchte unser Fenster. Das Haus, in dem wir wohnten, war graugrün, wie die Uniformen der Wehrmacht, hatte Jan gesagt, als wir vor drei Tagen das Zimmer fanden. Auf den Balkonen der Wohnungen waren Blumen zu sehen; weiter oben, kleiner als Blumentöpfe, befanden sich die Fenster der Dachkammern. Ich wollte schon nach Jan rufen, damit er ans Fenster kam und einen Blick auf unsere Zukunft warf. Und was dann? Abhauen, ihm sagen, ich gehe, Jan, ich bringe zum Essen Butterbirnen (und Milch, obwohl Jan Milch hasste) und gute Neuigkeiten mit, super Kumpel, die Ausgeglichenheit in Person, der ewige Tollpatsch in den Vorzimmern der großen Arbeit, ich werde Starreporter in einer Lyrikredaktion sein, an Telefonen herrschte bei mir kein Mangel.

Da begann mein Herz ganz seltsam zu hämmern. Ich dachte: Ich bin eine Statue, die zwischen Bürgersteig und Straße steht. Ich rief nicht. Ich lief los. Sekunden später, bevor ich noch aus dem Schatten unseres Hauses trat, oder aus dem Schattengewebe, das über diesem Abschnitt lag, tauchte in der Fensterfront des Restaurants *Sanborns* mein Spiegelbild auf, eine eigenartige geistige Kopie, ein junger Mann mit zerrissenem, blauem Hemd und langen Haaren, der sich mit einer seltsamen Kniebeuge vor den Prachtexemplaren und Verbrechen verneigte (aber vor welchen Prachtexemplaren und welchen Verbrechen, das hatte ich sofort vergessen), beladen mit Brot und Butterbirnen, die ich fortan und für immer Avocados nennen sollte, und einem Liter *Leche Lala*, die Augen, nicht meine, sondern jene, die sich in der schwarzen Grube der Fensterfront verloren, zu Schlitzen verengt, als hätten sie plötzlich die Wüste gesehen.

Ganz sachte drehte ich mich um. Ich wusste es. Jan stand am Fenster und schaute zu mir herunter. Ich winkte ihm zu. Jan rief etwas Unverständliches und schob sich bis zum Bauch nach draußen. Ich sprang hoch. Jan antwortete, indem er den Kopf vor und zurück und dann im Kreis bewegte, immer schneller. Ich hatte Angst, er würde springen. Ich begann zu lachen. Die Passanten drehten sich nach mir um, dann schauten sie hoch und sahen Jan, der so tat, als strecke er ein Bein heraus, um nach einer Wolke zu treten. Das ist mein Freund, verkündete ich, wir sind erst seit ein paar Tagen hier. Er will mir Mut machen. Ich gehe mir gerade Arbeit suchen. Ah, phantastisch, was für ein guter Freund, sagten einige und setzten lächelnd ihren Weg fort.

Niemals würde uns in dieser liebenswürdigen Stadt etwas Böses zustoßen, dachte ich. Wie nah dran und wie weit weg von dem, was das Schicksal für mich bereithielt! Wie traurig und durchsichtig blass ist jetzt, in der Erinnerung, jenes erste breite mexikanische Lächeln!

»Ich hab von einem Russen geträumt … Wie findest du das?«

»Keine Ahnung … Ich habe von einer Blondine geträumt … Es wurde Abend … Es sah aus wie in den Ausläufern von Los Ángeles, weißt du, aber im nächsten Moment war es nicht mehr unser chilenisches Los Ángeles, sondern das mexikanische DF, und die Blondine ging durch Tunnel aus transparentem Plastik … Sie hatte einen traurigen Blick … Aber das habe ich schon gestern geträumt, im Bus.«

»Der Russe in meinem Traum war gutgelaunt. Ich hatte den Eindruck, er würde in ein Raumschiff steigen.«

»Dann war es Juri Gagarin.«

»Willst du noch Tequila?«

»Auf geht's, Kumpel, was glaubst du.«

»Zuerst dachte ich auch, es sei Juri Gagarin, aber du kannst dir nicht vorstellen, was dann geschah … Im Traum standen mir die Haare zu Berge.«

»Jedenfalls hast du seelenruhig geschlafen. Ich habe bis spät geschrieben, und du sahst ganz friedlich aus.«

»Na gut, der Russe jedenfalls schlüpfte in seinen Raumanzug und kehrte mir den Rücken. Er ging fort. Ich wollte ihm nachgehen, aber keine Ahnung, was mit mir los war, ich konnte nicht gehen. Da wandte sich der Russe noch einmal um und hob zum Abschied die Hand ... Und weißt du, wer er war, was er war?«

»Nein ...«

»Ein Delphin ... In dem Anzug steckte ein Delphin ... Mir standen die Haare zu Berge, und ich wollte weinen.«

»Du hast nicht mal geschnarcht.«

»Es war furchtbar ... Jetzt kommt es mir harmlos vor, aber im Traum war es entsetzlich, als würde mir etwas die Kehle zuschnüren. Es war nicht der Tod, weißt du, es war eher eine Auslöschung.«

»Der Delphin von Leningrad.«

»Ich glaube, es war ein Fingerzeig ... Du hast nicht geschlafen?«

»Nein, ich habe die ganze Nacht geschrieben.«

»Ist dir kalt?«

»Und wie! Verdammt, ich dachte, hier würde man niemals frieren.«

»Es wird Tag.«

Unsere Köpfe passten kaum durch den Fensterrahmen. Jan sagte, er habe an Boris gedacht. Er sagte das wie nebenbei.

Der Tagesanbruch sagte: Ich bin ein Sondermodell. Ihr könnt euch schon mal daran gewöhnen. Ich komme alle drei Tage.

»Heilige Scheiße, was für ein Tagesanbruch«, sagte Jan mit weit aufgerissenen Augen und geballten Fäusten.

Ich begann für die wöchentliche Kulturbeilage der Tageszeitung *La Nación* zu arbeiten. Der Chef der Beilage, Rodríguez, ein alter andalusischer Dichter, der mit Miguel Hernández befreundet gewesen war, ließ mich an jeder Beilage mitwirken, also einmal in der Woche. Von dem, was ich mit vier Texten monatlich verdiente, konnten wir acht oder neun Tage leben. Die übrigen einundzwanzig Tage bestritt ich mit Beiträgen für eine pseudohistorische Zeitschrift, die ein Argentinier herausgab, der genauso alt war wie Rodríguez, aber die glatteste und straffste Haut besaß, die mir je untergekommen ist, und der aus leicht nachvollziehbaren Gründen Püppchen genannt wurde. Den Rest steuerten meine und Jans Eltern bei. Die Sache gestaltete sich ungefähr so: Dreißig Prozent des Geldes kamen von *La Nación*, weitere dreißig von unseren Eltern und vierzig Prozent von *Historia y Mundo*, wie Püppchen sein Machwerk getauft hatte. Die vier Artikel für *La Nación* erledigte ich gewöhnlich in zwei Tagen; es waren Besprechungen von Gedichtbänden, manchmal von einem Roman, selten von Essays. Rodríguez übergab mir die Bücher am Samstagmorgen, dem Moment, wo alle oder fast alle Mitarbeiter der Beilage in dem engen Kämmerchen versammelt saßen, das dem Alten als Büro diente, um ihre Beiträge abzuliefern, ihre Schecks einzustreichen und Vorschläge zu machen, die entweder schrecklich schlecht waren oder aber von Rodríguez nie beherzigt wurden, denn die Beilage war und blieb ein Käseblättchen. In erster Linie kamen die Leute am Samstag, um sich mit ihren Freuden zu unterhalten und über ihre Feinde herzuziehen. Alle waren Dichter, alle tranken, alle waren älter als ich. Es war nicht besonders amüsant, dennoch blieb ich an keinem Samstag den Treffen fern. Wenn Rodríguez das Signal zum Feierabend gab, gingen wir in die Cafés und plauderten weiter, bis die Dichter einer nach dem anderen an ihre Schreibtische zurückkehrten, während ich allein am Tisch zurückblieb und mit übereinandergeschlagenen Beinen die endlose Aussicht betrachtete, die sich vor den Fenstern bot, die Jungen und Mädchen von DF, weltentrückte Polizisten und eine Sonne, die von den Hausdächern aus den Planeten zu überwachen schien. Bei Püppchen lagen die Dinge anders. Erstens bewog mich eine Scham, über die ich heute erröte, keine meiner Chroniken mit eigenem Namen zu unterschreiben. Als ich Püppchen das sagte, blinzelte er gequält, akzeptierte aber anstandslos. Welchen Namen willst du dir denn zulegen, Junge?, brummte er. Ohne zu zögern sagte ich: Antonio Pérez. Na, na, sagte Püppchen, hat da etwa jemand literarische Ambitionen? Nein, ich schwöre, log ich. Trotzdem werde ich von dir Qualität verlangen. Und in einem immer traurigeren Ton fügte er hinzu: Hast du eine Ahnung, was für tolle Sachen sich aus diesen Themen rausholen lassen ... Mein erster Artikel befasste sich mit Dillinger. Der zweite mit der neapolitanischen Camorra. (Antonio Pérez brachte es damals fertig, ganze Absätze aus einer Erzählung von Conrad zu zitieren!) Später folgten das Valentinstag-Massaker, die Biographie einer Giftmörderin aus Walla Walla, die Entführung des Sohns von Charles Lindbergh, und so weiter. Das Büro von *Historia y Mundo* befand sich in einem alten Gebäude im Stadtteil Lindavista, und während der ganzen Zeit, in der ich meine Artikel dort ablieferte, habe ich nie jemand anders angetroffen als Püppchen. Unsere Unterhaltungen waren kurz: Ich lieferte meine Texte ab, und er übertrug mir neue Aufgaben, lieh mir Material für meine Recherchen, Fotokopien aus Zeitschriften, die er in seiner Heimatstadt Buenos Aires geleitet hatte, sowie Kopien aus spanischen und venezolanischen Schwesterzeitschriften, denen ich nicht nur Informationen entnahm, sondern die ich gelegentlich auch schamlos abkupferte. Manchmal erkundigte sich Püppchen bei mir nach Jans Eltern, die er seit langem kannte, und dann seufzte er. Und wie geht es dem Sohn der Schrellas? Gut. Was macht er? Nichts, er studiert. So so. Und das war alles. Natürlich studierte Jan nicht, obwohl wir seinen Eltern diesen Bären aufgebunden hatten, damit sie sich keine Sorgen machten. In Wirklichkeit verließ er unsere Dachkammer nie. Er verbrachte den ganzen Tag in seinem Zimmer, weiß der Teufel, was er da trieb. Gut, er kam raus, um aufs Klo oder unter die Dusche zu gehen, die wir uns mit den anderen Dachbewohnern teilten, ging auch manchmal runter auf die Straße und lief die Insurgentes entlang, höchstens zwei Häuserblocks weit, langsam, so als folgte er einer Witterung, und war bald wieder zurück. Was mich betraf, ich fühlte mich ziemlich allein und wollte unbedingt Leute kennenlernen. Den entscheidenden Tipp bekam ich von einem Dichter, der für den Sportteil von *La Nación* arbeitete. Er sagte: Geh mal zur Dichterwerkstatt am philosophisch-philologischen Institut. Ich erwiderte, ich hielte nichts von Dichterwerkstätten. Er sagte: Da wirst du junge Leute treffen, Leute in deinem Alter, und keine Saufköppe und Versager, die nur auf eine Festanstellung schielen. Ich grinste, jetzt fängt der alte Sack gleich an zu heulen, dachte ich. Er sagte: Dichterinnen, da gibt es Dichterinnen, Jungchen, kapier's doch. Aha.

Lieber James Hauer,

wie ich in einer mexikanischen Zeitschrift gelesen habe, planen Sie die Gründung eines Komitees nordamerikanischer Science-Fiction-Autoren zur Unterstützung der Dritten Welt und speziell Lateinamerikas. Die Idee als solche ist nicht schlecht, wenn auch durchaus zwiespältig, was möglicherweise mehr der Zeitschrift anzulasten ist, die die Information falsch wiedergibt, als Ihren Absichten. Sie müssen bedenken, dass Ihnen hier ein lateinamerikanischer Science-Fiction-Autor schreibt. Ich bin siebzehn, und noch keiner meiner Texte hat das Licht der Öffentlichkeit erblickt. Irgendwann habe ich sie mal einem Literaturprofessor meines Landes gezeigt, einem ehrlichen Menschen mit einer hemmungslosen Liebe zu Scott Fitzgerald und einer gesitteteren Liebe zur Gelehrtenrepublik, wie sie nur jemand empfinden kann, der in einem unserer Länder lebt und liest. Um eine Vorstellung zu bekommen, denken Sie an einen Apotheker im Deep South oder an einen glühenden Vachel Lindsay-Anhänger in einem gottverlassenen Kaff in Arizona. Oder lassen Sie das mit dem Vorstellen und lesen

Sie weiter. Ich legte, wie gesagt, mein Gestammel in die Hände jenes Menschen und wartete. Als er einen Blick auf meine Erzählung geworfen hatte, sagte der verehrte Professor: Lieber Jan, ich hoffe, du rauchst nicht. Er spielte damit irrtümlich auf Marihuana an, das meines Wissens keine Wahnvorstellungen hervorruft, dabei wollte er nur seiner Hoffnung Ausdruck verleihen, dass ich mich nicht mit Acid oder dergleichen ruiniere. (Ich muss erwähnen, dass man mich im Gymnasium für einen aufgeweckten Schüler hielt, der allerdings zu »Vergesslichkeit« und »Schlamperei« neigte.) Lieber Herr Professor, sagte ich, es handelt sich um eine Science-Fiction-Erzählung. Der gute Mann dachte eine Weile nach. Aber Jan, antwortete er, diese Dinge sind so weit weg. Sein Zeigefinger erhob sich in annähernd nordwestlicher Richtung und von dort in annähernd gerader Linie nach Süden, ach, der Arme und sein Parkinson, oder ach, mein armer Verstand, den die Wirklichkeit schon damals alles unscharf sehen und erzittern ließ. Verehrter Meister, wandte ich ein, wenn Sie meinen, wir dürften nicht, um ein Beispiel zu nennen, über interplanetarische Reisen schreiben, verdammen Sie uns *per saecula saeculorum* zur Abhängigkeit von den Träumen – und Freuden – anderer; zudem sind meine Protagonisten, wie Sie sehen, Russen, eine keineswegs zufällige Wahl. Unser Traum, brummelte unser nie hoch genug zu lobender Professor, muss das Frankreich von neunzehnhundertachtunzwanzig sein. Weil ich nicht genau präsent hatte, was in jenem Jahr in Paris passiert war, setzte ich der Diskussion ein Ende. Als wir uns am folgenden Tag im Gymnasium wiedertrafen, sagte ich: Professor, eines Tages wird man Ihnen das Frankreich von neunzehnneununddreißig am Stück in den Allerwertesten schieben. Wäre ich imstande gewesen, die Zukunft zu lesen, hätte ich mir diese Beleidigung sicher verkniffen. Mein für immer unvergessener Meister kam wenige Monate später auf einem Mondscheinspaziergang ums Leben, den er während der Sperrstunde unternahm. Besagte Erzählung ging übrigens verloren. Glauben Sie jetzt, dass wir gute Science-Fiction-Literatur schreiben können? Ihr Komitee, Gott segne Sie alle, erwägt nicht zufällig die Möglichkeit, Stipendien an Menschen in der Dritten Welt zu vergeben – Hugo-Stipendien, Nebula-Stipendien –, für die beste Beschreibung eines Roboters? Oder plant die Gruppe, der Sie vorstehen, nicht vielleicht eine testimoniale – natürlich solidarische – Unterstützung auf politischer Ebene? Ich erwarte Ihre unverzügliche Antwort.

Mit freundlichen Grüßen,
Jan Schrella

Geleitet wurde die Werkstatt von Jeremías Moreno, einem dekorierten Dichter, und statt fand sie im dritten Stock des philologischen Instituts, in einem ziemlich engen Raum, an dessen eine Wand jemand mit roter Farbe die Worte *Alcira Soust Scaffa war hier* gesprüht hatte, eine Mitteilung, die, dreißig Zentimeter über dem Boden angebracht, deutlich, aber diskret, weil nicht sofort zu sehen war, wenn ein Besucher nur den Kopf oben behielt. Obwohl das Graffito auf den ersten Blick einen vollkommen harmlosen Eindruck machte, wirkte es nach einigen Minuten und wiederholter Lektüre wie ein Schrei, eine unerträgliche Szene. Ich fragte mich, wer das geschrieben haben mochte – der Farbe nach zu urteilen, war es nicht neu –, welches gütige Schicksal es vor den Wächtern der guten Sitten bewahrt hatte und wer jene Alcira war, die hier wenige Zentimeter über dem Boden zu campieren geruhte.

Zu meiner noch größeren Verblüffung fragte mich Jeremías aus heiterem Himmel, was ich hier wolle. Ich erklärte ihm, vielleicht zu vorschnell, Colín, der Baseball-Experte von *La Nación*, habe mir seine Werkstatt empfohlen. Ich benutzte die Worte Rat und Anregung; und beinahe hätte ich ihnen die Adjektive ausgezeichnet und glücklich vorangestellt, doch der Ausdruck totalen Befremdens in seinem Gesicht hielt mich davon ab. Innerhalb weniger Sekunden hassten mich alle.

»Ich habe keine Ahnung, wer dieser Mensch ist.«

»Klein, dunkel, Adlernase«, stammelte ich.

»Ich verstehe nur Bahnhof.«

Wir schwiegen eine Weile. Ich glaube, es war das Graffito, die magnetische Anziehungskraft seiner roten Buchstaben, die in meinem Kopf aus unerfindlichen Gründen die Vorstellung von Armut und Zärtlichkeit hervorriefen, was mich daran hinderte, auf und davon zu laufen. Ich weiß nicht mehr, in welchem Moment Jeremías Moreno mich aufforderte, Platz zu nehmen, auch nicht, in welchem anderen Augenblick ich die unerlässlichen Sätze bezüglich meines Heimatlandes abspulte. Die Teilnehmer der Werkstatt hatten die Stühle zu einem Kreis gestellt, der nur durch die Tür unterbrochen wurde. Unter den Dichterlehrlingen gab es keine weiblichen Vertreter, wie ich einigermaßen niedergeschlagen – am Boden zerstört, möchte ich fast sagen – feststellte, als mein Blick ihre Gesichter entlangfuhr und nicht eines von ihnen sympathisch fand.

Wer liest als Erster? Ein dünner Bursche verteilte drei Kopien eines Gedichts. Ich bekam keine ab, aber wenn ich den Hals reckte, konnte ich den Titel auf dem Exemplar meines Sitznachbarn lesen. »Die Weide«, sagte der Dünne, ist, ha ha, ein wenig metaphysisch. Lassen Sie hören. Ich zählte, wobei ich zunehmend in geistiger Umnebelung zu versinken drohte, zwanzig Verse, wie der Schlaflose Schäfchen zählt. Vielleicht auch dreißig. Oder vielleicht fünfzehn

Tritte in den Hintern ihres höchstpersönlichen Verfassers, gefolgt von Schweigen, von einigen Mmmhs, einigem Gehüstel, einigem Gekicher und aha, so so. Ich habe den Eindruck, sagte ein etwas dicklicher Teilnehmer, du versuchst uns ein X für ein U vorzumachen. Ich finde, dass der Rhythmus. Nein, nein, zwei Gerundien hintereinander, das geht gar nicht. Und so viele »und«? Um ihr mehr Kraft zu verleihen. Der Weide Kraft zu verleihen. Scheißstudenten, dachte ich. Ich lasse nur den Einfluss von Mariano Pérez gelten, sagte der in die Enge getriebene Verfasser. (Mariano Pérez war, das erfuhr ich später, der Kumpel von Jeremías und Veranstalter einer anderen Werkstatt, der offiziellen Werkstatt des Instituts.) Hört, hört, sagte Jeremías grollend. Also ich finde es immer noch schlecht, sagte der Dicke, ich weiß genau, dass du Besseres in petto hast. Für mich klingt das nach Robert Frost, schaltete sich ein Kurzsichtiger ein. Fast hätte sich Jeremías verschluckt. Du hast Frost doch nur in Anthologien gelesen, du Schlaumeier. Moment, lies noch mal den Vers da, wo es heißt, die Weide weint. T.S. Eliot? Bonifaz Nuño? Mariano? Bitte, lassen wir Mariano aus dem Spiel, er kann nichts dafür. Interessant, sagte der Kurzsichtige, wie die Verse angeordnet sind. Jeremías riss seinem Nebenmann die Kopie aus den Händen. Mit etwas gutem Willen sieht das Gedicht, wenn man es umdreht, aus wie eine Weide. Räumliche Anordnung – Jean-Clarence Lambert? Das ist Zufall, ich schwöre. Vielleicht trägst du nur schlecht vor, ein versöhnlicher, etwas genervter Jeremías, wer will es noch mal lesen? Lies du es, Jeremías, du liest am besten. Na gut, hust, hust, versuchen wir es. Was weiß die Weide noch von ihrem Horizont? Ähem, doch, ja – Krokodilslächeln –, hat was von Mariano, zweifellos. Mariano ist eben mein Lehrer. Merkt man, na gut, schau, streich die ersten zwanzig Verse und behalt den Schluss, der ist richtig stark, wer liest als Nächster?

Die Teilnehmer blättern in ihren Papieren, können sich nicht entschließen. Mit dem professionellen Blick eines Analytikers schaut Jeremías auf die Uhr. Draußen auf dem Gang hörte ich Schreie, Stimmen, sich verabschiedende junge Leute, Türenschlagen, bis ein anderer Dichter, der den Mund bislang nur aufgemacht hatte, um den Rauch seiner Zigarette ins Freie zu lassen, wie sein Vorgänger drei Kopien verteilte.

Als die Lesung endete, nickten alle im Rhythmus derselben Seligkeit. Mensch, Márquez, du wirst immer besser, sagte Jeremías. Aber sprich nicht immer so viel von Liebe, Márquez, denk an Horaz. Ich glaube, unser Márquez ist verliebt. Ha ha ha. Zur nickenden Zustimmung gesellten sich Klagen darüber, dass dieser Márquez bei allen Dingen so ein Schwein hatte. Ein gutes Gedicht, sí Señor. Der Belobigte ließ dankbar eine Schachtel Camel herumgehen, die er bis dahin in seiner Jackentasche eisern unter Verschluss gehalten hatte. Mit größter Vorsicht steckte ich mir eine an und lächelte, weil alle lächelten. Eine solche Werkstatt, sagte ich mir, war wie ein kleines Tanzlokal für schüchterne und gelangweilte Leute, ein schwerer Irrtum, wie ich schneller bestätigt zu finden die Gelegenheit bekam, als ich geglaubt hatte. Hast du nicht noch eins, Márquez? Nein, ich habe nur das eine abgetippt. Hat es euch wirklich gefallen? Ein gutes Gedicht, unprätentiös, geistreich, treffsicher, kanzelte Jeremías. Márquez' Gesicht wechselte die Farbe, ein höchst seltsames Süppchen, Gemisch aus Stolz und Hilflosigkeit.

Woran dachte ich in dem Moment? Ich dachte an Essen, an Jan auf dem Dach, an Mexikos Autobusse, die die ganze Nacht über fahren, an Boris, an mich selbst und mein trauriges Herumsitzen in diesem sinistren Hinterzimmer. Aber ich harrte aus, und das lohnte sich. Denn plötzlich ging die Tür auf, und ein Sonderling trat in die Runde, in fettfleckigen Jeans und schwarzen Lederstiefeln, der hallo sagte und mit dem Rücken zu mir stehen blieb, während die Dichter unruhig auf ihren Stühlen herumrutschten und Jeremías sagte, guten Abend, José, wobei er ihm unverhohlen eine Vorzugsbehandlung zuteil werden ließ, obwohl er ihm zugleich mit Augen und Brauen die Pest an den Hals wünschte. Das pechschwarze Haar reichte ihm bis auf die Schultern, und in der Gesäßtasche seiner Jeans steckte ein Buch wie das Triebwerk eines Raumschiffs. Ich erfuhr, dass er ein Kamikaze war. Oder ein seltsamer Pilot. Ich erfuhr aber auch, dass er viele andere Dinge sein konnte, unter anderem ein Reisender durch die Literaturwerkstätten, die überall in der Stadt aus dem Boden schossen, obwohl er in ihnen zweifellos fehl am Platz war. Möglicherweise amüsiert, als man sich beeilte, ihm Platz zu machen – zwischen einem nachdenklichen Philologen und mir –, über die ironischen Blicke, die die Dichter untereinander wechselten, und seelenruhig, als man ihn fragte, ob ihm etwas zugestoßen sei, ob er Gedichte mitgebracht, fern von DF geweilt, das letzte Buch von … gelesen habe.

Er lächelte und schüttelte den Kopf. Er habe die Stadt nicht verlassen, sei in keinen Unfall verwickelt worden und trage nichts Geschriebenes bei sich – schon gar nicht in dreifacher Ausführung –, was aber kein Problem sei, da er ein gutes Gedächtnis habe.

»Ich werde euch etwas vortragen, Leute. Die folgende Dichtung habe ich ›Eros und Thanatos‹ überschrieben.«

Daraufhin streckte sich der Mexikaner auf seinem Stuhl aus, heftete die Augen an die Decke und begann zu sprechen.

»Der Verwalter der Akademie ist ein beherzter Mann. Er schläft im ersten Stock der Akademie, und essen tut er in einem Haus im Dorf. Immer, wenn er den Hof verlässt, nimmt er das Mountainbike. Abends kocht er sich was auf einem Gasöfchen, und dabei läuft im Radio Volksmusik. Nach dem Essen macht er sich eine Tasse Tee und raucht eine Zigarette. Erst dann beginnt er vor dem Mikrophon zu arbeiten. Sein Live-Programm ist nicht besonders interessant. Sachdienliche Beiträge darüber, wie man die Kartoffelernte verdoppelt oder verdreifacht, hundert verschiedene Arten, Kartoffeln zuzubereiten, Kartoffelsuppe oder Kartoffelmarmelade zu kochen, und wie man sie für mehr als fünf, ja bis zu zehn Jahre haltbar macht, et cetera. Seine Stimme ist ruhig und gelassen; er spult die Worte leidenschaftslos herunter, aber mit dem Timbre eines gestandenen Mannes, der Vertrauen weckt. Keine Ahnung, wie viele Leute ihm zuhören. Ich glaube, nicht allzu viele. In dieser Gegend gibt es keine Erhebungen zu Einschaltquoten. Aber wenn jemand ihm aufmerksam zuhörte, würde er merken, dass seine Stimme nicht nur leidenschaftslos oder träge, sondern auch geradezu eisig ist. Nach Beendigung des Programms raucht er eine weitere Zigarette und notiert sich in eine Art Logbuch die Beobachtungen des Tages. Dann setzt er das Aufnahmegerät in Gang. Stumm dreht das Band seine Runden, und der Mann schläft im Sitzen ein oder macht den Eindruck, als würde er schlafen.«

»Spielen die Bänder ab oder nehmen sie auf?«

»Ich weiß nicht. Der Mann, muss ich Ihnen sagen, tut so, als würde er schlafen, in Wirklichkeit aber lauscht er den Geräuschen. Auf dem Hof knarrt und knarzt es die ganze Nacht, jedem Windstoß antwortet das Holz mit einem eigentümlichen, ganz leichten Stöhnen, und das Ohr des Mannes ist auf die Böen und Geräusche des Bauernhofs gespitzt. Bis er die Lust verliert. Manchmal träumt er von Boris.«

»Er hört nicht die ganze Nacht zu?«

»Nein. Er verliert die Lust und geht schlafen. Die Bänder laufen natürlich weiter. Wenn der Verwalter aufwacht, so gegen acht, drückt er auf Stop und spult sie zurück. Ja, das Leben in der Akademie bietet wenig Abwechslung. Die Landschaft ist schön, die Luft gesund, aber das Leben bietet wenig Abwechslung, so sehr der Verwalter sich bemüht, seine Zeit mit Tätigkeiten von zweifelhaftem Nutzen zu füllen. Drei von ihnen wollen wir besonders hervorheben: die nächtlichen Ratgeberbeiträge zum Thema Kartoffeln; die stumme Bandmaschine; die Amateurfunkanlage. Die letztgenannte Beschäftigung ist, wenn das geht, noch unergiebiger als die anderen. Kurz gesagt, der Verwalter sucht im Äther nach einer Botschaft, die nicht eintrifft. Seine Geduld aber ist, ach, unerschöpflich, und jeden Tag, einmal alle acht Stunden, sendet er sein Sprüchlein: HWK, können

Sie mich hören? Hier spricht die Akademie, HWK, hier die Akademie, hier die Akademie …«

»Und niemand antwortet.«

»Nein. Der Mann lauscht, aber niemand antwortet ihm. In seltenen Fällen empfängt er ferne Stimmen, möglicherweise von anderen Amateurfunkern, einzelne Worte, aber in der Regel hört er nur statische Entladungen. Lustig, nicht?«

»Also …«

»Superlustig. Der arme Verwalter hat einen starken chilenischen Akzent. Stellen Sie ihn sich vor, wie er mit seiner flötenden Stimme sagt: HWK, können Sie mich hören? HWK, hören Sie mich? Ha ha ha … Einfach unerschütterlich.«

Lieber Forrest J. Ackerman,

eine halbe Stunde Schlaf hat gereicht, damit Thea von Harbou auftaucht. Ich schlug die Augen auf und sagte zu ihr, mir sei eiskalt, nie hätte ich gedacht, dass ich in diesen Breiten frieren würde. (Irgendwo gab es eine Decke, aber ich konnte die Hand nicht ausstrecken, um nach ihr zu tasten.) Sie stand an der Tür, neben einem Plakat, das Remo kürzlich angeschleppt hat. Ich schloss die Augen und sagte zu ihr: Sag mir, wo ich wirklich bin. Durch das Fenster drang schwacher Lichtschein, Reflexe entfernter Gebäude oder vielleicht die Tecate-Reklame, die die ganze Nacht an und aus ging. Bin ich allein?, fragte ich, und sie lächelte, ohne sich von der Tür wegzubewegen, die Augen riesig und tief und unverwandt auf die Ecke gerichtet, wo ich meinem Schüttelfrost trotzte. Ich weiß nicht, wie lange wir so verharrten. Irgendwann erinnerte ich mich an etwas und fing an zu weinen. Dann sah ich ihr ins Gesicht und sagte, schau, ich weine, weil es so kalt ist, wo zum Teufel ist meine Decke? Ich war plötzlich sehr traurig und begann zu klagen. Ich weiß nicht, was ich in dem Moment wollte:

dass sie fortgeht und auf ihre Wolke zurückkehrt oder näherkommt und mir die Tränen abwischt. Ich lächelte sie an. Sie hatte schimmernde Backenknochen und wirkte wie eine Salzsäule. Thea von Harbou, sprach ich, sag mir, wo bin ich wirklich? Hat der Krieg begonnen? Sind wir alle verstrahlt? Sie antwortete nicht, aber der Traum währte nicht lange. Ich sah auf Remos Wecker: Es war drei Uhr morgens. Mein Auge spiegelte sich im Glas der Uhr. Um zehn nach drei wachte ich tatsächlich auf und machte mir eine Tasse Tee. Jetzt ist es vier, und ich warte, dass der Tag anbricht, während ich Ihnen diesen Brief schreibe. Ich habe noch nie etwas von Ihnen gelesen, Mr. Ackerman, außer das schreckliche Vorwort, in dem irgendein verdammter Verleger Sie Mr. Science-Fiction nennt. Vielleicht sind Sie ja auch schon tot, und bei Ace Books, wohin ich Ihnen schreibe, erinnert man sich nicht einmal mehr an Sie. Aber da ich vermute, dass sie Thea von Harbou noch immer lieben, schreibe ich Ihnen diese Zeilen. Wie sah sie in meinem Traum aus? Sie war blond. Hatte große Augen und trug ein Lamé-Kleid aus der Zeit des Ersten Weltkriegs. Ihre Haut strahlte, ich weiß nicht, es tat weh. Im Traum dachte ich, es sei die unersetzliche Haut. Wirklich, es fiel schwer, den Blick von ihr abzuwenden.

Herzlich,

Jan Schrella

»Ich müsste Ihnen, bevor ich auf wichtigere Dinge zu sprechen komme, zunächst von Doktor Huachofeo erzählen. Er ist keine zentrale Figur, aber unverzichtbar und ornamental. Er ist wie ein frischer Anstrich auf einem Dachbalken. Ich weiß nicht, ob ich mich verständlich ausdrücke? Ein Sonnenstrählchen, ein Taschen-Joselito für unsere Mühsal ...«

»Waren Sie auch so von ihm gerührt? So jung wie Sie sind, erinnern Sie sich an Joselito?«

»Ja, aber das tut nichts zur Sache. Fragen Sie mich lieber, was die Aktenschränke der Akademie enthielten.«

»Na dann, schießen Sie los.«

»Archiviert wurden dort die Vorlesungen über Kartoffeln, die der Verwalter im Radio oder vor Ort gehalten hatte, als noch Studenten in den Speicher kamen. Keines der Papiere war datiert. Keines trug einen Namen. Es gab nur die Vorlesungstexte, nach Trimestern geordnet und in Dreijahreszyklen zusammengefasst. Den Papieren zufolge war der alte Verwalter verantwortlich für mehrere Generationen von Experten für ein Überleben auf der Grundlage von Kartoffeln.«

»Ich hasse Kartoffeln. Sie machen dick.«

»Fragen Sie mich, welche Bücher es im Speicher gab.«

»Raus mit der Sprache.«

»Wenn wir die Ratgeber und Lehrbücher außen vor lassen, die alle um die unerschöpfliche Welt der Knollenfrüchte kreisen, finden wir nur ein einziges. Die *Paradoxe Geschichte Lateinamerikas* von Pedro Huachofeo, der seine beiden Titel, als Wirtschaftswissenschaftler und Veterinärmediziner, an der Universität von Los Ángeles, Provinz Bío-Bío, Chile, erworben hatte. Ein fünfhundertseitiger, vom Autor selbst verschwenderisch illustrierter Schinken, der eine Unzahl von Anekdoten versammelt, von denen die Hälfte ihren Schauplatz nicht in Lateinamerika haben.«

»Der Name kommt mir bekannt vor.«

»Ich muss dazusagen, dass Huachofeo, Pseudonym für einen der reichsten Erben einer Großgrundbesitzerfamilie, enterbt natürlich, in einem südchilenischen Bordell von einer Polizeipatrouille erschossen wurde.«

»Ach, immer diese Gewalt. Und dieses Machotum. Warum müssen unsere Intellektuellen in sexueller Hinsicht immer solche Grobiane sein?«

»Sie irren sich. Huachofeo befand sich dort, um eine Information zu bekommen. Sein Kontaktmann ließ ihn hängen, und der arme Kerl war noch geblieben, um mit einem Zuhälter zu plaudern und ein leckeres Weinchen des Hauses zu verkosten. Einfach Pech.«

»Tja. Der Verwalter war natürlich ein Freund von Huachofeo.«

»Nein: ein Bewunderer. Oder ein aufmerksamer Leser seines Werks, wenn Sie so wollen. Der Verwalter nahm an, dass die Schränke und Chroniken der *Paradoxen Geschichte*

Lateinamerikas in Wirklichkeit verschlüsselte Informationen darstellten. Aber lassen wir Doktor Huachofeo in Frieden ruhen. Verschlüsselte Botschaften gibt es, wie Sie noch sehen werden, zuhauf. Ich habe Ihnen das alles erzählt, weil die Seele des toten Autors, die in seinem Buch, dem einzigen nichtwissenschaftlichen Werk übrigens, das der Verwalter las, weiterlebt, zusammen mit anderen Gespenstern in der Akademie umging: Sie gehörte zu den Schutzgeistern der Akademie. Und das war es schon. Das ist die Kartoffelakademie. Die auf Boris vorbereitet.«

»Ich hole mir noch einen Wodka.«

»Für mich bitte einen Tequila oder irgendwas anderes.«

»Prima. Jetzt haben Sie schon viel bessere Laune.«

Der Autor von »Eros und Thanatos« hieß José Arco. Noch bevor die Nacht zu Ende ging, wurden wir Freunde. Die aus der Werkstatt luden mich ein, noch einen Kaffee trinken zu gehen, und José Arco schloss sich an. Ich im Wagen eines der Dichter; er hinter, aber auch neben und manchmal vor uns, auf einer schwarzen Honda, die mich überraschte: Zwar waren in den Gedichten damals immer öfter Motorräder unterwegs, aber Dichter auf wirklichen Motorrädern und wirklichen Straßen kamen eher selten vor; außerdem pflegte er, wie ich durch das Wagenfenster beobachten konnte, einen einzigartigen und witzigen Fahrstil. Er war alles andere als der typische coole Biker, winkte und grüßte überschwänglich gestikulierend und aus vollem Hals, mit wachem Auge nicht nur für die Landschaft, die die Nacht vor ihm ausbreitete, sondern auch, wie ich hätte schwören können, für die Schatten, die sich, halb Skizze, halb Erscheinung, in den alten Vierteln von DF hinter Bäumen, auf kaputten Gehwegen abzeichneten. Später, als schon alle gegangen waren und er und ich noch weiter aßen und tranken, gestand er mir, dass das Motorrad defekt und im Grunde eine Bürde war, die seine Fußgängerseele geduldig ertrug.

Bis wir die Bar verließen, fragte ich nicht nach. Das Motorrad sprang tatsächlich nicht mehr an, und wir beschlossen, es vor dem Haus stehen zu lassen, das uns am besten gefiele. Eigentlich war er es, der mich gefragt hatte, wie ich die Fassaden einiger Häuser fände, auf die er, während wir das Motorrad schoben, nicht ganz zufällig zeigte, wobei er mich bat, ehrlich zu sein und nicht zu versuchen, mich mit einer Wahl aus der Affäre zu ziehen, an die ich nicht glaubte. Das vierte Haus auf dem Weg fand meinen Zuspruch. Da wohnt Teresa, sagte er mit einem Lächeln. Wir, die Straße, José Arco, das Motorrad, ich selbst, bildeten in dem Moment eine seltsame Einheit; unsere allzu dunklen Schatten verlängerten sich bis zu einer fast unbelaubten, knorrigen Eiche; aus der Ferne tönte zuweilen ein Lied herüber. Ich flüsterte leise: Wer ist Teresa?

»Eine Freundin.«

»Gehen wir zu ihr und sagen ihr, dass wir das Motorrad hier gelassen haben.«

»Nein«, sagte José Arco, »sie wird es mitkriegen, wenn sie morgen aufsteht.«

»Dann ruf sie an.«

»Nein, es ist schon spät, gehen wir.«

Es bedurfte keines großen Scharfsinns, um zu begreifen, dass er verliebt und das vor dem Haus abgestellte Motorrad eine Art Opfergabe war. Ich sagte nichts, und wir gingen weiter. Im Grunde empfand ich größte Befriedigung darüber, dass meine Wahl auf das Haus der einzigen Person gefallen war, die er im Viertel kannte. Von dort, wo wir uns befanden, in der Colonia Coyoacán, blieb uns bis zu meiner Dachwohnung noch ein ziemliches Stück zu laufen, und Zeit zum Reden würden wir reichlich haben. José Arco war im Prinzip nicht sehr mitteilsam, richtiger müsste man sagen, er war es nur halb: Er nuschelte unverständliche Dinge, ging davon aus, dass man wusste, wovon er sprach, und eine Geschichte verständlich rüberzubringen, fiel ihm schwer, er redete, als wären Glück und Verzweiflung das Gleiche, ein und dasselbe Territorium, und als befände sich dort seine Akademie der Sprache, seine Heimat. So machte ich mir während dieses Spaziergangs und weiteren, die folgten, nach und nach ein ungefähres Bild von seinem Leben. Wir waren gleichaltrig, einundzwanzig. Er hatte angefangen, Soziologie und Philosophie zu studieren, und beides nicht abgeschlossen. Eine Krankheit, über die er nicht sprechen wollte, zwang ihn, die Universität zu verlassen. Er verbrachte vier Monate in einem Krankenhaus. Eines Morgens sagte ihm ein Arzt, er hätte schon vor zwei Wochen tot sein müssen. José Arco erzählte, er habe sich damals im Bett aufgerichtet und dem Arzt eine präzise Rechte verpasst – der erste Knock-out seines Lebens. Als er in die Universität zurückkehrte, erklärten seine Kommilitonen, die inzwischen im zweiten Jahr waren, mit spürbarer Enttäuschung, sie hätten die ganze Zeit über geglaubt, er befände sich mit der Guerillaorganisation der Partei der Armen in den Bergen. Zwei Tage hielt er durch, dann setzte er nie wieder einen Fuß ins Institut. In jener Zeit lebte er mit seiner Mutter und seinem kleinen Bruder Gustavito, einem eins neunzig großen Riesenbaby, in einem Häuschen in Ciudad Satélite. Von seiner Mutter werde ich später noch reden. Zu Gustavito kann ich wenig sagen: Ich glaube, er wollte Jura studieren, und vielleicht ist er mittlerweile

Rechtsanwalt, wobei José ihn mehrfach davon zu überzeugen versuchte, er sei die große Schwergewichtshoffnung des Landes, der Rächer für Pulgarcito Ramos, auf den Mexiko wartete und nach dem insbesondere Ciudad Sátelite sich sehnte, um denen aus Tepito und Bondojito – wie ein Blitz aus heiterem Himmel – zu zeigen, wo der Hammer hängt. Sein Bruder lachte mit der Gutmütigkeit und Geduld von Jugendlichen, die über 90 Kilo wiegen, und ließ ihn reden. Ich glaube, José Arco liebte seine Familie weit mehr, als er es zeigte. (Sein Vater ist in dieser Geschichte der *Invisible Man.*) Später schrieb er sich bei den Literaturwissenschaftlern ein und ging wieder fast täglich zur Uni. Wie so viele trieb er sich in den Filmklubs und auf den Feten herum, die die Helden von damals organisierten. Er fand Arbeit in einem Verlag, für den er Fahnen korrigierte, und ging nicht mehr zum Unterricht; diesmal brachen er und die Universität endgültig miteinander. Mit neunzehn, knapp zwanzig, verließ er das Haus seiner Mutter und kurvte fortan leidenschaftlich durch DF, dachte sich ungewöhnliche Projekte aus, plante schnelle, minutiös berechnete Manöver, die ihn plötzlich völlig ausgepumpt in sich zusammensacken ließen, fix und fertig auf der Sitzbank seiner Honda, die er rasch irgendwo stoppte, um an den Lenker geklammert zu verhindern, dass er herunterfiel. Dank ihm lernte ich die Spelunken in San Juan Letrán kennen, die Gegend um die Metro Garibaldi, wo wir auf Kredit Lampen mit dem Bildnis der Jungfrau von Guadalupe verkauften, die unterirdischen Häuser von Peralvillo, die staubigen Wohnungen von Rubio Romero, die klandestinen Fotostudios in der Avenida Miserios, die Kneipen, die es hinter der Anhöhe von Tepeyac gab und wohin wir mit dem Motorrad fuhren, wenn in diesem Teil der Stadt allmählich fröhlich und leprös die Sonne aufging, und in den Augen der Frauen, die uns Pozole servierten, sahen auch wir fröhlich und leprös aus. Dann war er der König der Frösche und ich der Botschafter der Ratten, und unsere Freundschaft und unsere Geschäfte hatten mächtig Rückenwind. Zahlreich die Nächte, die wir in unserer Dachwohnung zusammen mit Jan verbrachten, den er vom ersten Moment an mochte. Manchmal kam er erst spät, um drei oder vier Uhr morgens, und weckte uns mit einem langgezogenen, wolfsähnlichen Heulen, worauf Jan von seiner Matratze sprang, ans Fenster lief und sagte: Es ist José Arco. Andere Male waren wir noch wach, lasen oder schrieben, und er kam herauf mit einer Flasche Tequila und drei Schinken-Tortas, mit Postkarten von Posada und Remedios Varo für Jans Korrespondenz, mit Gedichtbänden und marginalen Zeitschriften und Nachrichten über die Wolke, das Auge, das sich DF näherte. Mach mir keine Angst, sagte ich. Jan lachte, er fand die Besuche von José Arco klasse. Dieser ließ sich auf den Boden fallen, fragte mich, welchen Artikel ich gerade für Püppchen verhackstücken würde, und begann dann eine Unterhaltung mit Jan über Science-Fiction. Die in Packpapier eingeschlagenen Tortas waren riesig und enthielten alles: Bohnen, Tomaten, Salat, saure Sahne, Avocado, Chili und zwei Scheiben süßen Schinken. Das Fläschchen Tequila ging bald zur Neige, lange vor den Tortas, und für gewöhnlich beschlossen wir den Abend mit Tee, hatten dazu ganz leise irgendeinen Radiosender laufen, lasen uns Verse vor, Jan übersetzte Gedichte von Daniel Biga oder Marc Cholodenko, die José Arco beide viele Jahre später persönlich kennenlernen sollte, aber das ist eine andere Geschichte; um sechs oder halb sieben verabschiedete er sich, ging Stufe für Stufe die Treppe hinunter, bestieg seine Honda und verschwand auf der Avenida Insurgentes. Wir kehrten auf unsere Luftmatratzen zurück und schliefen wieder ein, und manchmal träumte ich, José Arco würde auf seinem schwarzen Motorrad eine völlig vereiste Straße entlangrasen, ohne den Eiszapfen Beachtung zu schenken, die an den Fenstern hingen, zitternd vor Kälte, bis plötzlich aus einem ebenfalls eisigen und weißen Himmel ein tiefroter Strahl sich löste, und dann rissen die Häuser und Straßen auf, und die Gestalt meines Freundes verschwand in einer Art Orkan aus Schlamm. Das Aufwachen war gewöhnlich von heftigem Kopfschmerz begleitet.

»Gestern habe ich von Thea von Harbou geträumt ... Ich schreckte hoch und bin aufgewacht ... Als mir das später wieder einfiel, kam ich darauf, dass ich wegen eines kürzlich gelesenen Romans von ihr geträumt haben muss ... Es war eigentlich kein seltsamer Roman, aber er hinterließ bei mir den Eindruck, als würde der Autor etwas unterschlagen ... Und nach dem Traum wusste ich, was ...«

»Welcher Roman?«

»*Der Schatten*, von Gene Wolfe.«

»...«

»Soll ich ihn dir erzählen?«

»Gern, ich mache in der Zwischenzeit Frühstück.«

»Ich habe vorhin schon einen Tee getrunken, als du noch schliefst.«

»Mir tut der Kopf weh. Trinkst du noch einen Tee?«

»Ja.«

»Schieß los, ich höre zu, auch wenn ich dir den Rücken zuwende.«

»Der Roman handelt von einem Raumschiff, das seit langem auf der Suche nach einem Planeten ist, auf dem Menschen leben können. Endlich hat die Suche Erfolg, aber seit dem Beginn der Reise ist viel Zeit vergangen, und die Mannschaft hat sich verändert; alle sind gealtert, wobei du wissen musst, dass sie sehr jung waren, als sie damals aufbrachen ... Die Veränderung betrifft ihre Gewohnheiten: Sekten sind entstanden, Geheimgesellschaften, Klubs für Schwarze Magie ... Auch das Raumschiff selbst ist in einem Alterungsprozess begriffen, es gibt Computer, die nicht funktionieren, kaputte Lampen, die zu reparieren sich niemand die Mühe macht, unbrauchbare Kabinen ... Als dann der neue Planet entdeckt ist, endet die Mission, und sie müssen mit der Nachricht zur Erde zurückkehren, aber niemand möchte zurück ... Die Reise würde sie ihre verbliebene Jugend kosten, und sie würden in eine unbekannte Welt zurückkehren, da auf der Erde unterdessen mehrere Jahrhunderte vergangen sind, du weißt schon, sie haben sich nahezu in Lichtgeschwindigkeit entfernt ... Es ist bloß ein überbevölkerter, hungernder Planet ... Einige glauben sogar, auf der Erde gebe es gar kein Leben mehr ... Zu ihnen gehört Johann, die Hauptfigur ... Johann ist ein verschlossener Typ, einer der wenigen, die das Raumschiff lieben ... Von durchschnittlicher Größe ... Die Körpergröße folgt der Rangordnung, so ist die Kapitänin des Raumschiffs die Größte an Bord, und die einfachen Besatzungsmitglieder sind die Kleinsten ... Johann ist Leutnant; er lebt sein Leben, pflegt wenige Freundschaften, erfüllt seine Pflicht, ist ein zäher Bursche, langweilt sich ... Bis sie den unbekannten Planeten erreichen ... Da entdeckt Johann, dass sein Schatten dunkler geworden ist ... Schwarz wie das All draußen und extrem dicht ... Wie du dir denken kannst, handelt es sich nicht um seinen Schatten, sondern um ein eigenes Wesen, das im Schatten unterschlüpft und seine Bewegungen nachahmt ... Woher ist es gekommen? Von dem Planeten? Aus dem All? Wir werden es nie erfahren, ist auch nicht so wichtig ... Der Schatten ist mächtig, wie man später sehen wird, aber ebenso verschlossen wie Johann ... Unterdessen bereiten die Sekten eine Meuterei vor ... eine Gruppe versucht, Johann zu überzeugen, sich ihnen anzuschließen, man sagt ihm, er sei ein Auserwählter, das Schicksal von allen sei es, auf dem Planeten etwas Neues zu erschaffen ... Einige wirken ziemlich durchgeknallt, andere gefährlich ... Johann verpflichtet sich zu nichts ... Der Schatten bringt ihn daraufhin auf den Planeten ... Dieser ist ein riesiger Urwald, eine riesige Wüste, ein riesiger Strand ... Bekleidet nur mit kurzer Hose und Sandalen, fast wie ein Tiroler, läuft Johann durch die Vegetation ... Er bewegt das rechte Bein, wenn er spürt, dass der Schatten es anstößt, dann das linke, langsam, abwartend ... Die Dunkelheit ist vollkommen ... Aber der Schatten beschützt ihn, als wäre er ein Kind ... Bei seiner Rückkehr bricht der Aufstand los ... Es herrscht totales Chaos ... Johann entfernt vorsichtshalber seine Offiziersabzeichen ... Plötzlich trifft er auf Helmuth, den Günstling der Kapitänin, einen der Anführer der Rebellen, der ihn zu töten versucht, aber der Schatten ist schneller und erstickt ihn ... Johann begreift, was vor sich geht, und schlägt sich zur Kommandobrücke durch, wo sich die Kapitänin und andere Offiziere befinden, und auf den Bildschirmen des Zentralcomputers sehen sie Helmuth und einige Meuterer, die eine Laserkanone in Stellung bringen ... Johann überzeugt sie, dass alles verloren sei und man schnellstens auf den Planeten fliehen müsse ... Im letzten Moment aber bleibt er an

Bord ... Er kehrt auf die Brücke zurück, schaltet die falschen Bilder ab, die die Computergruppe manipuliert hatte, und übermittelt den Rebellen ein Ultimatum ... Wer seine Waffen sofort abgibt, wird vollständig begnadigt, andernfalls muss er sterben ... Johann kennt die Tricks der Illusion und Propaganda ... Außerdem hat er die Polizei und die Marineinfanteristen auf seiner Seite – die die ganze Reise über Winterschlaf gehalten haben – und weiß, dass niemand ihm den Sieg nehmen kann ... Er beendet die Botschaft mit den Worten, hier spricht der neue Kapitän ... dann gibt er einen neuen Kurs ein und lässt den Planeten hinter sich ... Und das ist alles ... Aber dann träumte ich plötzlich von Thea von Harbou und begriff, dass das Raumschiff aus dem Tausendjährigen Reich stammte ... Lauter Deutsche ... Alle im Strudel der Entropie ... Obwohl es seltsame, außerordentliche Dinge gibt ... Eins der Mädchen, die, die am häufigsten mit Johann schläft, erinnert sich unter dem Einfluss irgendwelcher Drogen an etwas sehr Schmerzliches und sagt weinend, sie heiße Joan ... Das Mädchen heißt Grit, und Johann denkt, dass ihre Mutter sie vielleicht Joan genannt hat, als sie noch klein war ... Alte, aus der Mode gekommene Namen ... Und von den Psychologen geächtet ...«

»Vielleicht wollte das Mädchen sagen, dass es Johann heißt.«

»Kann sein. In Wirklichkeit ist Johann ein Opportunist, und zwar ein sehr gefährlicher.«

»Und warum bleibt er nicht auf dem Planeten?«

»Keine Ahnung. Den Planeten zu verlassen, ohne die Absicht, zur Erde zurückzukehren, ist gewissermaßen eine Entscheidung für den Tod, stimmt's? Vielleicht hat ihn auch der Schatten davon überzeugt, dass sie diesen Planeten nicht kolonisieren durften. Auf alle Fälle blieben die Kapitänin und eine Menge Leute dort hängen. Schau, lies den Roman, er ist sehr gut ... Ich glaube inzwischen, dass der Traum ihm das Hakenkreuz angeheftet hat, nicht Gene Wolf ... Obwohl, wer weiß ...«

»Du hast also von Thea von Harbou geträumt ...«

»Ja, sie war ein blondes Mädchen.«

»Hast du denn jemals ein Foto von ihr gesehen?«

»Nein.«

»Wieso wusstest du dann, dass es Thea von Harbou war?«

»Keine Ahnung, habe ich erraten. Sie war wie Marlene Dietrich, die ›The answer is blowing in the wind‹ von Bob Dylan singt, verstehst du?, ziemlich schräg, haarsträubend, aber sehr nah dran, wie nah, weiß ich nicht, aber nah.«

»Die Nazis beherrschen also die Erde und schicken Raumschiffe auf die Suche nach neuen Welten.«

»Ja. In der Lesart von Thea von Harbou.«

»Und sie finden den Schatten. Ist das nicht eine deutsche Novelle?«

»Das mit dem Schatten oder das mit einem, der seinen Schatten verliert? Ich weiß nicht, keine Ahnung.«

»Und das alles hat dir Thea von Harbou erzählt?«

»Johann glaubt, die bewohnten oder bewohnbaren Planeten bildeten im Universum eine Ausnahme ... In seiner Geschichte haben Guderians Panzer Moskau dem Erdboden gleichgemacht ...«

»Boris Lejeune?«

»Ja.«

»Die Stimme unterbricht das Frühstück wie eine Bombe, mit der man seit langem gerechnet hat, was ihrem Überraschungs- und Schreckpotential jedoch keinen Abbruch tut. Der Verwalter zuckt zusammen, die Teetasse fällt ihm aus der Hand, er erbleicht. Er versucht aufzustehen, und der Schemel, auf dem er sitzt, gerät ihm zwischen die Füße. Auf allen vieren und mit sehnsüchtigem Blick kriecht er dorthin, wo sich stumm die Bänder drehen. Er wartet. Er fragt sich, wobei er sich auf die Lippen beißt, ob die Stimme, die ihn vor einem Moment aufgeschreckt hat, nicht eine akustische Täuschung war. Schließlich hört er, fast als wäre es eine Belohnung für langes Ausharren, obwohl das mitnichten der Fall ist, über die eilig eingeschalteten Verstärker eine ferne Stimme, die einen Namen wiederholt. Kavallerieleutnant Boris Lejeune. Dann hört er ein Lachen. Dann breiten sich die statischen Entladungen, von den Verstärkern verstärkt, über das zweite, das erste und das Erdgeschoss der Akademie aus, bis sie sich im Hof verlieren, wo stumm ein Mädchen herumspringt. Sie muss etwa sieben Jahre alt sein und heißt Carmen. Unter dem Arm trägt sie ein paar Rohre, die sie aus dem Gerümpel des Speichers ›geklaut‹ hat. Ihr erster Impuls war abzuhauen, doch der Lärm hält sie fest, in der Laufbewegung erstarrt …«

»Und sonst nichts?«

»Was wollen Sie noch?«

»Die Stimme sagt nur, ich bin Leutnant Boris Lejeune?«

»Kavallerieleutnant.«

»Und das ist alles?«

»Man hört ein Lachen. Es ist ein frisches, spöttisches Jungenlachen. Ich muss gerade einmal etwas lachen, sagt der Junge. Jetzt bin ich der Kavallerieleutnant Boris Lejeune. Der Korso beginnt in wenigen Minuten. Das ist neu für mich. Entschuldigt im Voraus, wenn ich Fehler mache. Die Uniform ist hübsch, das stimmt, aber man friert sich zu Tode. Jetzt beginnt der Korso. Mein Regiment steht neben einem Kartoffelfeld.«

»Bestimmt verschlägt die Stimme aus dem Jenseits dem Verwalter den Atem.«

»Eigentlich nicht.«

»Und das Mädchen steht noch stocksteif im Hof?«

»Das Mädchen, das seine Neugier nicht bezähmen kann, öffnet die Tür einen Spaltbreit und späht. Im Erdgeschoss ist natürlich niemand, weshalb sie ohne große Vorsicht die Treppe hinaufsteigt.«

»Unterdessen betrachtet Boris Lejeune die Kartoffeln auf dem Acker.«

»Die Kartoffeln oder Erdäpfel, was das Gleiche ist. Und während Lejeune das Knollenfeld betrachtet, wirbelt hier der Verwalter, wechselt Stecker, schaltet Aufnahmegeräte ein, notiert sich etwas in ein Büchlein, prüft die Aussteuerung etc. Vergebliche und nutzlose Maßnahmen, die nur die Angst bezeugen, die den Alten in diesem Moment gefangen hält, denn der *Korso*, wie der Leutnant sagte, hat schon begonnen. Das Mädchen wiederum ist im zweiten Stock angekommen und beobachtet durch ein Loch in der Treppe das ganze Schauspiel mit staunenden Augen. Der Himmel macht eine Verwandlung durch. Nach kurzer Zeit zeigt er eine interessante Mischung aus Weiß- und Grautönen mit einer Unmenge wunderlicher geometrischer Figuren. Der Einzige jedoch, der den Blick hebt und nachdenklich zu ihm aufschaut, bevor er den Kartoffelacker überquert, ist der Kavallerieleutnant. Der Verwalter hat nur Augen für seine Kabellage. Lejeune seufzt, dann setzt er seine Offiziersstiefel in die schwarze Erde und geht auf die Zelte zu, die man auf der anderen Seite des Ackers aufgeschlagen hat. Im Lager herrscht ein allgemeines Durcheinander. Als er am Lazarettzelt vorüberkommt, sieht Lejeune die ersten Toten und stellt das Pfeifen ein. Ein Korporal zeigt ihm die Zelte des Generalstabs. Auf dem Weg dorthin fällt ihm auf, dass man das Lager abbricht. Allerdings geschieht alles mit einer Langsamkeit, dass man schwerlich sagen könnte, ob die Truppe sich zurückzieht oder einrichtet. Als er endlich seine Vorgesetzten findet, fragt Lejeune, was er tun soll. Wer sind Sie?, donnert die Stimme des Generals. Das Mädchen kauert sich plötzlich vor dem Loch in der Treppe zusammen. Der Verwalter schluckt seinen Ärger hinunter. Lejeune antwortet: Leutnant Lejeune, ich stehe auf der anderen Seite des Kartoffelfelds, Herr General, bin gerade angekommen. Zur rechten Zeit, sagt der General und hat ihn sofort vergessen. Das Gespräch verwandelt sich bald in ein Geschrei, das niemand versteht. Lejeune vernimmt die Worte Ehre, Vaterland, Schande, Größe, Ordnung et cetera, bevor er sich aus dem Zelt schleicht. Da lächelt das Mädchen. Der Verwalter schüttelt den Kopf, als wollte er sagen, ist ja logisch, das habe ich gleich gewusst. In dem Maße wie die Stunden verstreichen, wächst im Militärlager ein Gefühl von Niederlage und Panik. Lejeune geht über den Acker zurück und wartet. Bevor es Nacht wird, erhebt sich aus dem Lager ein nervöses Summen. Einige Soldaten, die an ihm vorbeikommen, schreien, wir befinden uns in einem riesigen Sack, die Deutschen werden uns am Arsch kriegen. Lejeune lächelt und sagt: Gut, der Korso hat mit Verspätung begonnen, aber wir sind dabei. Astrein, astrein, juchheißa juchhe, ruft der Verwalter aus. Das Mädchen tritt den Rückzug an, es hat plötzlich gemerkt, dass es schon Nacht ist. Eine Stunde später wird das Feuer eröffnet.«

Damals, die Gründe waren mir unklar (ich könnte mehrere nennen), florierten die Literaturwerkstätten in DF wie nie zuvor. José Arco hatte dazu einige Theorien. Es konnte sich um ein durch die Väter der Nation aus dem Jenseits angestoßenes Phänomen handeln oder um Übereifer seitens des Erziehungsministeriums oder – einer halb ernsten, halb belustigten Erklärung meines Freundes zufolge – um die sichtbare Manifestation von etwas anderem, das vom Orkan ausgesandte Signal. Die Zahlen jedenfalls sprachen eine deutliche Sprache: Nach Auskunft der Zeitschrift *Mein Lustgarten*, deren Herausgeber, Chefredakteur und Mäzen der aus Michoacán gebürtige Dichter-Veteran und Politiker Ubaldo Sánchez war, brachten es, unabhängig von ihrem Verbreitungsgrad, die Lyrikzeitschriften des Jahres ... allein in DF auf die beachtliche Anzahl von 125 Titeln, ein Rekord, den man damals für unüberbietbar hielt; diese Zeitschriftenflut hatte späterhin einen deutlichen Rückgang erfahren, wuchs aber plötzlich wieder an, von 32 Titeln im vergangenen auf 661 im laufenden Jahr, und ein Ende dieser Vermehrung, fügte Don Ubaldo hinzu, war nicht abzusehen, da man sich erst im Monat ... befand. Für das Jahresende orakelte er die haarsträubende Anzahl von 1000 Lyrikzeitschriften, von denen 90 Prozent im Jahr darauf sicherlich ihr Erscheinen einstellen, ihren Namen oder das ästhetische Profil ändern würden. Wie konnte es sein, fragte sich Don Ubaldo, dass in einer Stadt, in der die Analphabetenrate jährlich um 0,5 Prozent stieg, immer mehr Lyrikzeitschriften entstanden? Gleiches galt für die Literaturwerkstätten, deren Anzahl, dem Kulturblatt der Staatlichen Grundversorgungsorganisation *Conasupo* zufolge, im vergangenen Jahr 54 betragen hatte, während im laufenden bereits über 2000 registriert wurden. Selbstverständlich erreichten diese Zahlen niemals die Öffentlichkeit auflagenstarker Zeitungen. Auch war die Tatsache, dass das Kulturblatt von Conasupo sich dazu hergab (wie der Name schon sagt, handelte es sich bei dem Kulturblatt um ein einziges Din-A4-Blatt, das allwöchentlich unter den Funktionären besagter Organisation verteilt wurde, zusammen mit drei Litern Milch), die in DF angebotenen Werkstätten aufzulisten, einigermaßen verdächtig. Gemeinsam mit José Arco versuchte ich der Angelegenheit auf den Grund zu gehen; oder richtiger: Er versuchte es, während ich ihn dabei auf der prekären Sitzbank seiner Honda begleitete und nebenbei die Stadt kennenlernte. Der Dichter-Herausgeber von *Mein Lustgarten* lebte in Colonia Mixcoac, in einem Wohnblock in der Calle Leonardo da Vinci. Er empfing uns hocherfreut, fragte mich, wie zum Teufel ich über das dächte, was gerade in meinem Land passiert sei, versicherte, dass man den Militärs nie trauen könne, beschenkte uns dann mit einigen älteren Nummern von *Mein Lustgarten* (wenn meine Erinnerung mich nicht trügt, existierte die Zeitung seit fünfundzwanzig Jahren und achtzehn Ausgaben, manche besser, manche schlechter ediert und keine umfangreicher als fünfzehn Seiten, auf denen er sich virtuell mit sämtlichen Schriftstellern Mexikos angelegt hatte). Während er in der Küche nach Gin und einer Anderthalbliterflasche Coca-Cola suchte, ermahnte er uns polternd, wir sollten gefälligst unsere Gedichte rausholen. José Arco zog grinsend einen seiner Texte aus der Tasche und legte ihn auf den Tisch. Und Sie?, fragte Don Ubaldo. Ich schicke Ihnen später was, log ich. (Als wir wieder draußen waren, rügte ich meinen Freund wegen seiner Schwäche, seine Sachen egal wo zu veröffentlichen.) Beim dritten Glas fragten wir ihn, wie er auf die Anzahl von 661 Zeitschriften käme. Wir wären Ihnen dankbar, sagte José Arco, wenn Sie uns von allen die Namen und Anschriften geben könnten. Don Ubaldo betrachtete ihn aus halb geschlossenen Augen. Es wurde dunkel, und kein Licht brannte. Die Bitte ist beleidigend, junger Mann, sagte der Alte, natürlich, ein jahrzehntelanger Kampf war das, und der Name, zumindest der sagt ihnen etwas. Sagt wem etwas?, murmelte ich. Den Herausgebern der neuen Zeitschriften, denen, die sie vertreiben, sagt der Name meiner Zeitschrift etwas, die ja in vieler Hinsicht Pionierarbeit geleistet hat, was Sie nicht wissen können, da Sie noch neu sind in der Republik. Schon klar, Mann, sonnenklar, sagte José Arco, aber in Ihrem Artikel heben Sie ein großes Wachstum hervor, und es fällt schwer zu glauben, dass all diese Leute *Mein Lustgarten* kennen, meinen Sie nicht? Don Ubaldo nickte langsam. Dann öffnete er eine Schublade seines Schreibtischs und nahm eine schmale, auf grünes Papier gedruckte Zeitschrift heraus, deren Buchstaben einen anzuspringen schienen. Du hast nicht ganz Unrecht, mein Sohn. Und im nächsten Atemzug erklärte er, dass ihn in diesem Jahr 180 Lyrikzeitschriften erreicht hätten, fünfundzwanzig davon Überlebende des vergangenen Jahres. Unter den 155 neuen auch jene, die wir in Händen hielten. Ihr habe er die Information über die übrigen 480 entnommen, was sich zusammen mit *Mein Lustgarten* zu der Zahl von 661 summiere. Ich verbürge mich für die Richtigkeit der Angaben, ich kenne Doktor Carvajal seit ewigen Zeiten. Doktor Carvajal? Der Herausgeber der Seiten, die ihr in Händen haltet, Jungs. Was wir in Händen hielten, trug den Titel *Mexiko und sein Schrifttum* und war höchstens fünf Seiten stark. Das Deckblatt, gleichermaßen grün und von den Seiten des Innenteils nicht zu unterscheiden, enthielt mittig im oberen Drittel in maschinegeschriebenen, doppelt unterstrichenen Großbuchstaben (Olivetti Lettera 25, wie uns Jan später aufklärte) den schon erwähnten Namen der Zeitschrift; etwas weiter unten, in Klammern und einfach unterstrichen, stand: *Lyrik-Bulletin von México DF*; ganz unten prangte der Name des Herausgebers: Doktor Ireneo Carvajal. Als wir aufschauten, lächelte Ubaldo zufrieden. Das Licht von der Straße, das durch das einzige Fenster des Zimmers fiel, verlieh seinem Gesicht die Züge eines in Stein gemeißelten Teufels. Der Doktor ist Dichter? Zum ersten Mal zeigte José Arco Anzeichen von Unsicherheit, seine Stimme hielt sich kaum in der rasch an Boden gewinnenden Dunkelheit. Der Schöpfer von *Mein Lustgarten* lachte schallend: Noch keiner hat es je gewagt, Doktor Carvajal einen Dichter zu nennen. Arschloch, schon; Kotzbrocken, Hammel Gottes, hinterfotziger Eremit, das auch. Obwohl er mehr gelesen hat als wir drei zusammen, Jungs. Ich bemerkte nicht ohne Sorge, dass Ubaldo Sánchez, je länger der Abend dauerte, immer mehr Ähnlichkeit mit dem Bösen Wolf bekam; symmetriehalber mussten wir uns, vermutete ich, gerade in ein doppeltes Rotkäppchen verwandeln. Ich schlug die Zeitung auf: Es gab ein kurzes Editorial, und im Anschluss daran die Namen und – in einigen wenigen Fällen – die Adressen der Zeitschriften. Der unschuldige Vermerk »Registereintrag beantragt« auf der Rückseite hatte etwas Vages und Lapidares. Plötzlich dachte und spürte ich, dass mir die Zeitschrift die Fingerspitzen verbrannte. Könnten Sie Licht anmachen, Meister? José Arcos Stimme klang drängelnd. Don Ulbaldo schien hochzuschrecken. Dann sagte er etwas Unverständliches und erhob sich schwerfällig. Das bestenfalls anämische Licht zeigte uns ein Zimmer, in dem lose Blätter und Bücher in einen ständigen Kampf verwickelt schienen. Auf einem Tischchen erkannte ich die billige Büste eines indianischen Kriegers; an den Wänden versuchten Schwarzweiß- und Farbfotos aus Zeitschriften mit der Tapete zu koexistieren. Könnten Sie uns mit der Adresse von Doktor Carvajal aushelfen? Der Alte nickte. Gut, sagte José Arco, ich vermute, wir können das Exemplar behalten. Sie vermuten richtig, brummte Don Ubaldo. Als wir aufbrachen, fiel mein Blick auf ein sepiabraunes Foto auf seinem Schreibtisch: eine Gruppe Militärs zu Pferd, alle bis auf einen mit Blick in die Kamera, und im Hintergrund zwei Fords aus den zwanziger Jahren, die heimtückisch aus einer großen, statischen Staubwolke auftauchten.

Als er uns die Tür öffnete, begann es zu regnen. Jungs, diese Scheißstadt ist lebendiger als gewöhnlich, ich vermute mal, ihr merkt das. Woher das wohl kommt?, murmelte der Alte wie zu sich selbst.

An den folgenden Tagen konnte ich José Arco auf seinen Streifzügen nicht begleiten, weshalb Jan und ich, als er auf unserer Dachterrasse aufkreuzte, ihn bestürmten, er solle uns erzählen, was er bis jetzt herausgefunden habe. Der Bericht unseres Freundes, enttäuschend zum Teil, zum Teil mit einer Restunschärfe von Geheimnis, bestand in Folgendem: Ein Dichter, treibende Kraft der Zeitschrift *Der Fliegende Norden*, die sich übrigens auch in der Auflistung von Doktor Carvajal fand, angestellt bei Conasupo, wo er einen ziemlich obskuren Posten bekleidete – ich weiß nicht mehr, ob als Pförtner, office boy oder Stenotypist –, war seine bislang einzige Informationsquelle gewesen. Über ihn hatte er erfahren, dass das Kulturblatt selten unter den Verwaltungsangestellten verteilt wurde, wogegen es an jeder Kasse der billigen Supermarktkette auslag, die jene Organisation im Stadtgebiet von DF betrieb. Obwohl »an jeder Kasse« eine Übertreibung war, wie mein Freund bald begriff: Es gab Supermärkte, in denen das Blatt nie auftauchte, in anderen konnten die Angestellten, wenn sie in den Papieren wühlten, Ausgaben von vor fünf, sechs Monaten zutage fördern. Insgesamt hatte José Arco vier Kulturblätter aufgetrieben, jenes eingerechnet, das er schon vor Beginn seiner Nachforschungen besessen hatte. Der Dichter vom *Fliegenden Norden* glaubte, für Redaktion und Herausgabe des Blatts sei jemand von der Kulturabteilung zuständig, aber dort kannte er zu unserem Leidwesen niemanden. Angesichts des sauberen Drucks und des guten Papiers schien es offensichtlich, dass das Blatt über Mittel verfügte. Der Grund für den

Vertrieb über Supermärkte war unwichtig, so wie die Dinge in den Büros funktionierten, funktionierten sie wohl auch in der hypothetischen Kulturabteilung. Der Freund von José Arco hatte sich diesbezüglich übrigens auf die mögliche Inexistenz besagter Abteilung versteift. So blieb die Suche nach Erklärungen, Kausalitäten, vergebliche Liebesmüh. Die Unterredung hatte mit der Aufforderung geendet, wir sollten doch bitte Unveröffentlichtes an den *Fliegenden Norden* schicken. Danach hatte José Arco auf seiner Honda zehn oder fünfzehn Billigmärkte abgeklappert, und am Ende, ohne recht zu wissen, womit er seine Zeit vergeudete, befand er sich im Besitz von vier Kulturblättern. Von dem abgesehen, das wir schon kannten, widmeten sich die übrigen folgenden Themen: 1) Corridos im urbanen Raum, 2) mexikanische und ausländische Dichterinnen in DF (aufgeführt wurde eine unglaubliche Anzahl Frauen, deren Namen, von ihren Werken ganz zu schweigen, wir noch nie gehört hatten) und 3) Das Graffito in DF – unsichtbare oder dekadente Kunst? Und das war für den Augenblick alles. José Arco war überzeugt, auf die eine oder andere Weise, die ihm schon noch einfallen werde, den Autor oder die Autoren des Blatts ausfindig machen zu können. Dass die Beiträge niemals namentlich gekennzeichnet waren, verstand sich von selbst. Was für eine Sorte Mensch mochte dahinterstecken? Von echten Avantgardisten bis hin zu CIA-Agenten schien alles möglich, bei Conasupo hatte man jedenfalls schon Seltsameres gesehen. Und natürlich stand auch ein Gespräch mit Doktor Carvajal noch aus.

»Vielleicht handelt es sich um ein und dieselbe Person«, mutmaßte ich.

»Möglich, glaube ich aber nicht.«

»Ich wüsste gern, wie du das erste Blatt ergattert hast, das über die Dichterwerkstätten, obwohl die über die Dichterinnen und die Graffitis im Vergleich besser sind«, sagte Jan.

»Eine ziemlich witzige Geschichte«, sagte José Arco. »Estrellita hat es mir geschenkt, mal sehen, wann ihr sie kennenlernt.«

»Estrellita?«

»Der Geist von La Habana«, sagte José Arco.

Lieber Robert Silverberg,

gehören Sie zum Unterstützerkomitee Nordamerikanischer Science-Fiction-Autoren für die Verdammten der Dritten Welt? Wenn nicht, habe ich folgenden Vorschlag: Treten Sie bei, werden Sie Mitglied in besagtem Komitee, stoßen Sie dazu, erweitern Sie es um Unterkomitees in San Diego, Los Angeles, Seattle, Oakland, in den Universitäten, wo Sie zu Vorträgen weilen, an den Tresen der Bars von Dreisternehotels. Wenn in Ihnen noch etwas von der Energie steckt, die Sie an Ihr Werk verschwendet haben, mischen Sie mit in dem Komitee, bringen Sie es auf Trab. Stellen Sie sich einfach vor, Ihre blinde Zwillingsschwester würde zu Ihnen sprechen, und hören Sie auf mich. Ich halte Sie für fähig, dieser Organisation Schwung zu verleihen, die unwahrscheinlichsten Projekte voranzutreiben; ich halte Sie, Sie und ein paar andere, für fähig, dem Wesen des Komitees in die triefenden Augen zu schauen, anstatt wie ein Irrer heulend davonzulaufen. Ihre Zwillingsschwester sagt Ihnen übrigens: Los, Robert, zeig, dass du nach einem langen Weg, einem schier endlosen Weg, nicht nur gelernt hast, wie bessere Leute zu schreiben, sondern auch, dass das Unterstützerkomitee Nordamerikanischer Science-Fiction-Autoren für die Verdammten der Dritten Welt auf dich zählen kann. Donald Wollheim hätte mitgemacht. Keine Ahnung, vielleicht Professor Sagan in einem seiner Albträume. (Wenn ich es recht bedenke: Wollheim nicht.) Aber Sie können es jetzt tun und nebenbei Ihre Freundinnen und Freunde dazu bringen, dem Generalsekretär mit einem Brief eine Freude zu machen, der sich mutterseelenallein in seiner Klause in San Francisco langweilt. Rufen Sie ihn an, lassen Sie das schwarze Telefon schrillen und die zittrige Hand den Hörer von der Gabel pflücken. Ist Harlan Ellison mit von der Partie? Ist Philip José Farmer mit von der Partie oder holt er sich oben auf der Dachterrasse einen runter? Unterstützen Sie das Komitee, bevor die Wendeltreppen verschwinden – zuerst der Traum, dann das Nichts –, die zu den besten Dachterrassen hinaufführen. Leere Zimmer, schmutzige Fenster, zerschlissene Teppiche, auf dem Tisch ein Glas Whisky, eine Uhr, das zerdrückte Kissen, nichts davon taugt. Das Bild, lieber Robert, ist folgendes: Straßenköterfarbenes Morgengrauen, zwischen den Bergsilhouetten tauchen die ersten Raumschiffe auf, Chile beginnt unterzugehen, und mit ihm ganz Lateinamerika, aus uns werden Flüchtlinge, aus euch Mörder. Und das Bild ist nicht statisch, es ist nicht »für die Ewigkeit«, es ist kein zwanghafter heroischer Traum, sondern es bewegt sich, in vielfältige Richtungen!, und die morgen als Flüchtlinge und Mörder aneinandergeraten, können übermorgen gemeinsam ihren Rüssel ins Leere strecken, stimmt's? Ich habe einige Ihrer Seiten sehr genossen ... Ich wünschte sehr, wir beide könnten leben und uns begegnen ... Die Linie überschreiten ... Unkontrolliert ... Und so tun, als glaubten wir, das Steinauge des Komitees sei ein Witz von Pepito Farmer ... Genial! Küsschen!

Ihr

Jan Schrella

»Inmitten des Feuers und des allgemeinen Durcheinanders gelingt Lejeune zusammen mit einem Oberst und einem Pariser Rekruten die Flucht. Was halten Sie von dem Ganzen, Herr Oberst?, fragt Lejeune in vollem Lauf. Der Oberst will oder kann nicht antworten, weshalb unser Leutnant dem Pariser Rekruten die gleiche Frage unterbreitet. Eine große Scheiße, Schuld an allem sind unsere Offiziere, man hat uns betrogen, sagt der Rekrut. Schweigen Sie und laufen Sie, befiehlt der Oberst. Irgendwann bleiben die drei auf einer Anhöhe stehen. Von dort betrachten sie die vorbeiziehenden Panzer und die in der Nachhut der Deutschen sich formierende Kolonne der Gefangenen. Erschöpft holt der Oberst eine Zigarette hervor, zündet sie an, zieht ein paarmal den Rauch ein und zeigt schließlich mit der brennenden Glut auf den Rekruten: Sie sollten sich schämen für das, was Sie gesagt haben, ich werde Sie wegen Insubordination und Respektlosigkeit vors Kriegsgericht bringen. Der Rekrut zuckt mit den Schultern. Ich werde dafür sorgen, sagt der Oberst, dass man Sie erschießt, das schwöre ich Ihnen, die Unsrigen oder die Deutschen, mir egal. Was halten Sie von dem Ganzen und was werden Sie tun?, fragt Lejeune den Rekruten. Dieser denkt eine Weile nach, dann dreht er sich um, richtet seine Waffe auf die Brust des Obersts und drückt ab. Lejeune formuliert den ersten Teil der Frage noch einmal. Der Rekrut sagt, keine Ahnung, das wird eine langwierige Sache. Der Körper des Obersts vollführt auf dem dunklen Gras kleine Hüpfer. Lejeune beugt sich herab und fragt, was seiner Meinung nach die beste Methode sei, sich gegen den Feind zu verteidigen. Ordnung, sagt der Oberst leichenblass. Dann sagt er noch ogottogott und stirbt. Die Gefangenenkolonne setzt sich in Bewegung. Der Rekrut leert die Taschen des Obersts, behält Zigaretten, Geld und Uhr, steigt die Anhöhe hinunter und schließt sich den Gefangenen an. Lejeune setzt sich ins Gras. Neben dem Körper des Toten liegt die Fotografie einer Frau. Auf der Rückseite steht ›Monique und der Nordost. Saint-Cyr.‹ Er betrachtet sie lange. Es ist eine junge, schöne Frau. Als er genug hat, lässt er sich auf den Rücken fallen, bleibt so liegen und schaut hinauf zu den Sternen, die sich am Himmelsgewölbe plustern. Dem Verwalter der Akademie fällt daraufhin ein, dass Huachofeo sich in seiner *Paradoxen Geschichte Lateinamerikas* eine ganz ähnliche Szene ausgemalt hat.«

»Und das Mädchen?«

»Die Kleine ist, ohne ein Geräusch zu machen, die Treppe hinuntergestiegen, hat die Scheune verlassen, ist nach Hause gekommen, hat einen Teller Bohnen gegessen, der noch für sie auf dem Tisch stand, hat sich die Schuhe ausgezogen und ist zu ihrer Mutter ins Bett gekrochen. Der Verwalter hat zum Abendbrot ein hart gekochtes Ei gegessen und einen Tee getrunken und sich dann auf einer mit

Decken aus Vikunjafell bezogenen Matratze ausgestreckt. Leutnant Lejeune ist überm Sternegucken eingeschlafen.«

»Träumen sie von dem Orkan?«

»Möglich. Am nächsten Morgen entwickelt Lejeune eine atemberaubende Geschäftigkeit: Er fotografiert sich mit General Gamelin, mit General Giraud, mit General de Gaulle, mit General Weygand, mit General Blanchard, mit dem Generalstab von General Gort, mit Blick auf die Landschaften von Arras oder Ypern, auf den Straßen von Lille, Givet, Sédan, an den Ufern der Maas und in den Dünen von Dünkirchen. Das Erwachen des Verwalters unterscheidet sich dagegen fast gar nicht von seiner alltäglichen Routine: Er frühstückt rasch und frugal und geht an die Arbeit. Das Mädchen erwacht mit Fieber. Es hat von einer Atomexplosion geträumt, ich glaube, ein Yankee-Bataillon hat mit zwei Neutronenbomben Los Ángeles ausgelöscht. Der Orkan hing neben dem Bío-Bío-Fluss, und als die Bomben detonierten, brach der Orkan los wie ein gigantisches Kino, und in seinem Innern gab es eine Fabrik namens Pompeji, in der Motorräder produziert wurden. Benelli-Motorräder. Kurz darauf kam aus der Fabrik ein Motorrad, dann noch eins und noch eins: Es war ein Bataillon von Komsomolzen aus dem Süden Chiles, die sich aufmachten, die Yankees zu vernichten oder von ihnen vernichtet zu werden. Der Verwalter stellt daraufhin fest, dass alle Teile des Korsos gerade in Santa Barbara eintreffen oder zumindest dorthin unterwegs sind. Die Mutter des Mädchens lindert das Fieber ihrer Tochter mit hauchdünnen, in Essig getunkten rohen Kartoffelscheiben. Boris Lejeune fotografiert sich stehend auf einem französischen Panzer in der Umgebung von Abbeville.«

Mmh, sagte José Arco mit einem brennenden Streichholz in der ausgestreckten Hand, die Unterschrift dieses Ochsen ist ein Dreieck mit Mund. Ich zündete ebenfalls eines an. Aber wie ist dieses blöde Licht bloß kaputtgegangen? Es ist schon seit zwei Tagen so, schau, das ist, was ich meinte. Ich schob den Kopf vor, Geruch nach Scheiße und Urin stieg vom Boden auf, widerlich. Das da? Ja, sagte José Arco und zündete noch ein Streichholz an. Gut, aber man kann nichts erkennen. Eine Höhle soll das sein? Komm näher, ich zünde zwei gleichzeitig an, du auch, und dann schau. Im Schein der vier Flämmchen sah ich das Gewirr der Linien, die die Höhle bildeten, einige waren sehr kräftig, andere auf dem weißen Porzellan kaum sichtbar. Eigentlich sah es weniger wie eine Höhle aus als wie ein zerhackter Donut. Innerhalb des Donuts erkannte man die Silhouetten oder Schatten von zwei menschlichen Wesen, einem scheißenden Hund und einem Atompilz. Na, siehst du's jetzt? Ich nickte. Ziemlich unverblümt, oder? Ziemlich schrecklich, antwortete ich. Der Hund hat drei Schwänze, hast du gesehen? Ja, ist doch klar, weil er mit dem Schwanz wedelt. Aber scheißt er auch? Klar, er scheißt und wedelt mit dem Schwanz. Und die beiden Gestalten, was tun die? Keine Ahnung, als ich sie das erste Mal sah, hatte ich den Eindruck, sie würden Händchen halten, aber jetzt bin ich mir nicht mehr sicher; außerdem, schau mal, ich glaube, es sind Schatten, keine Körper. Die Schatten aus der Höhle von Platon? Ui, darauf würde ich nicht wetten, aber auch wegen der Größe des Atompilzes würde ich von Schatten sprechen. Will sagen: Sie sehen uns an, und wir sehen die Schatten, die sie auf den Boden werfen. Nein, sie stehen mit dem Rücken zu uns und schauen zum Ausgang der Höhle, weil ziemlich weit weg, am Horizont, eine Atombombe explodiert ist. Kann sein. Und der Hund? Warum scheißt das Kuscheltier im Innern der Höhle? Ha ha. Ein liebenswertes Detail, findest du nicht? Ach nee. Ich glaube, er scheißt aus Angst, armer Rin-Tin-Tin. Wenn sie Angst haben, wedeln sie nicht mit dem Schwanz, ich hatte mal einen Hund, als ich klein war, du kannst mir ruhig glauben. Ich habe nie einen Hund gehabt, und weißt du was?, wenn ich so überlege, glaube ich, du bist der Erste, den ich kenne, der mir erzählt, dass er mal einen Hund hatte. Verarsch mich nicht. Schscht, Vorsicht, da kommt jemand. Ich schloss die Klotür. Gleich darauf hörten wir einen Lichtschalter schnalzen und dann das Geräusch von etwas Flüssigem, das draußen durchs Pissbecken zischte. Einen Moment später zog sich irgendwer den Reißverschluss hoch und ging. Das Streichholz war zwischen meinen Fingern heruntergebrannt, ich spürte, dass ich mir Daumen- und Zeigefingerspitze versengt hatte. José Arco zündete noch eines an. Und was für eine eigenartige Unterschrift, sagte er unbeeindruckt, ein Dreieck mit einem Mund mit dicken Lippen – ein halber Schrei, könnte man meinen –, bei dem zweifellos das Stones-Emblem Pate gestanden hat, aber in einer abenteuerlich kubistischen Version. Schon gut, wir haben es gesehen, lass uns gehen, sagte ich. Hast du es gründlich untersucht? Weiß nicht, dieser Ort verursacht mir Übelkeit. Ich frage mich, ob nicht der Autor selbst die Beleuchtung demoliert hat, murmelte José Arco. Als wir hinausgingen, blendete uns das Licht des Cafés und schien unsere Bewegungen zu beschleunigen; wir konnten es nicht vermeiden, es war, als tanzten wir um die Tische herum, bis wir dort anlangten, wo unsere Milchkaffees auf uns warteten.

Diesen Besuchen – unverhofften Begegnungen und sinnlosen Exkursionen – gab José Arco die Gattungsbezeichnung einer *Recherche*. Die *Recherche* bestand im Wesentlichen lediglich in dem Versuch, vor Ort zu überprüfen und in Augenschein zu nehmen, was wir aus dem Kulturblatt von Conasupo und der Zeitschrift Doktor Carvajals sowie über andere, unterwegs entdeckte Fährten erfahren hatten. Binnen kurzer Zeit besuchten wir jede Menge Dichterwerkstätten und ergatterten Zeitschriften, deren Auflage oft zehn Fotokopie-Exemplare nicht überstieg. Auch hielten wir die Augen offen, um keine Graffiti – unsichtbare oder dekadente Kunst? – zu übersehen, auf die uns das Kulturblatt hinwies. Das Glück war eindeutig auf unserer Seite, denn es führte schon bald mehrere unserer Hypothesen an einem Ort zusammen. Dieser Ort war das Café La Habana, wo José Arco das Graffiti *Dreieck mit Mund* oder *Dreieck mit Grinsgesicht* fand, ein Lokal, in dem mein Freund schon in der Zeit vor Beginn der *Recherche* verkehrt hatte, wenn auch nicht so häufig wie danach. Im La Habana hatte ihn Estrellita eines Nachmittags, als er dort mit Freunden zusammensaß, gebeten, ihr einen Milchkaffee auszugeben, und ihm dann das Blatt geschenkt. Ihm und keinem anderen. Als er Tage später in der Gegend um die Calle Bucareli vergebens nach ihr suchte, entdeckte er die ins WC des Cafés gepinselte Höhle. Und als wir uns in den folgenden Tagen, ohne große Hoffnung, muss ich sagen, gemeinsam auf die Suche nach Estrellita machten, wurde das Café zum Hauptquartier unserer Streifzüge und später wie selbstverständlich zu dem Ort, den wir nach elf Uhr abends ansteuerten. Wir entdeckten, dass die Calle Bucareli in dem vom La Habana bis Reloj Chino reichenden Häuserblock nicht nur die Vorzüge eines Zufluchtsorts besaß, etwas, wovon wir ahnten, dass man es im Kopf behalten sollte, sondern in höchstem Maße unsere sämtlichen kulinarischen Bedürfnisse abdeckte: An der einen Ecke bot ein Exspieler von Atlante seine Tortas feil, an der andern, im La Habana, bekam man die leckersten und günstigsten Chilaquiles der ganzen Gegend; auf der Hälfte gab es eine spottbillige Pizzeria, die einem mit einer Mexikanerin verheirateten Nordamerikaner gehörte, den alle Jerry Lewis nannten, obwohl er mit dem Schauspieler nicht die mindeste Ähnlichkeit besaß; auf der gegenüberliegenden Straßenseite befand sich ein Stand für Tacos und Enchiladas, an dem zwei sehr dunkelhäutige Schwestern arbeiteten, die, kaum dass sie mich sahen, zu mir sagten, was liegt an, Blondie, worauf ich sagte, ich sei nicht blond, und sie, na und wie!, und ich, stur, nicht die Bohne, und immer so weiter, bis José Arco auftauchte und dem Disput ein Ende setzte: Klar bist du blond; beide Straßenseiten frequentierte außerdem ein fliegender Händler von Maiskolben, zarten mit Käse oder Chili gepuderten Maiskölbchen mit Butter, Mayonnaise oder saurer Sahne, ein einäugiger Schwuler, der in seiner Weisheit das Kino Bucareli als den Ort empfahl, der sich wie kein anderer zum Verzehr seiner Waren eignete. Das Kino Bucareli war ohne Zweifel der König der ganzen Gegend, der gütige und leicht lasterhafte König, Gastgeber all derer, die keinen Platz zum Schlafen hatten, das schwarze Disneyland, die einzige Kirche, in der wir zeitweilig unsere Bestimmung zu finden schienen.

Bis wir Estrellita trafen.

José Arco wies auf einen Tisch. Dort saß sie, sehr gerade, neben ihr zwei andere Mädchen. Die links von ihr ist Teresa, sagte mein Freund mit bitterem Unterton. Und die andere? Ah, das ist Angélica Torrente, gehen wir woanders hin. Was redest du da?, fuhr ich auf. Da sitzt Estrellita, die wir wie verrückt gesucht haben, und jetzt sollen wir sie laufen lassen? Kommt nicht in Frage! José Arco antwortete nicht. Während ich ihn mir vorknöpfte, beobachtete ich durch die Scheibe aus dem Augenwinkel die drei Frauen. Estrellita war uralt, ihr längliches Gesicht von Falten übersät. Sie hatte ihren Mantel nicht ausgezogen. Sie trank etwas, und von Zeit zu Zeit wandte sie ihr Gesicht, in dem sich ein permanentes Lächeln eingenistet hatte, der einen oder anderen ihrer Begleiterinnen zu. Diese sprachen und lachten und wirkten, vielleicht durch den Kontrast, unglaublich jung. Und klug, beschützt von ein und demselben gelben Licht des Cafés, das sie wie ein Baldachin oder eine Kuppel überwölbte; superklug und superhübsch, dachte ich.

Am Ende musste ich José Arco fast hinter mir her ins Café schleifen. Estrellita nahm unsere Anwesenheit am Tisch kaum wahr. Teresa und Angélica Torrente dagegen schienen wenig erfreut, plötzlich das Gesprächsthema wechseln zu sollen. José Arco (mein Freund war, das stellte ich nun und, ach, später noch fest, Mädchen gegenüber, die ihm gefielen, in höchstem Maße schüchtern!) stellte mich stammelnd und auf eine Weise vor, die für die Aufdringlichkeit unverhohlen um Entschuldigung bat. Hallo, sagte ich. José Arco hustete und fragte nach der Uhrzeit. Bevor er davonlaufen konnte, zog ich zwei Stühle heran, und wir setzten uns.

»Du bist also Teresa.« Josés Blick wirkte weniger vernichtend als vernichtet. »Vor ein paar Tagen haben wir das Motorrad vor deinem Haus stehenlassen, hast du es gesehen?«

»Ja.« Teresa konnte, noch eine Entdeckung, trotz ihrer neunzehn oder zwanzig Jahre eiskalt sein.

Angélica Torrente wirkte zugänglicher und sympathischer:

»Und du, aus welchem Mauseloch kommst du gekrochen?«, fragte sie mich.

»Ich? ... Äh, aus Chile ...«

Die beiden lachten. Estrellita verstärkte ihr gütiges Lächeln. Ich grinste. »Ja-haha, ich komme aus Chile.«

Angélica Torrente war siebzehn und hatte den Eloísa-Ramírez-Preis für Nachwuchsdichter gewonnen. (Eloísa Ramírez war vor rund fünfzehn Jahren noch nicht volljährig gestorben und hatte in DF einen Haufen Papiere und ein Paar untröstlicher Eltern hinterlassen, die zu ihrem Gedenken jedes Jahr eine beträchtliche Summe für den besten Gedichtband eines Autors unter zwanzig oder einundzwanzig auslobten.) Angélica Torrentes Witz war von der eher elektrischen und ein klein wenig ätzenden Sorte. Sie sprach, als segelte sie auf dem Kamm der Wellen und hätte von dort den totalen Überblick, wobei sie dem keine übermäßige Beachtung schenkte, von wegen Geschwindigkeit und Sturzgefahr. Sie war wirklich sehr schön, gelegentlich geradezu unerträglich schön. Sie besaß ein für ihr Alter, wie soll ich sagen, außerordentliches Lachen, das letztlich, wenn sie einem den Laufpass gegeben hatte, die unauslöschlichste Erinnerung an sie bildete; ihr Markenzeichen, ihr Brandzeichen, ihre Waffe. Sie lachte gern, rückhaltlos, glücklich, und in der Kombination aus Klang und Mienenspiel ahnte man Angst- und Verfolgungsträume, die Lust am Leben um jeden Preis, auch wenn man am Ende zerschunden und mit blauen Flecken übersät dastand.

Teresa war anders: Sie wirkte nicht nur ernster, sondern war es in jedem Moment. Ebenfalls Dichterin, arbeitete sie im Unterschied zu den anderen, die ich bald kennenlernen sollte, als Stenotypistin und studierte gleichzeitig im zweiten Semester Medizin. Sie wohnte nicht bei den Eltern. Sie begann sich gerade in einigen wenigen, aber renommierten Zeitschriften einen Namen zu machen als eine Dichterin, mit der man zu rechnen hatte, wenn einmal eine Anthologie junger mexikanischer Lyrik zur Debatte stünde. Entgegen dem Anschein war ihr Verhältnis zu José Arco vollkommen untypisch. Ich erfuhr nie und fragte auch nicht, ob sie jemals miteinander geschlafen hatten. Kann sein, kann auch nicht sein. Ich glaube nicht, dass das eine große Rolle spielt. Bekanntlich hatte Teresa irgendwann angefangen, José zu hassen, weshalb ich annehme, dass sie ihn einmal geliebt haben muss. Etwas vor allem gibt es, das sie mir in ihrer ganzen Art vor Augen führt: Nie verlieh sie ein

Buch, und wenn man – wie der tausendfach rückfällige José Arco – so unvorsichtig war, ihr eines zu leihen, konnte man darauf wetten, dass man es nie wiedersah, es sei denn in ihrem sehr hübschen, sehr feinen Bücherregal aus hellem, mahagonibraun gemaserten Holz.

Estrellita zwischen den beiden jungen Frauen war wie ein Sandkorn auf einer Untertasse.

»Wir haben dich gesucht, Estrellita«, sagte José Arco.

Estrellita seufzte. Dann sagte sie, ah, und sah dabei über die Stirn meines Freundes hinweg, seufzte erneut und verpackte alles in ihr immerwährendes Lächeln.

»Wir haben dich wegen diesem Blatt gesucht, dass du mir letztens geschenkt hast.«

»Ah ...«

»Erinnerst du dich? Das Kulturblatt von Conasupo, das mit den Dichterwerkstätten, Estrellita ...«

»Ah, ah ...« Estrellita studierte jetzt einen anderen fernen Punkt und schmiegte sich in ihren Mantel.

»Erinnerst du dich? Eine lange Liste mit Dichterwerkstätten, Dichterwerkstätten in DF.«

»Wovon redest du?«, fragte Angélica.

»Von einem ultraseltenen Druckerzeugnis, vielleicht von einem Komplott«, sagte ich.

»Ja, ja ...« sagte Estrellita. »Hat es dir gefallen?«

»Sehr.«

»Ah, wie schön ...«

»Ich würde gern wissen, wo du es her hast ... Wer es dir gegeben hat ...«

Estrellita lächelte. Sie hatte keinen einzigen Zahn.

»Ah, das ist eine nette und eigenartige Geschichte ...«

»Erzähl«, sagten José Arco und Teresa.

Aber die Alte machte keine Anstalten, heftete nur die hellgrünen Augen vor sich auf den Tisch. Wir warteten. Der Geräuschpegel des La Habana, der um diese Tageszeit abflaute, hüllte uns ein wie Estrellitas zerschlissener Mantel. Sehr angenehm. Angélica erwies sich als die am praktischsten Veranlagte von allen.

»Möchtest du noch einen Milchkaffee?«

»Ja ...«

Wenige wussten genau, wer Estrellita war. Sie tauchte für gewöhnlich an den unwahrscheinlichsten Orten auf, wie eine gealterte Kopie des Engels der Unabhängigkeit oder Freiheit, der dem Volk den Weg wies. Niemand wusste, wo sie wohnte – obwohl Spekulationen darüber im Umlauf waren –, nicht einmal, ob Estrellita ihr richtiger Name war. Wenn man sie fragte, antwortete sie manchmal, sie heiße Carmen, ein andermal Adela, dann wieder Evita, sie versicherte aber auch, dass sie Estrella heiße, wobei es sich nicht, wie manche glaubten, um einen von einem alten spanischen Selbstmörder verliehenen Kosenamen handelte. Im La Habana ging man fest davon aus, dass sie Dichterin sei, obwohl, soweit ich weiß, kaum einer oder niemand etwas von ihr gelesen hatte. Ihr zufolge war viel Tinte den Bach hinunter und ins Meer geflossen, seit sie ihr letztes Sonett veröffentlicht hatte. Sie hatte einen Sohn. Die alten Journalisten vor Ort, die nicht viel von bildender Kunst verstanden, schworen, er sei ein guter Maler gewesen. Tatsächlich bestand Estrellitas einzige sichtbare Einkommensquelle im Tisch-zu-Tisch-Verkauf eines Konvoluts von Reproduktionen der Zeichnungen ihres Sohnes. Es hieß, das Heroin habe seiner Karriere ein Ende bereitet, er würde aber noch, und hier kam das Traurigste, bei seiner Mutter leben. Es waren halluzinatorische Zeichnungen, mit einem Schuss Leonora Carrington, Spinnweben, Monden, bärtigen Frauen, Zwergen; mit einem Wort: schlecht. Es dürften insgesamt etwa zwanzig gewesen sein, vielleicht auch weniger, zu Tausenden vervielfältigt, denn obwohl Estrellita sie doch verkaufte, gingen sie nie aus. Wer hatte so viele Kopien in Auftrag gegeben? Ihr eigener Sohn? Dem Papier nach zu urteilen, waren seit dem Zeitpunkt des Drucks rund fünfzehn Jahre vergangen. Estrellita jedenfalls sah in ihnen einen Segen, und vielleicht waren sie es: Mit ihrem Verkauf hielt sie sich und ihren Sohn über Wasser, ihn auf der Basis von süßem Gebäck, das sie in ihren geräumigen Manteltaschen verstaute, sich selbst mit Milchkaffee, Milchkaffee in hohen Gläsern, mit einem ebenso langen Löffel, um bis auf den Boden zu gelangen, ohne die Finger einzutunken, Kaffee, der unerschöpfliche Quell ihrer Energie.

»Verbrenn dich nicht«, sagte Angélica.

Estrellita schlürfte, probierte ihn so, dann schaufelte sie so viel Zucker hinein, dass es für drei Gläser gereicht hätte.

»Ah, wie lecker«, sagte sie.

»Du magst ihn süß?«, sagte Angélica.

»Ja …«

»Estrellita, erzählst du uns, wo du das Blatt her hast?«

»Ja, ja …«

»Woher?«

»Aus einem Supermarkt …«

José Arco riss die Augen auf und lächelte.

»Natürlich«, sagte er, »bin ich blöd!«

»Ich bin rein, um ein Königinnenkleid zu kaufen ...«

»...«

»Und einen Jogurt ...«

»...«

»Und da haben sie mir dieses Blatt gegeben, umsonst ...«

»Vielen Dank, Estrellita«, sagte mein Freund.

»Habt ihr was vor?«, fragte Angélica Torrente eine halbe Stunde später, als sie bereits über alle unsere Abstecher ins Fettnäpfchen, wie sie das nannte, im Bilde war.

»Nein«, sagte ich.

»Bei mir zu Hause gibt es eine Art Party, wollte ihr kommen?«

»Mit größtem Vergnügen«, sagte ich.

Lieber Fritz Leiber,

ganz bestimmt kennen Sie diese Geschichte. Wie eine Liebe auf den ersten Blick, aber ohne Liebe, erfolgt die WIRKLICHE Begegnung; alle Körperorgane registrieren und werden registriert; organische Radare, die durch die hinterletzen Straßen einer Stadt in Lateinamerika schlurfen, hier ein paar Gläschen, dort einen Kleinbus nehmend, der Leere zuzwinkernd. Der Anthropoide am anderen Ende des Tresens stellt plötzlich fest, dass sich auch der Fremde für die Figurenzeichnungen an der Wand interessiert. Von da an geschieht alles gewissermaßen verlangsamt; es verknüpfen sich die zweierlei Arten von Wasserspielen, die sich an unerwarteten Orten finden; Toiletten in neuntklassigen Kinos, Lagerkantinen des Jahres 1940, funkige Gruben, die Achterbahn von Chapultepec, einsame, finstere Parks. Oder auch die einzige Wiederholung einer Szene: Die erste und letzte Begegnung zwischen dem terronautischen Forscher und dem Außerirdischen fand im Innenhof einer Pulquería statt. Als er einen Ausgang nahm, den er nicht hätte nehmen dürfen, entdeckte der Terronaut den Weltfremdling, der sich in eine Ecke erbrach. Seelenruhig zückte er die Videokamera und filmte die Szene. Der Weltfremdling nahm nicht das fast unhörbare Summen der Kamera wahr, sondern die Anwesenheit von etwas, was er seit Jahrhunderten vage verfolgt hatte. Als er sich umdrehte, verschwand der Mond hinter den Dächern. Die Wirtin des Lokals gibt an, sie habe Schreie gehört, Geplätscher, Beleidigungen, *Gesänge*. Ein paar sehr sympathische Empathiker, wie sie selbst sagte. In jener Nacht stieß sie in dem Hof aus gestampfter Erde auf Blutspuren. Daraus entstand die Legende, derzufolge der Tourist und der Einheimische noch immer jedes Jahr um die Februarmitte im Himmel miteinander kämpfen. Die Wahrheit ist, glaube ich, dass damals beide starben. Gibt es keine nordamerikanische Universität, die bereit wäre, ein Team zu finanzieren, das dieses Geheimnis entschlüsselt? Irgendeine private Stiftung vielleicht? Die Geschichte ist wahr und, wie ich fürchte, sehr prophetisch. Das ist von gegenseitigem Interesse, et cetera, et cetera, für unser beiderseitiges Leben, et cetera, et cetera.

Seien Sie bedankt und umarmt,
Jan Schrella

»Lassen Sie uns über Ihr monumentales und wunderbares Werk sprechen, aber ernsthaft.«

»Mein Werk, wie Sie es nennen, beginnt im zweiten Stock der Kartoffelakademie, im alten Santa Bárbara, am Rand der Andenkordillere. Es ist die Geschichte von Juan Gonzales, genannt Boris, Schüler-Assistent der Unbekannten Universität. Ein ganz gewöhnlicher Bursche.«

»Warten Sie. Ich glaube, irgendetwas interferiert mit dem Interview. Fällt Ihnen nichts Merkwürdiges auf?«

»Das müssen die Schreie dieser Alkoholiker sein. Ich hätte nie gedacht, dass Intellektuelle, renommierte *Hommes de lettres* (der Herr scheiße auf sie herab), in der Lage wären, einen solchen Radau zu veranstalten. Und die, die eingeschlafen sind, schnarchen wie die Bären.«

»Sie feiern Ihren Sieg, junger Freund.«

»Sehen Sie mal: Der Alte beißt seiner Frau in den Hintern.«

»Das ist nicht seine Frau. Vergessen Sie's. Er hat sein ganzes Leben für das passende Wort und das Schweigen Partei ergriffen. Für die Andersheit. Jetzt hat er Angst, aber gleichzeitig ist er glücklich. Der Grund für sein Glück sind Sie. Sie und Ihre großartigen Verse.«

»Ich habe den Eindruck, der einzig Nüchterne auf diesem Bacchanal der Literatenrepublik bin ich. Sie, meine liebe Reporterin, haben es mit dem Wodka ein wenig übertrieben. Es ist ja sonnenklar, dass ich nicht wegen meiner großartigen Verse hier bin.«

»Na gut, kommen wir auf Ihr Werk zurück. Wie geht es dem Mädchen? Hat es noch Fieber?«

»Nein. Im Dorf ist gerade Volksfest, und das Mädchen geht mit einer Blumenkrone im Haar durch die Straßen. Die Menschen versammeln sich auf der Plaza de Armas und ziehen von dort durch das ganze Dorf. Unter Gesängen. Es sind nicht viele, ich sagte ja schon, das Dorf ist nicht groß, und der Gesang, den sie anstimmen, hat keinen Text: Er besteht aus einer Folge von aoo aoo iaa iaa und erinnert entfernt an den indianischer Klageweiber.«

»Irgendwann marschieren sie an der Kartoffelakademie vorbei.«

»Ja. Der Verwalter beobachtet sie vom Fenster aus. Die Prozession zieht bis zum Ende der Calle Galvarino weiter, biegt in die Calle Valdivia ein und verläuft sich. Zurück bleibt mitten auf der Straße nur das Mädchen, und diesmal bemerkt der Verwalter ihre Anwesenheit. Natürlich wird der Himmel schlagartig dunkel.«

»Das Mädchen denkt, das sei das Hexenhaus?«

»Nein. Dafür ist sie viel zu klein. Im Gegenteil, sie zögert einen Moment, dann betritt sie die Akademie. Vom Fenster aus sieht der Verwalter ihren Schatten, der durch den Hof huscht, und dann hört er ihre leichten Schritte auf der Treppe. Die Lebensgeister des Alten erwachen. Ah, denkt er, ah ah ah. Die Braut. Die Verlobte. Die Augen, die Boris mit Liebesblick haben schauen können. Die reine Seele, die die Treppe hinaufsteigt in dem Glauben, niemand würde sie sehen. Dann kehrt er natürlich zu seinen Kabeln und Bändern zurück. Er hat Zeit, für die Ausstrahlung des Radioprogramms ist es noch zu früh. Die Stromrechnung des Speichers in der Calle Galvarino 800 ist die höchste von ganz Santa Bárbara. Wegen dieses Details werden sie ihm möglicherweise eines Tages auf die Schliche kommen, Dan Mitrione war es, glaube ich, der schon zu seiner Zeit der Polizei gezeigt hatte, wie man mit Hilfe des Stromzählers Linke fängt. Alle Haushalte, die zu viel oder sehr wenig Strom verbrauchen, die zu viel oder sehr wenig Wasser verbrauchen, sind verdächtig. Die Leute jedenfalls sind, nachdem sie das Dorf im Kreis durchlaufen haben, zum Hauptplatz zurückgekehrt, wo sie sich nach und nach zerstreuen. Erneut umfängt Stille die Straßen. Eine Stille, für die der Verwalter dankbar ist: Er kann das Einschleichen und die neugierigen kleinen Mädchen ertragen, nicht aber das Juchhe und Buhei, das ihn schmerzt, weil es ihm sein trauriges, ganz der Arbeit aufgeopfertes Leben in Erinnerung ruft. Aber wir wollen nicht übertreiben. Auf seine Weise berauscht sich und tanzt auch der Verwalter. Seine Festtage sind zukünftige Verheißungen. Langeweile ist ihm fremd. An dem Rezept für pikanten Kartoffelkuchen hält er die Exklusivrechte. Nicht zu verachten, finden Sie nicht?«

»Ihr Leben, also das von Ihnen, junger Freund, muss ziemlich ... traurig sein.«

»Allerdings: Ich habe meine Jugend in üblen Kinos und verseuchten Bibliotheken vertan. Und was der Gipfel ist, immer haben meine Freundinnen mich verlassen.«

»Jetzt kann sich alles ändern. Eine glänzende Zukunft liegt vor Ihnen.«

»Sagen Sie das wegen des Preises?«

»Wegen allem, was mit dem Preis einhergeht.«

»Ach, liebe und naive Frau Reporterin. Erst verwechseln Sie diesen Festsaal in der tiefsten Waldeinsamkeit mit einem Glaspalast hoch oben auf einem Berg. Dann wollen Sie allen Ernstes der Kunst eine leuchtende Zukunft prophezeien. Ist Ihnen noch nicht aufgefallen, dass dies hier eine Mausefalle ist? Wer, zum Teufel, glauben Sie, bin ich? Sid Vicious?«

Die Dinge, die sich in der Wohnung von Angélica Torrente ereigneten, verblassen in der Erinnerung zu einem Hintergrund, einer dem Schellen an der Tür vorgelagerten Landschaft, jemand klingelt, und alle sitzen zusammengepfercht im Zimmer von Lola Torrente, und ich gehe, ich komme schon, und die Tür.

Aber es gibt Dinge, an die ich mich lebhaft erinnere, Blicke, Schallplatten (will sagen, das schwarz glänzende Bild der Platten als Gegenstände, nicht die Musik) und vor allen Dingen Lola Torrente, zwei Jahre älter als Angélica und unendlich viel dunkler, stämmiger und gar nicht schlank, deren Lächeln für mich bis heute das finale Lächeln jenes anderen Mexiko ist, das manchmal in den Falten eines grauenden Morgens aufschien, halb wütende Lebenslust, halb Opferstein. Es wäre nicht gewagt zu behaupten, dass ich seit einer Stunde in Angélica verliebt war. Ebensowenig, wenn man sagte, dass ab etwa Mitternacht meine Liebe zu ihr allmählich erlosch, bis sie endlich mausetot war, begleitet von Gläserklirren und Zigaretten und Finger weg von Mallarmé, Leute, ihr macht ihn mir kaputt. Es ist möglich, dass an diesem raschen Aufstieg und Fall einer großen platonischen Liebe Lola Torrente nicht ganz unschuldig war. Ich will nicht behaupten, es habe, Krönung des Wankelmuts, im Verlauf des Festes eine Übertragung meiner Zuneigung von der einen auf die andere Schwester gegeben, sondern dass mich, erstens (seien wir ehrlich), Angélica wie Luft behandelte, und sich, zweitens, weil ich der Einzige war, der nicht alle kannte, meine Rolle aufs Beobachten beschränkte (obwohl ich leider trotzdem den Mund aufmachte), weshalb ich irgendwann entdeckte, dass zwischen den beiden Schwestern eine Struktur wie von Spiegeln bestand, von Spiegeln, die sie verzerrten und einander wie Botschaften zusandten, wodurch die eine manchmal eine ruhige, harmlose Figur übermittelt bekam, die andere eine gläserne Murmel unterm Bett, obwohl sie sich die meiste Zeit über mit vernichtenden Laserstrahlen beschossen. Der Star des Abends war Angélica. Der mächtige Schatten war Lola. Das und die Sicherheit, mit der Angélica die Situation im Griff hatte (vor allem aber ihre erwähnte ostentative Gleichgültigkeit mir gegenüber), führten dazu, dass ich außen vor blieb und zu den Vergnügungen des Beobachters verdammt war. Im Übrigen mangelte es Angélica nicht an Verehrern; Lola auch nicht, muss ich sagen, obwohl die Mannschaftsstärke ihrer Verehrer (eigentlich gab es nur einen, aber einen sehr sympathischen) sich kaum mit dem Aufgebot fleischgewordener Verheißungen messen konnte, die ihre Schwester hofierten. Pepe Colina zufolge, einem an Horaz und Vergil geschulten Nicaraguaner, drehte es sich darum, dass Angélica Jungfrau war und Lola nicht, und dass mindestens hundert oder zweihundert Personen dies wussten. Zunächst schenkte ich ihm einen vernichtenden Blick, es gibt Dinge, die sind einfach geschmacklos, dann fragte ich ihn, wie es sein könne, dass zweihundert Personen über ein so intimes Detail Bescheid wüssten. Durch Leute wie mich, natürlich, sagte der Nica. Ich vermutete, nicht ohne zu erröten, dass Pepe Colina mit Lola Torrente geschlafen hatte. Ein ungewöhnliches Paar, dachte ich, in der Tradition des kleinen, kurzsichtigen Männchens mit starker, unabhängiger Frau. Ich steckte mir mit geheuchelter Gleichgültigkeit eine Delicado an. Und spürte, dass ich eine Erektion bekam. Ich zog mich ins Bad zurück und rauchte meine Zigarette dort zu Ende. Irgendwann betrachtete ich mich im Spiegel und begann ganz leise zu lachen. Beim Hinausgehen stieß ich mit Lola Torrente zusammen. Sie wirkte leicht betrunken. Ihre Augen waren dunkel und funkelten. Lächelnd flüsterte sie mir etwas zu, das ich nicht verstand, und schloss die Tür. Ich wusste, dass unsere Freundschaft besiegelt war.

Ich kehrte ins Wohnzimmer zurück, wobei ich – buchstäblich – vor Zufriedenheit hüpfte. Was machte unterdessen José Arco? Umringt von den weniger Beherzten, den Unattraktiveren und tänzerisch Unbegabteren erzählte mein Freund Geschichten: Von der neuen peruanischen Dichtung, der Gruppe Hora Zero, dem Silbermesser von Martín Adán, Oquendo de Amat, allesamt damals unter den jungen mexikanischen Dichtern unbekannt, und noch andere Geschichten – Geschichten, so wahr und haarsträubend wie das Leben selbst –, in denen seine Honda die Schnell- und Nebenstraßen des mexikanischen Westens unter die Räder nahm, bis der Höhe- oder wunde Punkt erreicht war, das, was Baldomero Lillo das genaue Zentrum der heißen Kartoffel nannte, um dann mit hundertzwanzig, hundertdreißig Sachen durch die verwinkelten Wege der Erzählung zu heizen.

Die Erzählung jener Nacht stand in Zusammenhang mit einer längeren Abwesenheit von DF oder dergleichen, egal. Der Hauptstrang zeigt José Arco, wie er an einem einsamen Strand ankommt, wo er auf einen Hund trifft. Weder Fischer noch Häuser, noch sonst etwas, es gibt dort nur das Motorrad, José Arco und den Hund. Der Rest ist das Paradies, und in den Sand schreibt José Arco »Meine Mama verwöhnt mich« und die Urworte. Er ernährt sich von Dosen mit Kondensmilch und Thunfisch. Der Hund ist immer bei ihm. Eines Nachmittags taucht ein Schiff auf. José Arco fährt mit dem Motorrad und dem Hund hinauf auf die Klippen (in der Erzählung gelangt die schwarze Honda wohin du willst, wenn nur dein Herz rein ist). Vom Schiff aus sieht man ihn und winkt ihm zu. José Arco winkt zurück. Wir sind von Greenpeace, schreien die vom Schiff. Ach je, brummt José Arco. Was machst du oben?, woher kommst du?, und wer bist du?, wie hast du das Motorrad da hinaufgekriegt?, gibt es eine Straße? Die Fragen derer vom Schiff bleiben unbeantwortet. Der Kapitän sagt, er werde an Land gehen. José Arco und der Kapitän treffen sich am Strand. Als sie sich die Hände reichen wollen, greift der Hund den ökologischen Seemann an. Rasch kommt die an Land gegangene Besatzung ihrem Kapitän zu Hilfe, traktiert erst den Hund mit Fußtritten, dann José Arco. Fünf gegen einen und einen Hund. Anschließend behandeln sie ihn und den Hund mit Desinfektionsmittel, bitten um Entschuldigung, raten ihm, den Köter an die Leine zu legen. Vor Einbruch der Nacht kehren die Seeleute auf ihr Schiff zurück und fahren ab. Ausgestreckt unter einer Palme, den Hund zu seinen Füßen und das Motorrad fünf Schritt entfernt, sieht der lädierte José Arco ihnen nach. Der Kapitän und die Jungs und Mädels winken ihm vom Horizont aus zu. Der Hund jault, mein Freund auch, aber dann, als das Schiff allmählich seinen Blicken entschwindet, springt er auf sein Motorrad und jagt spektakulär zum höchsten Punkt der Klippen hinauf. Von dort, der Hund kommt leicht hinkend hinterher, kann er das sich entfernende Schiff noch sehen.

Teresa: »Ich sterbe eher, als dass ich so was glaube.«

Angélica: »Und was hast du dann gemacht?«

Pepe Colina (während er sich eine Marihuana-Zigarette anzündet, die er anschließend an Angélica weiterreicht): »Bruder, der einzig anständige ökologische Seemann, den es je gegeben hat und je geben wird, ist Kapitän Ahab, ein wahrhaft verkannter Mann.«

Regina Castro (dreißigjährige Dichterin, ohne Veröffentlichung, versorgt ihre jüngeren Kolleginnen mit empfängnisverhütenden Pillen, mittelmäßige, aber ehrenwerte Autorin): »Sag, was ist später mit dem Hund passiert?«

Lola: »Und was ist Greenpeace? Ha ha ...«

Héctor Gómez (siebenundzwanzig, verliebt in Lola Torrente, Stammgast im La Habana, Grundschullehrer): »Eine pazifistische Bewegung, Lola ... Es fällt mir schwer, zu glauben, was du erzählst, Pepe, das muss ich ehrlich sagen.«

José Arco: »Nenn mich nicht Pepe.«

Teresa (Héctor Gómez anlächelnd, der ihr einen weiteren Wodka einschenkt): »Das ist doch erstunken und erlogen, José mag keine Strände, er würde es niemals aushalten, drei Tage in Folge an einem Ort ohne Menschen zu verbringen.«

José Arco: »Habe ich aber.«

Zwei Philosophiestudenten: »Wir glauben Ihnen, Dichter.«

Regina Castro: »Und der Hund? Hast du ihn mitgebracht?«

José Arco: »Nein, er ist dageblieben.«

Pepe Colina: »Oder Jonas, sofern wir ihn einen Seemann nennen dürfen. Einen Öko vor dem Herrn schon, wie alle in damaliger Zeit, aber Seemann …«

Angélica: »Ist er dir nicht gefolgt? Seltsam.«

Antonio Mendoza (Barde des Proletariats, zwanzigjährig, Korrektor bei der öffentlichen Verwaltung): »Für noch einen Hund hat José einfach keinen Platz.«

Angélica (Antonio zärtlich anschauend): »Was?«

Antonio Mendoza: »In seiner Wohnung ist kein Platz für noch einen Hund.«

Lola: »Ich wusste nicht, dass ihr schon einen habt.«

Angélica: »Wer ist der Hund, Antonio?«

Antonio Mendoza: »Ich. Manchmal.«

José Arco: »Was redest du für einen Blödsinn, Antonio.«

Antonio Mendoza: »Und manchmal er.«

Pepe Colina: »Mmmh, total betrunken. (Er lacht.) Sie sind Kinder. Es sei denn, er verarscht dich, Namensvetter, aber eine so düstere (außerdem noch platte) Verarsche verheißt nichts Gutes.«

Héctor Gómez (zu Lola): »Was hältst du davon, wenn wir draußen etwas frische Luft schnappen?«

Pepe Colina (nachdem Héctor und Lola gegangen sind): »Wir sollten alle an die frische Luft gehen …«

Antonio Mendoza (plötzlich entspannt): »Die sind zum Ficken in den Garten …«

Teresa: »Halt deine Zunge im Zaum, du Depp.«

Antonio Mendoza: »Bist du eifersüchtig?«

Teresa: »Ich? Du bist betrunken ...«

Zwei Philosophiestudenten: »Unsere Flaschen hat noch niemand aufgemacht ... Freude, Freude ...«

Angélica: »Hier wird nichts mehr getrunken!«

Antonio Mendoza (während er ihr eine Hand um die Hüfte legt): »Hör mal, Angélica ...«

Angélica: »Und lass meine Schwester in Ruhe!«

Antonio Mendoza: »Aber ich wollte gar nicht ...«

Regina Castro (streng und ohne die Stimme zu heben): »Halt endlich den Mund und setz dich hin. Ich wollte ein Gedicht vorlesen, aber so, wie ihr drauf seid ...«

Teresa: »Ah, ja, lies es vor.«

Pepe Colina: »Große Meisterin, ich bin ganz Ohr.«

Zwei Philosophiestudenten (während sie den Anwesenden einschenken): »Wartet, bis alle so weit sind.«

Estrellita (deren Kopf aus der Küche schaut): »Ah, eine Lesung, wie schön ...«

Ich ertrug es nicht länger und ging hinaus auf den Balkon, ohne dass mich jemand sah. Das Gedicht drohte ungewöhnlich lang zu sein, Regina Castros Kindheit und Jugend in San Luis Potosí, die Familie, die Puppen, die Nonnenschule, die Pause, der Carranza-begeisterte Großvater, der Schaukelstuhl, die Kleider, die Truhen, der Keller, die Lippen von Regina und ihrer älteren Schwester, die Absätze, die Verse von López Velarde. Hier draußen dagegen war die Nacht klar, und die Lichter der anderen Wohnungen ließen Zusammenkünfte ahnen, zehn Meter von unseren Köpfen entfernt, entspannte Unterhaltungen fünf Meter unter unseren Füßen, vielleicht ein altes Pärchen, das in fünfzehn Metern Luftlinie von unseren Zwerchfellen Schallplatten mit klassischer Musik lauschte. Ich fühlte mich glücklich, nahm an, dass es nicht allzu spät war, aber selbst wenn alle Lichter erloschen und nur noch ich und die Glut meiner Zigarette auf diesem wunderbaren Balkon in der Luft hingen, würde sich jene besondere Schönheit oder schreckliche und vergängliche Geruhsamkeit nicht verlieren. Der Mond schien über die Wirklichkeit hinwegzuknirschen. Hinter mir, durch die Masse des Gebäudes hindurch, hörte ich das Rauschen des Verkehrs. Wenn ich mich ganz still verhielt, nicht mal die Zigarette in der Luft bewegte, konnte ich das Klicken hören, wenn die Ampel auf Grün sprang, und dann ein anderes Klicken oder richtiger: ein grrrrm, und die langen Autos fuhren weiter die Avenida Universidad hinunter. Drei Stockwerke tiefer waren der kiesbedeckte Hof und der Garten des Gebäudes durch Trampelpfade von schwarzer Erde verbunden, die an großen Bäumen und Blumenkübeln vorbeiführten. Vom Balkon aus wirkte der Garten wie ein großes, liegendes B, so: ϖ. Im Innern eines der beiden Halbkreise gab es ein Plätzchen, mandelförmig wie ein chinesisches Auge, mit drei Bänken, zwei Schaukeln, einer Wippe, überragt von einem mächtigen Stein, vermutlich einer Skulptur. Dahinter schlängelte sich eine gewundene schwarze Linie, vielleicht ein Bach, und einen halben Meter weiter erhob sich die Mauer, die die Wohnanlage von einer anderen trennte. Dort, in einer Art Biegung, von Büschen geschützt und durch die Mauer dahinter vor den Blicken der Vorbeigehenden verborgen, aber von meinem Platz auf dem Balkon aus, wo ich mich befand, gut sichtbar, nahm, als hätte sie nur auf mich gewartet, Lola Torrente den Schwanz von Héctor Gómez in den Mund und begann ihm einen zu blasen.

Aber, meine Güte, das war kein stinknormaler Blowjob: An diesem unversehens erleuchteten Zufluchtsort existierten bald nur noch die Hände von Lola; die eine umschloss Héctors Penis, die andere steckte zwischen seinen Beinen, während seine Hände auf ihrem Kopf lagen – ihrem schönen und starken, schwarzhaarigen Kopf –, dazu noch Lolas Mund und Schultern, ihre Knie auf schwarzem Gras oder schwarzer Erde oder Schatten, und ein Kichern, das kein Kichern war und von Zeit zu Zeit in vornehmster Manier zwischen ihnen hin und her flog.

Das war zweifellos das geheime balinesische Theater.

Erst als ich ins Wohnzimmer zurückkehrte, lief es mir eiskalt den Rücken runter.

Im Zimmer war niemand.

Ich glaube, ich trank etwas und setzte mich. Ich nahm ein Buch vom Tisch. Aus einem der anderen Zimmer drangen Stimmen, anscheinend hatte sich ein Streit entwickelt. Dann hörte ich Gelächter; nichts Gravierendes also. Ich schloss die Augen: Im Geisterkanal fast unhörbare Geräusche. Mir fiel wieder ein, was Jan von Boris erzählte. Ich hatte ihm nie geglaubt. Es stimmt aber, sagte Jan. Du wirst noch verrückt, sagte ich. Nein, nein, nein, nein. Dschungel, dort draußen herrscht der Dschungel, dachte ich. Wie alt war Boris noch gleich? So um die Fünfzehn? Nein, nein, nein. Ich stand auf und ging in die Küche.

Kühlschränke voller Lebensmittel setzen mich immer wieder in Erstaunen.

Ich kehrte mit einem Glas Milch ins Wohnzimmer zurück und setzte mich. Ich trank in kleinen Schlucken. Ich musste lächerlich aussehen, wie ich mit übereinandergeschlagenen Beinen und verheulten Augen dasaß. Aber warum? Jans Stimme klang monoton im Hintergrund des balinesischen Theaters. Ich habe es dir tausendmal gesagt, Remo, und du verstehst es noch immer nicht. Unheilverkündende Figuren in einem unverständlichen Schachspiel. Wahrnehmen, sagte ich, kann ich nur die Silhouette eines Jünglings … tanzend in einem Zimmer. Er muss glücklich sein. Ein Junge von, wie viel?, dreizehn Jahren. Der in seinem Schlafzimmer tanzt. Jetzt dreht er sich um, und ich kann seine Züge erkennen, die Gesichtszüge von Boris? Und dann versinkt das Zimmer in Dunkelheit, man hat im ganzen Viertel das Licht gelöscht, und ich höre *nur* das Geräusch seiner Atmung, das Geräusch seines stumm tanzenden Körpers. Ich stellte das Glas auf einen Couchtisch. Das Bein, das ich über das Knie geschlagen hatte, begann zu hüpfen, als würde der Doktor Unsichtbar mit seinem Stahlhämmerchen meine Reflexe prüfen. Halt ein, sagte ich, totale Ruhe, komm schon, Rinti, halt ein, ha ha, guter Junge.

Daraufhin erfolgte das denkwürdige Schellen, ding dong, rringg, tingeling, ich schwöre, ich erinnere mich nicht an den Klingelton, ikkkk, simmmmm, lillillinnnn, und mit einem Satz sprang ich auf, weil ich ahnte, ronggdonggg, dass es von dort bis zum vollkommenen Glück, ping ping ping, rischhhhh, nur ein oder zwei oder drei Millionen Schritte waren, ein Spaziergang, den ich damit begann, dass ich die wenigen Meter zurücklegte, die mich von der Tür trennten, tüdelüdelüt, welche ich sodann öffnete. Draußen stand ein

Mädchen mit kastanienbraunem Haar. Hinter ihr: Ein sehr unsympathischer – und sehr hässlicher – Bursche mit Haar in gleicher Farbe.

Liebe Ursula K. Le Guin,

was können wir Athsheaner tun, wenn unsere Stunde schlägt? Ist unsere erdrückende Mehrheit unsere Waffe? Wird die Identifizierung des Aggressors mittels einer Viper unsere Waffe sein? Ist unsere Fähigkeit, das Wort Tod zu übersetzen, unsere Waffe? Ist unser Blinder Taubstummer Glaube ans Überleben unsere Waffe? Wird die Kühnheit unsere Waffe sein? Sind unsere Bögen und die Pfeile, die zu den Hubschraubern aufsteigen wie ein Traum oder wie die zerstreuten Fragmente eines Traums, unsere Waffe? Ist die Unerbittlichkeit unsere Waffe? Sind die Dorados, die betrunken im Sattel sitzen und ununterbrochen auf die Panzerkolonne schießen, unsere Waffe? Ist eine alte Schallplatte von Agustín Lara am exakten Rand des Nichts unsere Waffe? Die fliegenden Untertassen, die in den Anden landen und in den Anden starten? Unsere Athsheaner-Identität? Die Kunst der Hochgeschwindigkeitskommunikation? Die Kunst der Tarnung? Die explosiven analen Fixierungen? Die reine Wildheit? Was wird man uns geben, was müssen wir zu uns nehmen, um standzuhalten und zu siegen? Für immer und ewig aufhören, den Mond anzuschauen? Ein ums andere Mal lernen, Guderians Panzer an den Toren von Moskau zu stoppen? Was müssen wir küssen, damit es erwacht und der Zauber verfliegt? Den Wahnsinn oder die Schönheit? Den Wahnsinn und die Schönheit?

Tausend Küsse,

Jan Schrella

»Ah, die Nacht lädt zum Träumen ein, finden Sie nicht? Wie viele junge Leute sitzen jetzt bei offenem Fenster … Wie schön es wäre, nicht zu arbeiten, keine Verpflichtungen zu haben …«

»Wenn Sie mögen, begleite ich Sie auf die Terrasse. Ein bisschen frische Luft würde uns guttun.«

»Nein. Machen wir weiter. Aber versuchen Sie, ernst zu bleiben. Ich sage das um Ihret- und Ihrer künstlerischen Zukunft willen. Alles, was Sie sagen, kommt auf Band.«

»Wo waren wir stehengeblieben?«

»Weiß ich nicht mehr.«

»Dann kehren wir zurück zu der Nacht, in der Boris die feindlichen Bewegungen neben dem Kartoffelfeld beobachtet.«

»Ein netter Junge … und so verträumt.«

»Stimmt, meist führt er Selbstgespräche«.

»Wie so viele von uns. Ich habe eine Kollegin in der Gesellschaftsredaktion, die ständig mit sich selbst spricht. Ich glaube, die Leute halten sie für verrückt, nicht unwahrscheinlich, dass sie ihren Job verliert. Von morgens bis abends murmelt sie vor sich hin. Manchmal deklamiert sie auswendig die Namen weltberühmter Modemacherinnen. Für sich selbst oder für ihren unsichtbaren Gesprächspartner ...«

»Boris Lejeune sagt Achtung, Achtung ...«

»Lauscht er seiner eigenen Stimme, oder ist er sich nicht einmal bewusst, dass seine Lippen sich öffnen und einzelne Sätze formen?«

»Hier Boris Lejeune, Achtung, Achtung, die Panzer R35, H35, H39, FCM36, D2, B1, FT17, S35, AMR, AMC haben nichts bewirkt ... Reden ist in unseren Ländern bloß eine Gewohnheit ... Der Bürgerkrieg ist nicht aufzuhalten, sagt Lejeune, nur ... Es ist wie Gedichte vortragen ... Sonderbotschaft für meine verlorenen Freunde: Vaché und Nizan können endlich mit Daudet und Maurras gemeinsam antreten ... Gott existiert nicht ... Die menschliche Rasse ist abscheulich ... Scheiße Schwanz Fotze ... Et cetera ... Die Lichter auf der anderen Seite des Kartoffelackers blinzeln wie Wesen von einem anderen Stern.«

»Mir ist kalt. Diese Ecke ist eisig. Und dann?«

»Dann, um es kurz zu machen, nimmt die ganze Sache Fahrt auf. Das Mädchen stromert durch die Außenbezirke von Santa Bárbara. Der Verwalter macht einen Ausflug mit dem Rad. Die Apparate der Akademie funktionieren unverändert und unbeirrt bei Tag und Nacht, verzeichnen Grobheiten und Getrampel. Die Bilder beginnen sich zu ordnen, und jedes lässt sich anhand der Karte nummerieren, die Doktor Huachofeo mit ruhiger Hand und beschwingter Phantasie in seiner *Paradoxen Geschichte Lateinamerikas* gezeichnet hat. Bild Nr. 1: Ein Gefangener verlässt ein Pariser Gefängnis in Richtung auf ein deutsches Konzentrationslager. Bevor er verladen wird, fragt man ihn in einem Anbau der Bahnstation aus purer Routine nach seinem Namen. Ich scheiße auf deine Toten, erwidert der Gefangene. Auf Spanisch. Was?, sagt der deutsche Soldat oder französische Gendarme. Boris Gutiérrez, sagt der Gefangene. Bild Nr. 2: Außerhalb von Southampton stürzt eine Spitfire ab. Vom Boden aus beobachtet das die Besatzung des Fliegerhorsts. Warum springt er nicht ab? Wer fliegt die Maschine? Sie versuchen über Funk Kontakt aufzunehmen, aber niemand antwortet. Der Aufprall scheint unausweichlich, die Spitfire befindet sich im Sturzflug. Der Funker mahnt: Spring ab, spring ab, spring ab, sitzt jemand in der Maschine? Plötzlich antwortet eine unendlich ferne Stimme: Hier spricht Boris McManus, ich zerschelle ... Bild Nr. 3: Ein Trupp Guerrilleros befindet sich in einem Gebiet nahe Uzice auf dem Rückzug. Im frühen Morgengrauen finden sie einen an beiden Beinen verletzten Kameraden neben einem toten Jungen. Der Verletzte erklärt, der Unbekannte habe ihn bis hierher gebracht. Die Guerrilleros betrachten den Toten. Er zeigt mehrere Wunden in Brust und Kopf. Völlig ausgeschlossen, dass er dich getragen hat, sagt der Anführer, er ist seit mindestens vierundzwanzig Stunden tot. Ich schwöre, dass er mich letzte Nacht aus der Kampflinie herausgeholt und getragen hat! Ich bin mehrmals ohnmächtig geworden. Hatte starke Schmerzen. Wir sprachen miteinander. Er erzählte mir Geschichten, um mich abzulenken. Er sagte, dass er Pferde liebe. Und dass ... Die Guerrilleros müssen zugeben, dass der Verletzte es aus eigener Kraft niemals bis hierher geschafft hätte. In einer Tasche des Toten finden sie einen Zettel: Boris Voilinovic, Student an der Hochschule für Mechanische und Aeronautische Künste in Sarajewo. Unterabteilung der Unbekannten Universität.«

Jan öffnete irritiert die Augen, als wollte er fragen, was zum Teufel los sei. Lächelnd und in einem Ton, der heiter wirken sollte, erklärte ich ihm, das seien ein paar Freunde. Sieht man, sagte er, während die Gäste einer nach dem anderen ins Zimmer traten, ohne ihm Zeit zu lassen, sich anzuziehen oder seine verstreut herumliegenden Papiere, Zeitungsausschnitte, Science-Fiction-Bücher, Landkarten und Wörterbücher wegzuräumen, eine Art Schundbibliothek, die um seine Matratze herum prosperierte. Das ist mein Freund Jan, murmelte ich. Nur Angélica und Estrellita hörten mich. Als der Letzte eingetreten war, sprang Jan mit seinem mageren, nackten Hintern und baumelnden, goldenen Eiern aus dem Bett, schob, der Gruppe den Rücken zugewandt, mit blitzschnellen Bewegungen seine Papiere unter die Matratze und legte sich wieder hin; dann strich er sich durchs Haar und betrachtete die gerade Angekommenen mit eisiger Miene. Ich glaube, wir hatten noch nie so viele Leute bei uns im Zimmer.

»Jan«, sagte ich, »das ist Angélica, das Lola, ihre Schwester, das dort Colina, das Antonio, das hier ist Señora Estrellita, von der wir schon gesprochen haben ...«

»Nur Estrellita«, sagte Estrellita.

»Angenehm«, sagte Jan.

»Das ist Héctor, das César und das … Laura.«

»Schau an«, sagte Jan.

Ich errötete.

»Das ist Jan, mein Freund und Kamerad.«

»Hallo.« Grinsen.

»N'Abend«, sagte Jan mit nicht gerade freundlicher Stimme.

»Was für ein hübscher junger Mann«, sagte Estrellita. »Noch dazu mit goldenen Eiern.«

Jan lachte schallend.

»Stimmt genau«, sagte ich.

»Das bedeutet, dass ihm eine große Zukunft bevorsteht. Goldene Eier sind das Merkmal von jungen Burschen, die … zu Heldentaten geboren sind.«

»Eigentlich sind sie nicht richtig golden«, sagte Jan.

»Schweig. Sie hat gesehen, dass sie golden sind, und ich auch. Nur das zählt.«

»Ich ebenfalls.«

»Und was ist das Merkmal bei Frauen, Estrellita?«, fragte Lola.

»Ein Glas Wein?«

»Wo sind die Gläser?«

»Das ist etwas komplizierter, Schätzchen.« Estrellita setzte sich unter das Fenster, auf den Boden, ohne den Mantel abzulegen. »Das Lächeln, das Lachen. Eunice hat zwar gesagt, es sei der Blick, aber ich glaube … ihr Merkmal ist das Lachen.«

»Augenblick mal, dann gäbe es unter den Dunkelhäutigen, der gesamten bronzefarbenen Rasse, niemanden, der zu Höherem berufen wäre, von den Schwarzen ganz zu schweigen.«

»Es gibt nur fünf Gläser und zwei Stühle. Wir müssen uns die Gläser teilen.«

»Was weißt du denn schon von Hoden ... Wie viele Eier hast du in deinem Leben gesehen?«

»Wenige, das stimmt«, gab Colina zu. »Etwa fünfzehn.«

»Es gibt viele Stigmata, Colinachen«, sagte Estrellita. »Bei den Dunkelhäutigen sind es die Spuren, die sie hinterlassen, die Erinnerung, der Schwindel ...«

»Wie gesprächig Estrellita heute Abend ist.«

»Das kommt sicher daher, dass sie über fünf Stockwerke ohne Aufzug bewältigt hat.«

»Setzt euch auf den Boden.«

»Sie ist das Treppensteigen und Nächte Durchmachen gewöhnt.«

»Und die Dachkammer hat nur das eine Zimmer?«, fragte César.

»So ist die Wohnung eben, winzig.«

»Was hast du da unter der Matratze versteckt?«

»Nichts!«

»Wir müssen uns dieses Glas teilen, du und ich.« Angélica setzte sich neben Jan auf den Rand der Matratze.

»Ja«, sagte Jan.

»Stimmt es, dass du nie rausgehst?«

»Wer hat das behauptet?«

»Dein Brüderchen, Remo, und José Arco.«

»Sie haben dir Quatsch erzählt. Ich gehe jeden Tag nach draußen. Ich liebe es, durch die Insurgentes zu laufen.

Rauf und runter, rauf und runter, wie ein Soldat der Wehrmacht.«

»Wie wer?«

»Wie ein Soldat der Wehrmacht«, sagte Jan. »Ist dir die Farbe des Gebäudes nicht aufgefallen?«

»Nein, es ist Nacht.« Angélica lächelte. Sie wirkte viel attraktiver als im La Habana oder bei sich zu Hause.

»Graugrün. Wie die Felduniformen des Naziheeres.«

»Und woher weißt du das?«

»Habe ich in Büchern gesehen. Fotos von ihren Uniformen. Genau die gleiche Farbe wie die Fassade dieses Hauses.«

»Wie unheimlich.«

»Du hast einen Lyrikpreis gewonnen, stimmt's?«

»Ja. Wer hat dir das erzählt? Remo oder José Arco?«

»Keiner. Habe ich gelesen.«

Sie schauten sich einen Moment lang an, ohne zu lächeln, wie zwei in einer Vakuumkammer herumschwimmende Piranhas. Dann sagte Jan:

»Ich würde gern etwas von dir lesen.«

Derweil schaute ich Laura an, die mir gegenüber am anderen Ende des Zimmers neben Lola Torrente saß und sich leise mit ihr unterhielt. Von Zeit zu Zeit kreuzten sich unsere Blicke, und wir lächelten, wenn auch noch nicht zu Anfang, erst Jahrhunderte später, als wir die Tortas aßen, die José Arco an einem nur ihm bekannten Ort besorgt hatte, und vielleicht lächelten wir damals nicht einmal aus gegenseitiger Sympathie, zumindest nach außen hin, sondern weil in den winzigen Abmessungen des Zimmers nach und nach die Energie zunahm, die von Jan und Angélica ausging, beide wie zu Statuen erstarrt, errötet wie malayische Brautleute, und von den anderen auch, durch Fotosynthese oder weil wir damals so drauf waren oder weil es uns an diesem Ort und in dieser Nacht nicht gegeben war, uns anders zu verhalten, ich weiß es einfach nicht, ehrlich!, wir fingen an zu lächeln, waren einander immer mehr malayische Brautleute, aßen und tranken ohne Hast und ohne Pause, während wir geduldig warteten, dass im Fenster, unter dem Estrellita schlief, jemand das Morgengrauen anknipste.

Wie in Öl getaucht dann die Ankunft der Eltern der Torrente-Schwestern, die allgemeine Auflösung eine halbe Stunde später, mein Vorschlag, das Fest – oder was es war – auf der Dachterrasse fortzusetzen, die Tour durch das nächtliche DF in Taxis, die geometrische Figuren nachfuhren, dazu mexikanische Countrysongs im Radio – die Präzision des mexikanischen Tagesanbruchs! –, und die eingebildeten oder flüchtig geschauten Gesichter hinter den Scheiben anderer Autos, die eilig im Tunnel verschwanden, entschlossen wie Schauspieler oder Überfallkommandos, um auf der anderen Seite, zur Zärtlichkeit bereit und köstlich geschminkt, wieder aufzutauchen. Wirklich (also von überragender Wirklichkeit) war nur Lauras Lächeln am anderen Ende des Zimmers, ein Meteoritenlächeln, halb verblassendes Lächeln, Ahnungslächeln, Rauch- und Komplizenlächeln, Schnappmesserlächeln in einem Waffenladen, nachdenkliches Lächeln und ein Lächeln, das meinem schließlich doch und ohne Ausflüchte begegnete: ein gesuchtes Lächeln und ein Lächeln, das auf der Suche war.

Dennoch möge sich der geneigte Leser das nicht als eine Abfolge von Grimassen vorstellen. Gott bewahre mich vor einem Mädchen, das imstande wäre, in so kurzer Zeit auf so verschiedene Arten zu lächeln. Nein. Sie alle passten in ein einziges Lächeln. Und das Auge des Verliebten ist wie das Auge einer Fliege, weshalb es möglich ist, dass es Lauras Lippen und Zähnen ein fremdes Lächeln angehext hatte.

Aber selbst das zuletzt Gesagte – war es wichtig? Verwandelte sich Laura denn nicht allmählich in alle und alles? Wie die unbefleckte und verurteilte Mutter, wie die unbefleckte und verurteilte aztekische Prinzessin, wie die unbefleckte und verurteilte Vagabundin aus Tepeyac, wie die unbefleckte und verurteilte Llorona, wie das Gespenst von María Félix ...

Ich sprang auf die Füße. Mir war leicht schwindlig.

Ich kündigte an, ich würde losziehen und im zwei Straßen entfernten chinesischen Café Hefebrötchen kaufen. Wer mich begleiten wolle – Freiwillige vor! Fast im selben Moment dachte ich, José Arco sei glatt imstande, sich anzubieten, und wollte schon einen Rückzieher machen, als Laura sagte, ich komme mit, dauert nicht lange.

Zu wem hatte sie gesagt: dauert nicht lange? Zu César?

Während ich das Geld zählte, das man mir gab, hörte ich nicht auf zu zittern und innerlich zu singen.

»Ein richtiges Puppenhaus, ich hätte gern so eine Wohnung«, sagte Laura, als wir aufbrachen.

Von der Dachterrasse aus betrachtet schien es, als würden die Wolken die Elektrizität der Stadt aufsaugen; eine fuhr sogar eine Art Ärmchen aus, das fast bis an die höchsten Gebäude reichte.

»Es wird regnen«, sagte Laura.

Ihr Gesicht schien im Licht der draußen über unserer Wohnungstür hängenden Glühbirne für einen Moment durchsichtig zu werden, für einen Sekundenbruchteil ein Gesicht aus Silber, in dem nur noch ihre kastanienbraunen Augen lebendig, wie von dieser Welt waren.

»Weißt du, welchen Namen ich dir geben würde?«, sagte ich, als wir die Treppe hinuntergingen.

»Mir?«, lachte sie, als wir an der Tür des Lizenziaten Ruvalcava vorbeikamen.

»Ja, ja.«

»Und warum würdest du mir einen anderen Namen geben? Gefällt dir der Name nicht, den ich habe?«, fragte sie im Hausflur, während ich die Tür öffnete.

»Dein Name gefällt mir sehr. Als wir oben waren, kam mir plötzlich dieser Gedanke. Aber ist nicht wichtig. Ich lösche ihn.«

»Jetzt musst du ihn mir sagen.«

»Nein, ist schon gelöscht.«

»Sag den Namen.«

»Schwör mir, dass du nicht sauer wirst.«

»Kommt drauf an. Sag schon.«

»Hör mal, ehrlich, du darfst nie sauer auf mich werden. Du würdest mir sehr weh tun.« Ich lachte wie ein Kaninchen, aber ich spürte es mit dem Herzen.

»Sag den Namen. Ich verspreche nichts.«

»Princesa Azteca.«

Laura lachte aus vollem Hals. Tatsächlich stand ich da wie ein Idiot und lachte ebenfalls. Himmel, was bin ich für ein Trottel, sagte ich. Ja, ja, sagte Laura. Wir bogen in eine Seitenstraße. Wie ich mir gedacht hatte, war das chinesische Café noch offen.

(Ein paar Tage später erzählte ich José Arco von diesem Erlebnis. So ein Zufall, sagte er, es gibt ein Motorrad, eine Benelli, die Princesa Azteca heißt. Braun lackiert, groß, ganz gut in Schuss, und auf dem Tank trägt sie in silbernen Buchstaben den Schriftzug Princesa Azteca. Wenn du willst, können wir sie uns anschauen. Wozu?, sagte ich. Es ist eine gestohlene Maschine, du kannst sie billig bekommen. Nein, sagte ich, vergiss es, ich kann nicht fahren, kein Interesse. Der Bursche ist Dichter, sagte José Arco. Er heißt Mofles. Er würde dir gefallen. Aber wo ich doch kaum Geld für Essen habe, sagte ich, ich habe nicht mal einen Führerschein, außerdem mag ich sie nicht, ich hasse diese Schrottkisten. Ok, ok, sagte José Arco.)

»Manchmal«, sagte ich zu Laura, »hat es die ganze Nacht offen, dann wieder macht es schon um sechs Uhr abends zu. Es gibt keine festen Öffnungszeiten.«

»Netter Laden, nur etwas heruntergekommen.«

»Das Café heißt Flor de Irapuato. Ich glaube, der Eigentümer interessiert sich nicht so für Äußerlichkeiten.«

»Warum Irapuato und nicht Peking oder Shanghai?«

»Weil der Besitzer aus Irapuato stammt. Nur seine ehrenwerten Großeltern sind in China geboren, sagen wir Kanton, aber vielleicht irre ich mich.«

»Das hat er dir erzählt?«

»Emilio Wong, Eigentümer, Koch und einzige Bedienung. Wenn du magst, trinken wir einen Milchkaffee, bevor wir zurückgehen. Du kannst ihn fragen, warum er so unregelmäßige Öffnungszeiten hat.«

»Warum hast du so seltsame Öffnungszeiten? Remo hat mir davon erzählt. Ich bin zum ersten Mal hier.«

»Eigentlich sind sie nicht seltsam«, sagte Emilio Wong, »sie sind flexibel und manchmal unerwartet, aber nicht seltsam.«

»Er hat ausgezeichnetes Gebäck«, sagte ich.

»Remo hat mir erzählt, dass du manchmal nicht vor Morgengrauen zumachst.«

»Hi hi, das müssen die Nächte sein, in denen ich nicht schlafen kann.«

»Was ich dir nicht erzählt habe, ist, dass Emilio, wenn er nicht schlafen kann, Gedichte schreibt. Bitte, verlang nicht von ihm, dass er uns eins vorträgt. Er hat die Absicht, den Laden in ein paar Jahren zu verkaufen und nach Brasilien zu ziehen.«

»Im Lieferwagen«, sagte Emilio.

»Warum willst du nicht, dass er uns ein Gedicht vorträgt?«

»Kannst du es nicht erraten? Er ist ein Fan der Brüder Campos.«

»Und wer ist das?« Lauras Gesicht leuchtete inmitten der sandfarbenen Blumen, die über dem Tresen hingen. Emilio, auf der anderen Seite, runzelte verständnisvoll die Stirn. Ich dachte, ich sei bereits für den Rest meines Lebens verliebt. Ich wollte das Laura sagen, aber sie und Emilio lachten. Der Chinese erklärte etwas bezüglich des Schreibens eines konkreten, anschaulichen Reisetagebuchs, vielleicht war es auch Laura, die gefragt hatte, bevor sie sich an mich wandte und gestand, dass ihr das auch gefallen könnte. Brasilien?, in einem Lieferwagen reisen?, Besitzerin eines chinesischen Cafés sein? Ich hätte auch gern so ein Café, sagte ich. Lauras Gesicht leuchtete auf und erlosch. Es war nicht das Licht; manchmal hatte sie blondes, manchmal kastanienbraunes Haar, und manchmal schien sie mich ganz ruhig anzuschauen, obwohl ihre Augen auf der Glasplatte des Tresens Pfeile in Zeitlupe waren, aber sehr ferne und sehr traurige Pfeile, und ich fragte mich, warum ich ihre hübschen dunklen Augen so sah, während es am Tresen die Genealogien rauf und runter ging, die Wongs aus Kanton, die Wongs aus San Francisco und Los Angeles, die Wongs aus Tijuana und jene, die die Grenze nach Süden überquert hatten, ein eher unüblicher Fall bei einer in Kalifornien geschlossenen Ehe, bis sie, eine Spur ruinöser Geschäfte hinter sich lassend, nach Irapuato gelangten und starben. Und Laura mittendrin, voller Mitleid, voller Staunen, nickend, wenn Emilio sagte, seine Großeltern hätten gute Gründe gehabt, San Francisco zu verlassen, die Mafia der Köche und der Wäscher kannte kein Pardon, stell dir vor, was für ein schrecklicher Tod, in den Dampfschwaden der Küchen und Wäschereien, ein Dunst schlimmer als im London Jack the Rippers, hellauf begeistert von Rezepten für Schwein und Schlange frittiert und für ofengebackene Erdbeeren, ihm versichernd, er habe eine tolle Cafeteria, sehr originell, und sie werde wiederkommen, und ihn bekniend, sie nicht zu verkaufen oder sie ihr zu vermieten, wenn er sich am Ende entschloss, nach Brasilien zu gehen.

»Das mit den Brüdern Campos ... ein dummer Witz. Tut mir leid.«

»Egal«, sagte Laura. »Schon vergeben.«

Wir tranken unseren Milchkaffee aus. Emilio hatte die Hefebrötchen in Packpapier eingeschlagen.

»Gut, gehen wir.«

»Emilio hier allein zurückzulassen, ist mir irgendwie ...«

»Na, dann soll er doch mitkommen.«

»Oh nein, ich bin es gewöhnt, so ein Quatsch«, sagte Emilio.«

Als wir gingen, wirkte Laura verändert. Die ganze vorherige Begeisterung war verflogen. Den Rückweg über sprachen wir kein Wort. Wir waren schon auf der Treppe nach oben, als sie sagte:

»Ich muss dir etwas gestehen, Remo, ich bin ein schlechter Mensch.«

Sie sagte es ganz leise, fast unhörbar. In der Dunkelheit des Treppenhauses kam es mir so vor, als würde sie lächeln.

»Das glaube ich nicht.«

Laura blieb stehen.

»Es stimmt aber, ich bin sehr schlecht, ich erleide alle möglichen Dummheiten, und andere leiden unter mir. Manchmal denke ich, ich bin eine potentielle Mörderin oder dass ich wahnsinnig werde.«

»Du machst Witze«, sagte ich, während ich mein Gesicht dem ihren näherte und sie auf die Lippen küsste.

Noch nie hatte ich mich so danach gesehnt, jemanden zu küssen, wie jetzt Laura.

»Siehst du? Ich wollte, dass du mich küsst, obwohl ich weiß, dass ich César weh tue, wenn ich es ihm erzähle.«

»Wann wirst du es ihm sagen?«

»Nicht heute Nacht jedenfalls.«

»Umso besser.«

Lauras Augen leuchteten wie im Flor de Irapuato. Ich

fühlte mich verloren und glücklich in diesem Treppenhaus. Ein Treppenhaus, das mir bislang nichts Besonderes bedeutet hatte und sich jetzt in etwas Ungeheuerliches verwandelte, halb Riesenschlange, halb Steilwand.

»Ich war noch nie verliebt«, schrie ich fast.

»Bist du in mich verliebt?«

»Ich glaube schon, aber mach dir keine Sorgen. Schuld ist meine Erziehung. Ich bin wirklich und wahrhaftig verliebt.«

Laura setzte ein trauriges Lächeln auf. Für einen kurzen Augenblick waren wir nicht zwei Wesen aus Fleisch und Blut, sondern zwei Zeichentrickfiguren. Ich sagte es ihr: Es kommt mir so vor, als seien wir jetzt zwei Zeichentrickfiguren vor einem realen Hintergrund. Oder so real vielleicht auch wieder nicht.

»Hänsel und Gretel? Schneewittchen und die sieben Zwerge?«, fragte Laura.

»Keine Ahnung. Ich berühre mal deine Brust, um es herauszufinden.«

»Na gut. Berühr mich.«

Ich streichelte ihre rechte Brust, dann die linke, dann seufzte ich und stieß ein dämliches Kichern aus, hi hi hi, ja, das ist die Stiefmutter und das ihr Spieglein.

»Du erinnerst mich an Meister Lampe aus Onkel Remus' Wunderland«, sagte Laura, während sie mich küsste.

Es kam mir so vor, als würde sich das Ende der Treppe verdrehen. Über uns, allerdings so hoch oben, dass es uns nicht berühren konnte, leuchtete ein Licht. Laura fragte mich, wohin ich schaute. Ich deutete auf den immer stärkeren und näheren Glanz.

»Sieht so aus, als würde die Treppe kippen«, sagte sie.

Das stimmte. Das Licht befand sich fast über unseren Köpfen.

»Deine Lippen schmecken sehr gut«, sagte ich.

»Deine auch. Salzig.«

Ich fuhr mir mit der Zunge über die Lippen. Ihre schmeckten nach Kräutern und Ziegenmilch (mit welcher Milch Emilio Wong wohl seinen Milchkaffee machte?), aber das sagte ich ihr nicht.

»Ist es wahr, dass du verliebt bist?«

»Natürlich.«

»Aber warum? Ich habe mich heute so schlecht gefühlt. Ich bin zu Lola gegangen, weil ich so deprimiert war. Man sieht es mir auch an, oder?«

»Als ich dir die Tür aufmachte, habe ich mich in dich verliebt. Du sahst ernst aus.«

»Der arme César wollte nicht mitkommen. Ich habe ihn den ganzen Tag von A nach B geschleppt. Und nur wegen seinem Auto, glaube ich.«

»Was für ein praktischer und ehrlicher Mensch du bist«, sagte ich bewundernd.

Laura lächelte zufrieden und küsste mich erneut. Wir umarmten uns, als würden wir uns nie wiedersehen.

«Wir könnten hier miteinander schlafen, und niemand würde es mitkriegen, was für ein merkwürdiges Haus«, sagte sie.

»Jan sagt, es ist ein Totem der Wehrmacht«, teilte ich ihr mit. »Ich glaube, ich würde nicht können.«

»Was würdest du nicht können? Willst du damit sagen, du könntest nicht ficken?«

»Ja. Er würde nicht steif werden. Ich hätte keine Erektion. So bin ich.«

»Du bekommst keine Erektionen?«

»Nein. Doch, im Prinzip schon, aber jetzt könnte ich nicht, es ist, wie soll ich es erklären, ein besonderer Moment für mich. Auch sehr erotisch, aber ohne Erektion. Schau, fass an.«

Ich nahm ihre Hand und führte sie an meine Hose.

»Stimmt, er ist nicht steif.« Laura lachte, aber ganz leise. »Das kommt nicht oft vor bei einem Jungen. Vielleicht wegen der Treppe?«

»Die Treppe hat nichts damit zu tun.« Laura ließ meinen Schwanz nicht los.

»Du hast doch keine Angst?«

»Ein bisschen.«

»Bist du am Ende noch Jungfrau?« Ich hatte sie kaum verstanden: Sie sprach unter kurzem Kichern, das heller leuchtete als das Licht, das sich vom Treppenabsatz her ausbreitete.

»Mehr oder weniger. Jedenfalls gäbe es darüber viel zu sagen. Aber ich schwöre, dass ich nicht die Absicht habe, als Jungfrau zu sterben«, sagte ich.

»Ah.«

Sie nahm ihre Hand weg, verharrte einen Moment in Gedanken und fügte dann hinzu:

»Dein chinesischer Freund hat mir gut gefallen. Aber jetzt mal im Ernst, ist er *auch* Dichter?«

»Ja. Mein Gott, ich hoffe, es stört dich nicht, dass er mir nicht steht.«

»Nein, nein.«

»Ach, ich glaube doch.«

»Nein, Dummkopf, wirklich nicht. Mich stört, dass du sagst, du seist in mich verliebt. Das ist alles. Gehen wir rauf, sie müssen denken, dass uns was passiert ist.«

Von der Dachterrasse aus sah der Himmel noch genauso dräuend aus wie bei unserem Aufbruch. Dicke, schwarze Wolken ließen violette Schlieren passieren oder wurden von ihnen durchzogen. Aus weiter Ferne hörte man den Regen rauschen, während in diesem Teil der Stadt noch kein einziger Tropfen fiel. Bevor wir ins Zimmer traten, drehte sich Laura um und gab mir einen Kuss auf die Wange. Als sie sich von mir löste, hielt ich sie an den Schultern fest. Durch die Tür hörten wir die Stimmen unserer Freunde. Ich würde mich gern weiter mit dir unterhalten, sagte ich. Mit Sicherheit traf ich nicht den richtigen Ton. Wir lächelten uns an, aus weiter Ferne. Hoffentlich schüttet es wie aus Eimern, dachte ich.

»Princesa Azteca also. Lustig«, flüsterte sie. »Wie bist du darauf gekommen?«

»Hab ich schon gesagt. Ich weiß es nicht.«

Wir gingen hinein. Jan schrie mehr, als dass er redete. Er war völlig betrunken. Ich setzte mich auf den Boden, und kurz darauf hielt auch ich ein Glas in der Hand.

»Halten Sie das wirklich für normal? Ich meine, sind solche Künstlerfeste in Mexiko der Normalfall? Ich bekomme immer mehr den Eindruck, dass hier etwas krank ist. Sehr traurig und sehr dunkel.«

»Ja. Die Leute trinken. Sie finden kein Ende. Die Fröhlichkeit artet in Lärm aus. So ist es immer.«

»Zum Glück kann ich mit jemandem reden. Wäre ich allein gewesen, hätte ich mich längst verdrückt.«

»Das wäre etwas schwierig geworden. Dem Preisträger ist es nicht erlaubt, das Fest, das man ihm zu Ehren gibt, so mir nichts, dir nichts zu verlassen ...«

»Habe ich mir schon gedacht.«

»Mein armer Freund, schauen Sie nicht so resigniert drein. Beschäftigen wir uns lieber wieder mit Ihrem Werk. Warum so viele europäische Schauplätze? Wissen Sie etwa nicht, dass die wahre Universalität im Kleinen zu Hause ist, in der Provinz?«

»Bitte nicht in diesem Ton, Sie kommen mir vor wie die Schwester, die den Tavianis gefehlt hat. In Wirklichkeit, und das sage ich nicht, um mich zu rechtfertigen, gibt es in meinem bescheidenen Erstlingswerk keine europäischen Szenen. Es gibt Kindheitslektüren, die wieder hochkommen, halb Nostalgie, halb Verzweiflung. Zeitschriften, an deren Namen ich mich nicht erinnere: *U-2*, *Comando*, *Spitfire*, ich weiß nicht, möglicherweise hießen sie anders ... Man kann darin auch eine Interpretation der Lehren von Huachofeo sehen: im Extrapolieren tun sich uns Türen auf, die uns zuvor verschlossen waren ... Aber fragen Sie, ich will Sie nicht langweilen.«

»Sie langweilen mich nicht. Mich fröstelt. Sie meinen, wir befinden uns auf einer Waldlichtung?«

»Gehen wir auf die Terrasse, und Sie können es mit eigenen Augen sehen. Oder öffnen wir das Fenster hier, ich glaube nicht, dass es jemand mitkriegt.«

»Nein, tun Sie das nicht. Wir gehen schon noch raus, Arm in Arm, um frische Luft zu schnappen. Im Augenblick würde es mir nicht gut bekommen. Erzählen Sie etwas, irgend etwas, von der neuen mexikanischen Dichtung.«

»Himmel. Noch einmal: Ihnen geht es nicht gut, verlassen wir diese Lasterhöhle, oder trinken Sie wenigstens einen Kaffee. Hier stinkt es nach Samen und Vaginalsekret!«

»Das stimmt. Aber von alten Leuten.«

»Von alten Intellektuellen, würde ich hinzufügen.«

»Erzählen Sie von Ihrem Werk; ich fürchte, wenn ich so weitermache, verliere ich meinen Job.«

»An anderen Angeboten wird es Ihnen nicht mangeln. Sie sind eine außerordentlich sympathische Journalistin.«

»Danke.«

»Und sehr, ich betone, sehr aufopferungsvoll.«

»Danke. Wenn es Ihnen nichts ausmacht, wenden wir uns wieder unserem Thema zu.«

Liebe Ursula K. Le Guin,

ich hatte Ihnen geschrieben, den Brief aber zum Glück nicht abgeschickt: Es war ein anmaßender Brief, voller Fragen, deren Antworten Sie auf die eine oder andere Weise in Ihren schönen Büchern gegeben haben. Ich bin siebzehn, stamme aus Chile, lebe aber derzeit in México DF, wo man sagenhafte Sonnenaufgänge beobachten kann. Auf dem Dach des Hauses gibt es etliche Dachkammern, von denen aber nur fünf bewohnt sind. In einer wohne ich zusammen mit einem Freund von zweifelhafter chilenischer Herkunft. In einer anderen, sagen wir, in der zweiten, obwohl es eine Reihenfolge nicht gibt, wohnt eine Hausangestellte, auch Dienstmädchen, Magd, Zugehfrau oder Haushaltshilfe genannt, mit ihren vier kleinen Kindern. In der dritten lebt das Dienstmädchen aus einer der unteren Wohnungen, der des Lizenziaten Ruvalcava. In der vierten lebt ein alter Mann namens Espejo; er geht selten aus dem Haus, aber ich auch, also lassen wir das. In der fünften wohnt eine etwa fünfundvierzigjährige Frau, zierlich, sehr adrett, die frühmorgens verschwindet und immer erst nach zehn Uhr abends nach

Hause kommt. Es gibt auf dem Dach so etwas wie einen Mittelgang, gesäumt von Blumentöpfen, die ihm eine fröhliche, tropische Note verleihen, an dem drei Duschen und zwei Toiletten liegen, alle winzig klein, aber praktisch und mit massiven Holztüren. In den Duschen gibt es nur Kaltwasser, außer in der der vierfachen Mutter, die privat ist, ein Vorhängeschloss hat und über einen Boiler verfügt, der mit Sägemehl beheizt wird, aber in der Regel ist das kein Problem, außer in den seltenen Fällen, wo die Tage so kühl werden, dass an Körperpflege nicht zu denken ist. Gesicht und Hände waschen wir uns in einem Seitengang, an den Waschbecken, wo die Wäsche gewaschen wird. Das Gebäude hat acht Stockwerke, und unsere Kammer geht auf eine große Straße, die Avenida Insurgentes, die ich von unserem einzigen (aber großen) Fenster aus bewundern kann, und ich staune wirklich jedesmal wieder über ihre Länge und das Lichtermeer. Meine Matratze liegt genau wie die meines Freundes direkt auf dem Boden, ein eigenartiger Boden aus senfgelb und braun lasiertem Ziegelstein, und dort schreibe ich die Briefe und Entwürfe, aus denen eines fernen Tages ein Science-Fiction-Roman werden könnte. Sicher, es ist hart. Ich versuche zu lernen, zu studieren, zu beobachten, komme jedoch immer wieder zum Ausgangspunkt zurück: Es ist hart, und ich bin in Lateinamerika, es ist hart, und ich bin Lateinamerikaner, es ist hart, und was das Schlimmste ist, ich stamme aus Chile, obwohl Hugo Correa (sagt der Ihnen etwas?) mir widersprechen würde. Was die Briefe betrifft, sie richten sich alle an Science-Fiction-Autoren in den Vereinigten Staaten; Autoren, von denen ich annehmen darf, dass sie noch am Leben sind, wie James Tiptree Jr.,

Theodore Sturgeon, Ray Bradbury, R.A. Lafferty, Fritz Leiber, Alfred Bester. (Könnte ich doch nur mit den Toten kommunizieren, ich würde Philip K. Dick schreiben.) Ich fürchte, dass viele meiner Briefe ihre Adressaten nicht erreichen, aber es ist meine *Pflicht*, mit aller Kraft darauf zu hoffen und weiter Briefe zu schicken. Die Anschriften habe ich aus Science-Fiction-Fanzines, viele Briefe habe ich sogar direkt an Fanzines in verschiedenen Orten der Vereinigten Staaten geschickt, in der Hoffnung, dass die Herausgeber sie an ihre mutmaßlichen Lieblingsautoren weiterleiten. Andere Briefe sind an die Verlage adressiert, einige an literarische Agenturen (vor allem an die der berühmten Spiderman-Brüder), und einige wenige tragen die private Anschrift der betreffenden Autoren. Ich sage das alles, damit Sie nicht denken, es sei eine einfache Arbeit. Das ist sie auch, aber es fiele mir nicht schwer, jeden vom Gegenteil zu überzeugen. Mit kühlem Kopf betrachtet, könnte ich Ihnen versichern, dass ich nichts anderes tue, als einen Brief nach dem anderen an Personen zu schreiben, die ich höchstwahrscheinlich nie kennenlernen werde. Lustig; man könnte denken, es ist wie die Nutzung von Funksprüchen vor Erfindung des Ansible, ha ha. Jahre und Jahre des Wartens, um eine geheimnisvolle Antwort zu bekommen. Aber ich nehme an, das wird nicht der Fall sein, und falls doch, sollten wir nicht dramatisieren. Ach, liebe Ursula, im Grunde ist es eine Erleichterung, Nachrichten zu verschicken und alle Zeit der Welt zu haben, zu sagen, ich habe versucht, sie zu überzeugen, habe sie aber nicht gesehen, oder seltsame und dennoch sanfte Träume zu haben … Auch wenn die Träume mit jedem Tag weniger sanft sind. Ich habe gelesen, dass jeder zehnte

US-Amerikaner schon einmal von Nuklearraketen geträumt hat, die einen bestirnten Himmel queren. Vielleicht sind es mehr, vielleicht ziehen viele es vor, die Albträume der vergangenen Nacht zu vergessen. In Lateinamerika, fürchte ich, steht der Traum in Verbindung mit anderen Dämonen. Jeder Zwanzigste hat geträumt, er habe Abraham und Isaak auf dem Berg beobachtet. Jeder Zehnte hat von der Flucht aus Ägypten geträumt. Jeder Fünfte von *Quo Vadis?* und Victor Mature. Aber der vorherrschende Albtraum ist einer, den die Befragten beim ersten Morgengrauen oder dem ersten Aufheulen des Weckers wieder vergessen. Ausnahmslos alle antworten, dass sie mindestens einmal im Leben den Schlüssel-Albtraum gehabt haben, aber niemand kann sich an ihn erinnern. Undeutliche Schatten und Körper, unverständliche Worte, und beim Aufwachen das Gefühl, einen dritten Lungenflügel zu besitzen oder einen über Nacht verloren zu haben, je nachdem, das ist alles, was wir wissen. Und bis hierhin komme ich, es ist acht Uhr morgens, wir haben in unserem Zimmer ein schönes Fest gegeben, aber jetzt bin ich müde. Hier herrscht ein totales Durcheinander! Ich bin allein. Ich werde mir jetzt an einem der Waschbecken die Zähne putzen, dann verhänge ich das Fenster mit einer schwarzen Decke und lege mich schlafen ... Warum ich Briefe schreibe? ... Vielleicht bloß um zu nerven, vielleicht auch nicht ... Vielleicht bin ich über der Lektüre so vieler Science-Fiction-Romane verrückt geworden ... Vielleicht sind das ja meine NAFAL-Raumschiffe ... Auf alle Fälle und vor allem seien Sie meiner ewigen Dankbarkeit versichert.

Herzlich,
Jan Schrella

Ich versuchte zu trinken. Ich versuchte über Worte zu lachen, die ich aufgeschnappt hatte und die auf irgendeine Weise amüsant zu sein versprachen. Ich weckte Estrellita aus ihren Träumen, die so friedlich schienen, so weit jenseits der Dachterrasse und der Siege verheißenden Sätze, weckte sie mit einer Tasse Tee, die die Alte lächelnd trank, bevor sie wieder einschlief. (Ich fühlte mich fürchterlich.) Ich versuchte nachdenklich zu wirken, frivol, unsichtbar, blätterte inmitten des Lärms in einem literaturwissenschaftlichen Buch; im Grunde wünschte ich mir, alle würden gehen, ich könnte das Licht ausmachen und mich auf meine Matratze werfen. Irgendwann begannen die Leute dann zu verschwinden. Jan zog sich an und ging mit José Arco und den Torrente-Schwestern hinaus auf den Gang. Dann verschwand Pepe Colina. Ich machte mir keine großen Gedanken, bis Laura und César aufbrachen, Letzterer offenbar noch betrunkener als ich. Ich fühlte mich bedrückt. Ich zog es vor, mich nicht zu rühren, still zu bleiben und abzuwarten. Die Bedrückung verwandelte sich ganz allmählich in Beklemmung. In dem plötzlich riesengroßen Zimmer befanden sich jetzt noch Héctor,

Estrellita und ich. Später erzählte man mir, Angélica habe sich schlecht gefühlt, und man habe mit ihr einen Spaziergang über die Dachterrasse gemacht. Wie in einem Kriminalfilm waren die Spaziergänger nicht lange zusammengeblieben: Jan und Angélica schlüpften in einen der Waschräume, José Arco und Lola rauchten bei den Wäscheleinen eine Zigarette, wo sich ihnen plötzlich Pepe Colina zugesellte. Ich weiß nicht, wie viel Zeit verging, bis erneut die Tür aufging und nacheinander alle wieder auftauchten. Bevor der Letzte hereinkam, sprang ich auf die Füße, weil ich den Gedanken nicht ertragen konnte, dass Laura nicht dabei war. Aber sie war da, und als wir uns anschauten, wusste ich, dass die Sache zwischen uns nicht mit dieser Nacht enden würde. Wenngleich die Nacht, die unendlich schien, doch irgendwann ein Ende fand.

Ich müsste jemanden fragen oder einen Kalender zu Rate ziehen, aber manchmal bin ich mir sicher, dass es die längste Nacht des Jahres war. Mehr noch, manchmal hätte ich schwören können, dass sie nicht zu Ende ging, wie alle Nächte enden, schlagartig verschlungen oder über einen längeren Zeitraum wiedergekäut von einem langsamen Morgengrauen. Die Nacht, von der ich spreche – Katzennacht der sieben Leben und Siebenmeilenstiefel –, verschwand oder verging in verschiedenen Momenten, und in dem Maße, wie sie verging, kam zugleich oder blieb, wie in einem Spiegelkabinett, ein Teil von ihr zurück, mithin die ganze Nacht. Unendlich gütige Hydra, die um halb sieben Uhr früh urplötzlich für einen Zeitraum von fünf Minuten zu Viertel nach drei zurückkehren konnte, ein Phänomen, das für manche zweifellos lästig, für andere aber ein nicht zu überschätzender Segen war, ein königliches Pardon und ein Zurückspulen und Wiederaufziehen.

2

»Ich habe von dem russischen Astronauten geträumt ... Ich weiß jetzt, wer es ist ...«

»Ach ja?«

»Beljajew ... Alexander Beljajew ...«

»Was für ein russischer Astronaut?«

»Eine Gestalt, die auf eine Art Wartesaal oder Zelle zusteuert, in der ich mich befinde ... Ein bleigrauer, weicher Würfel ... Zwischen ihm und mir gibt es eine Art Gitterzaun, so dass ich ohne große Schwierigkeit sehen kann, was sich auf der anderen Seite befindet, die Landschaft, aus der Beljajew kommt.«

»Ich fühle mich am ganzen Körper wie zerschlagen ... Wie spät ist es?«

»Sechs. Sechs Uhr nachmittags.«

»Ah, ekelhaft ... Aber was zum Teufel machst du im Bett?«

»Ich habe mich vor einer Stunde hingelegt, rein aus Solidarität, damit wir denselben Rhythmus haben ...«

»Klar, ha ha ha ... Als ich zurückkam, schliefst du wie ein Stein.«

»Ich habe geschlafen, aber ich bin aufgewacht. Ich habe Essen gemacht, mich geduscht, habe gearbeitet und bin wieder schlafen gegangen ... Warum nimmst du nicht das schwarze Tuch vom Fenster? ... Jetzt hör zu: Hinter dem Drahtzaun war ein Flughafen ...«

»Natürlich.«

»Jenseits des Flughafens, am andern Ende einer Ebene, konnte man klar und deutlich die Silhouetten zweier Berge sehen ... In diese Richtung schauten wir beide zu Beginn des Traums, aber dann näherte er sich mir und stellte sich mir vor, lächelnd und ausgesprochen höflich ... Es war Alexander Beljajew ... Weißt du, wer das ist?«

»Keine Ahnung, Jan.«

»Ein Science-Fiction-Autor.«

»Dachte ich's mir ... Hast du jemals Tolstoi gelesen, Bulgakow?«

»Wenig ...«

»Dachte ich's mir ... Du solltest andere russische Autoren lesen; überhaupt ganz andere Schriftsteller. Du willst doch nicht dein Leben damit verbringen, Geschichten über Raumschiffe und Außerirdische zu lesen.«

»Schimpf nicht und hör zu, das ist lustig: Der Flughafen sah in Wirklichkeit aus wie ein Tennisplatz, und die Berge wie zwei Pyramiden aus Pappmaschee ... Aber wenn man die Landschaft genauer betrachtete, gab es etwas, einen unwirklichen Glanz, der alles umgab, und Beljajew wusste das und wollte, dass ich es bemerke ... Etwas in seinen Augen, die das Visier des Astronautenhelms verschleierte, verriet mir lebhaft die unkörperliche Gegenwart anderer Personen ..., die Truppe, unsichtbar ... ein Energiefeld ...«

»Was ...«

»Ich verstehe nur Bahnhof, sagte ich zu ihm, meine Physikkenntnisse sind erbärmlich, und auf dem Gymnasium habe ich mich nur darauf konzentriert, Gedichte zu schreiben. Ich wollte vor lauter Ohnmacht weinen ... Wenn mir in den Träumen die Tränen kommen, verdunkelt sich alles nach und nach oder wird immer heller, bis alles blendend weiß ist ... Daraufhin sprach er zum ersten Mal; ich konnte sehen, wie sich seine Lippen gleichsam wiederkäuend bewegten: Ich bin Alexander Beljajew, sagte er, sowjetischer Staatsbürger und Professor der Unbekannten Universität ...«

»Was ist die Unbekannte Universität?«

»Eine Universität, die niemand kennt, natürlich. Alfred Bester erwähnt sie in einer Erzählung. Was Beljajew betrifft, der wurde, wie du sicher nicht weißt, 1884 in Smolensk geboren und verhungerte im Januar 42 in Stalingrad.«

»Was zum Teufel ...«

»Dann kehrte mir Beljajew den Rücken und verschwand. Über der Ebene erhob sich zunächst ein heftiger Wind, dann erschienen schwarze Unwetterwolken; die Farben waren jedoch nie intensiver als in diesem Moment. So, dachte ich, muss Sterben sein. Ich fühlte mich gleichsam in einer Postkarte gefangen, während ich paradoxerweise gleichzeitig zusah, wie sich die Landschaft zunehmend entfernte. Bis das Tennisnetz sich losriss. Es war sehr merkwürdig. Auf einmal löste es sich und sank wie eine Feder zu Boden. Ich war mir sicher, dass dort nie wieder jemand spielen würde. Dann bin ich aufgewacht. Du hast im Schlaf gesprochen.«

»Ach ja?«

»Ja, wie läuft es mit Laura?«

»Gut. Und hier?«

»Eine Katastrophe. Ich glaube, ich werde sie nie wieder einladen. Sie werden zu aggressiv, wenn sie trinken: César ist mit den Fäusten auf José Arco losgegangen. Zum Glück hat er sich nicht mich als Sündenbock ausgesucht.«

»Jan, es geht nicht um Sündenböcke. Im Übrigen bin ich sehr wohl imstande, mich zu verteidigen ... Wer hat gewonnen?«

»Unser Freund natürlich, mit ein wenig Unterstützung.«

»Sag nicht, dass ihr den armen César zu mehreren verprügelt habt.«

»Richtiger müsste man sagen, dass wir ihn festhielten. Geschlagen hat ihn nur José Arco.«

»Feige Bande. Hör mal, das kann ich nicht glauben.«

»Hi hi ...«

»Wundert mich nicht, dass du anschließend von Beljajew träumst. Das muss das schlechte Gewissen sein, das an dir nagt.«

»Sagen wir, es war Selbstverteidigung. Dein Rivale ist ein ziemlich unberechenbarer Bursche. Ich jedenfalls würde mich sehr in Acht nehmen. Bevor er ging, schwor er, dass er es dir heimzahlen wird, doppelt und dreifach für jeden von José Arcos Schlägen. Um der Wahrheit die Ehre zu geben, so viele waren es nicht.«

»Was wird Laura davon halten?«

»Er sagte auch etwas in Bezug auf Laura, aber dazu äußere ich mich nicht. Wie konntest du nur auf die Idee kommen, um die Zeit mit Laura zu verschwinden? César war verzweifelt, eine Weile lang suchte er auf dem Dach nach euch. Vielleicht nahm er an, ihr hättet euch in einer Toilette versteckt, ein ziemlicher Klassiker, kann ich dir aus Erfahrung sagen. Als er ohne euch zurückkam, ist er explodiert. Wo habt ihr übrigens gesteckt?«

»Wir sind bis Chapultepec gelaufen, haben die ganze Zeit geredet. Dann sind wir zusammen frühstücken gegangen, und ich habe sie zur Metro begleitet.«

»Siehst du. Dieser César hat euch in einer billigen Absteige vermutet.«

»Was für ein Riesenidiot.«

»Zum Glück hat sich unser José Arco als geschickter Faustkämpfer erwiesen, obwohl du nicht denken darfst, er sei ein großer Stilist, eher jemand mit Nehmerqualitäten. Außerdem, stell dir vor: Dein amouröser Rivale wollte während des Kampfes so viele Dinge wie möglich in dieser deiner bescheidenen Hütte zertrümmern. José Arco dagegen sorgte sich mehr um Gläser, Bücher und allgegenwärtige Finger als um seine Gesichtspartien.«

»Eines Tages wird ihn sein Taktgefühl noch das Leben kosten.«

»Klopfen wir auf Holz ... Jedenfalls ist die Sache glimpflich ausgegangen. Angélica und ich haben zusammen den frustrierten Liebhaber vor die Tür gesetzt. Nicht ein Tropfen Blut wurde vergossen. Estrellitas Schlaf wurde nur gestört, als der Moment des Aufbruchs kam. Den Vorschlag von Colina und Mendoza, mich ihrer Gruppe auf der Suche nach einem offenen Restaurant und Frühstück anzuschließen, lehnte ich ab. Meine abschlägige Antwort wurde von Letzterem gekonnt dazu genutzt, sich mit der um die Hüfte gefassten Angélica zu verdrücken. Eine nette Geste, wenn man bedenkt, dass es ungefähr sieben Uhr morgens gewesen sein muss. Gut, vielleicht sollte ich sagen: eine schutz-

angelikale Geste, aber im Grunde habe ich andere Sorgen. Lola und Héctor sind schon vor dem Streit gegangen. José Arco blieb noch eine Weile bei mir, zu zweit konnten wir das Chaos halbwegs beseitigen. Im Wesentlichen haben wir uns aber über deinen César und die anderen kaputtgelacht. Schließlich ist er auch gegangen, und ich habe mich auf die Matratze verzogen. Allerdings bin ich nicht eingeschlafen: Ich habe Ursula Le Guin einen Brief geschrieben. Kannst du ihn heute für mich einwerfen?«

»Klar. Was schreibst du ihr?«

»Ich erzähle ihr von den Träumen und der Revolution.«

»Sagst du nichts von der Unbekannten Universität?«

»Nein ...«

»Warum fragst du sie nicht, ob sie weiß, wo sie sich befindet?«

Die nächsten Tage, oder vielleicht sollte ich sagen, die nächsten Stunden, waren nach Ansicht vieler übertrieben sanft. Bis dahin war ich ein Zaungast in DF, ein ziemlich eingebildeter Neuankömmling und ein linkischer Dichter von einundzwanzig Jahren. Will sagen, dass weder die Stadt im mindesten Notiz von mir nahm, noch dass meine Träume über Neunmalklugheit und billigste Machinationen hinausgelangten. (Ach, wenn damals nichts passiert wäre oder wenn zumindest Jan und José Arco den Mund gehalten hätten, dann säße ich heute nicht hier, sondern im Paradies von Lateinamerikas Gebildeten Ständen, das heißt, ich unterrichtete jetzt an einer nordamerikanischen Universität oder korrigierte schlimmstenfalls Druckfahnen in einem halbseidenen Verlag, sanftes Ruhekissen, unendliche Verheißung.) Dennoch waren es sanfte Tage. Supersanft. Jan und José Arco stürzten sich in Kabbalistiken und Statistiken, die uns bis dahin unvorstellbar schienen. Ich blieb weiter Zaungast, nur eins kam hinzu: Das Auge des Betrachters konnte sich in die beobachteten Straßen und Dinge verwandeln, was irgendwer mal (Chateaubriand? Der Kreuzzugsdichter?) trockenen Orgasmus genannt hat. Der

Ruf der Princesa Azteca brachte alles zu Fall, die Projekte, die Gedichte, die Liebeskunst im Taschenformat und die Klugheit; alles außer DF (das mich über Nacht adoptiert hatte) und Lewis Carroll. Unser Alltag sah sich plötzlich auf den Kopf gestellt: Auf der einen Seite ergaben sich verliebte Stunden, auf der anderen die Lust an Labyrinth und Wollknäuel. José Arco vermochte ein Treffen mit Dr. Ireneo Carvajal einzufädeln. Pepe Colina, den wir in jener Nacht über die Existenz des Kulturblatts von Conasupo in Kenntnis setzten, besorgte uns die Adresse eines gewissen Leonardo Díaz, eines Dichters, der sich mit Leib und Seele den literarischen Paradoxien verschrieben hatte. Jans Briefe in die Vereinigten Staaten mehrten sich. In meinen Träumen hörte ich Laura sagen, vorwärts, stell dich dem Orkan, umrahmt von einer alpinen Landschaft, mit glänzendem, elektrisch gesträubtem Haar. Im wirklichen Leben sagte Laura, ich liebe dich, lass uns zusammen glücklich sein. Und gut! Wir müssen gut sein!, fügte ich hinzu. Wir müssen gut und wohltätig sein, Laura! Wir müssen barmherzig und großzügig sein! Laura lachte, aber ich meinte es ernst. Eines Nachmittags, als wir die Rolltreppen der Metro hochfuhren, das werde ich nie vergessen, vollführte ich einen Stepptanz. Einfach so. Nie zuvor hatte ich so etwas auch nur versucht, und es gelang mir perfekt. Laura sagte, wie gut du das machst, ganz Fred Astaire. Ich war überrascht. Ich zuckte mit den Achseln, und meine Augen füllten sich mit Tränen.

»Du bist traurig, warum?«

»Ich weiß nicht, aber ich fühle mich, als hätte man mich durch die Mangel genommen«, sagte ich.

»Und alles nur, weil du für mich gesteppt hast? Armer Junge, komm, lass dich umarmen.«

»Können wir einen Moment so umarmt bleiben, geht das?«

»Aber dann versperren wir den Leuten, die raus wollen, den Weg.«

»Gut, dann gehen wir auch raus, aber langsam.«

Und das Echo: Wir müssen gut und wohltätig sein, Laura! Wir müssen barmherzig und großzügig sein, vielleicht geraten wir so nicht ins Blickfeld des Schreckens. Und Laura lachte natürlich, und ich auch, aber mein Lachen klang nicht besonders überzeugend.

Was Jan betrifft, sagte ich ja, dass seine Korrespondenz ins Kraut schoss. Tatsächlich verbrachte er fast den ganzen Tag mit dem Schreiben von Briefen und der Lektüre von Science-Fiction-Literatur, die José Arco und ich ihm in rauen Mengen anschleppten. Die Bücher waren fast alle gestohlen, keine große Sache, wenn man Buchhandlungen zusammen mit José Arco besuchte, der auf diesem Gebiet eine enorme Sturheit an den Tag legte. Es war nicht leicht, die Liste der Titel- und Autorenwünsche zu erfüllen, die Jan uns auftrug, viele waren nicht ins Spanische übersetzt, und wir mussten sie in Buchhandlungen suchen, die auf englischsprachige Literatur spezialisiert waren, von denen es in DF nicht eben viele gab und die, schlimmer noch, über Diebstahlsicherungssyteme verfügten, die der Leihbibliothek von Alcatraz Ehre gemacht hätten. Trotzdem war Jan nach diversen, nicht weiter erwähnenswerten Abenteuerchen im Besitz aller von ihm gewünschten Bücher. Mit Anmerkungen versehen, wieder und wieder unterstrichen, stapelten sie sich wild verteilt in allen Ecken unseres Zimmers, dass man sich oft kaum bewegen konnte; nachts pinkeln zu gehen, ohne hellwach zu sein und das Licht anzuschalten, konnte gefährlich werden: Eine Napfschnecke – E. E. Smith –, eine Ratte – Olaf Stapledon –, oder fast das gesamte, Stolperstein spielende Werk von Philip K. Dick konnten einen in jedem Moment zu Fall bringen. Es war keineswegs ungewöhnlich, mitten in einem Albtraum mit einem Buch von Brian Aldiss oder den Brüdern Strugazki zwischen den Füßen aufzuwachen, und natürlich führte es zu nichts, sich den Kopf darüber zu zerbrechen, wie das fragliche Werk dorthin gelangen konnte, wenngleich ich zugeben muss, dass wir nicht besonders regelmäßig die Betten machten. (Ich glaube nicht, dass ich mich der Übertreibung schuldig mache, wenn ich sage, dass ich einmal von meinen eigenen Schreien geweckt wurde – nicht nur traktierte ich ein Buch mit Füßen, zusätzlich hatten sich meine Zehen nach Affenart einzelne Seiten gekrallt, wobei erschwerend hinzukam, dass mein einer Fuß eingeschlafen war und seine Zehen sich wider alle Logik um die Blätter krampften und nicht mehr loslassen wollten.) Bis Jan sich endlich entschloss, diese galaktischen Müllberge aufzuräumen. Eines Mittags türmten sich die Bücher alle entlang der Wand, allerdings so, dass sie viel weniger einem Bücherhaufen als einer Bank glichen, wie sie zentrale Plätze säumen. Die Bäume und die Tauben fehlten, aber die Atmosphäre, die Aureole, strahlte die Unmenge gestohlener Bücher aus. Und nach einer Weile merkte ich, dass genau das seine Absicht war.

»Wie hast du das geschafft?«, rief ich erstaunt.

»Mit Geduld.« Jan machte einen seltsamen, überreizten Eindruck, seine Haut wirkte fast durchsichtig.

»Das erinnert mich an ... die Bänke auf dem Hauptplatz von Los Ángeles.«

»Und die Moral von der Geschicht: Verachte Taschenbücher nicht.«

Am nächsten Tag verschwand die Bank oder vielmehr: sie verwandelte sich in einen Jugendstiltisch von rund vierzig Zentimeter Höhe – ein massiver Bücherblock, in dem sich allerdings an einigen der fünf Seiten Tunnel öffneten, die im Zentrum zusammenliefen und auf einer Seite, der mit den Schnittkanten der Bücher, in eine gemeinsame Öffnung mündeten. Und um die Verarschung komplett zu machen, hatte Jan auf dem Cover eines Buchs von John Varley ein Glas Wasser mit einer Blume platziert.

»Die Nelke hat mir die Tochter von Estrellita geschenkt.«

»Sehr hübsch, Jan, sehr hübsch ...«

»Mmmh, ja, gar nicht übel ... Wenn du willst, können wir an dem Tisch essen, er ist stabil, aber wir müssen ein Tischtuch improvisieren, hörst du? Ich will nicht, dass du mir Flecken auf die Bücher machst.«

»Nein, Mann, Blödsinn, wir essen am richtigen Tisch.«

»Hab dich nicht so, fass mal an, der ist stabil, gut gebaut, Alter.«

Wir aßen dort zu Mittag, nachdem wir vorher eine dünne Decke über die Bücher gebreitet hatten, und wir aßen auch dort zu Abend – José Arco leistete uns Gesellschaft und wollte es anfangs nicht glauben, weshalb wir die Decke hochheben mussten, damit er sah, dass der Tisch aus Büchern bestand. Bevor wir schlafen gingen, hatte mir Jan noch angeboten, ich könne, wenn ich wolle, an seinem Tisch schreiben. Ich lehnte kategorisch ab.

Nach einer Weile fragte ich ihn:

»Hast du dich draufgesetzt?«

Jan hatte die Augen geschlossen und schien tatsächlich zu schlafen, aber er antwortete mit vollkommen klarer Stimme.

»Nein.«

»Dachtest du, die Bank würde dich nicht aushalten?«

»Nein, nicht deswegen.«

»Warum hast du dich dann nicht draufgesetzt, Alter? Oder warum hast du nicht mich gefragt, ob ich mich draufsetze?«

»Es machte mir ... Angst ... Nein, Angst nicht. Es tat mir weh. Aber in tiefster Seele. Scheiße, das klingt wie der Liedtext eines Corrido.«

»Nein, eines Bolero ... Ha ha ha ... Gute Nacht, Jan, träum was Schönes.«

»Gute Nacht, Remo, schreib was Schönes.«

Dann war ich es, in dem Angst aufstieg. Nicht Schmerz, nicht Unruhe. Angst. Hier ich, eine Zigarette zwischen den Lippen, das Zimmer im fahlen Licht meiner Nachttischlampe, mein Freund, der bald anfangen würde zu schnarchen und sich (so Gott will) richtig auszuschlafen, und dort draußen die kreisende Stadt.

Aber der Morgen kam, und die Angst ging. Der Morgen, der sagte: Hallöchen, ihr erbärmlichen Hosenscheißer, hallöchen, wisst ihr, wer ich bin?, während er die Fensterscheiben auf- und unsere Schatten an die Wand drückte. Na klar, sagte ich. Fünf Minuten später sagte Jan verschlafen, während er sich das Laken über den Kopf zog, selbstverständlich. Du bist der außerordentliche Morgen, der versprochen hat, uns alle drei Tage heimzusuchen. Haargenau, haargenau, sagte der Morgen, und wir gähnten, kochten Tee, etwas lästig, dieser Morgen, oder?, rauchten und erzählten uns unsere Träume. Hallöchen, jippie, ich bin der mexikanische Morgen, der dem Tod immer ein Schnippchen schlägt.

»Selbstverständlich«, spottete Jan.

»Was sonst?«, flüsterte ich.

Die irdische Bleibe von Doktor Ireneo Carvajal befand sich im dritten Stock eines in den fünfziger Jahren in einem Arbeiterviertel errichteten Gebäudes, in dem es von Kindern wimmelte – dem Lärm nach zu urteilen, war im vierten Stock ein Kindergarten untergebracht – und das der Stille und des Geheimnisses entbehrte, mit denen José Arco und ich das Umfeld des Herausgebers des *Lyrik-Bulletins von México DF* ausgeschmückt hatten. Doktor Carvajal empfing uns in einem tabakfarbenen Schlafrock, der bis zu den Waden reichte und in Anbetracht der herrschenden Hitze übertrieben schien; er war ein schlanker Mann mit kantigem, von präzisen, symmetrischen Falten geprägten Gesicht und von unbestimmbarem Alter – irgendwas zwischen vierzig und sechzig. Sein Benehmen entsprach dem eines traurigen, manierlichen Menschen. Der Kragen seines Hemdes verriet eine gewisse Nachlässig- oder Ärmlichkeit, die mit dem Mobiliar seiner kleinbürgerlichen, sauberen Wohnstube kontrastierte. Er schaute einem nicht in die Augen. Er hörte uns also schweigend zu, den Blick auf den Boden oder ein Sesselbein geheftet, und je eingehender José Arco den Grund unseres Besuchs erklärte, desto nervöser biss er sich auf die

Lippen, in immer regelmäßigeren Abständen, als würde ihm in unserer Anwesenheit plötzlich unbehaglich zumute. Als er endlich das Wort ergriff, dachte ich, es geschehe nur, um uns den Weg zur Tür zu weisen. Aber nein.

»Jungs«, sagte er, »ich verstehe nicht ganz das Interesse, das ein alles andere als ungewöhnliches Phänomen bei euch hervorruft.«

»Finden Sie es nicht zumindest eigenartig, dass es in DF über sechshundert Literaturzeitungen gibt?«

Doktor Carvajal lächelte gütig.

»Man sollte nicht übertreiben. Mein bewundernswerter, aber immer so tellurischer Ubaldo hat sich meine Zahlen zu sehr zu Herzen genommen. Sechshundert Literaturzeitschriften? Hängt davon ab, was wir als Zeitschrift ansehen wollen und unter Literatur zu verstehen bereit sind. Über ein Viertel dieser Zeitschriften sind in Wirklichkeit fotokopierte und dann zusammengeheftete Blätter mit einer Auflage von bestenfalls zwanzig Exemplaren, in einigen Fällen weniger. Literatur? Ja, für mich schon; für Octavio Paz, um ein Beispiel zu nennen, nicht: Geschmiere, Schemen, Lebenstagebücher, Sätze, rätselhaft wie Telefonbücher; für einen Universitätsprofessor ein ferner Lichtstreif, das schwache Rumoren eines unbekannten Scheiterns; für einen Polizisten nicht einmal ansatzweise subversiv. In allen Fällen Worte, die von einer gewissen literarischen Unzeitgemäßheit zeugen. Selbstverständlich, ha ha, spreche ich hier nicht von den offiziellen Zeitschriften.«

»Aber ich halte es immer noch, Verzeihung, für ein außerordentliches, oder, sagen wir, beunruhigendes Phänomen. Don Ubaldo sagte uns, seiner Vermutung nach habe die

Zahl der in DF erschienenen Zeitschriften im vergangenen Jahr nicht mehr als zweihundert betragen.«

»In *Mein Lustgarten* behauptet er«, fügte ich hinzu, »es könnten bis zum Jahresende über tausend sein, Guinness-Buch-verdächtig.«

»Möglich«, Doktor Carvajal zuckte mit den Schultern, »aber auch wenn dem so wäre, sehe ich nicht, was Sie daran so interessant finden ... Möchten Sie einen Rekord nachweisen? Wollen Sie eine Anthologie seltsamer Texte zusammenstellen? Ich muss Sie enttäuschen, es gibt keine seltsamen Texte; ein paar erbärmliche, ein paar glanzvolle, aber keine seltsamen.«

»Es interessiert uns als Symptom.«

»Als Symptom wofür?«

José Arco antwortete nicht. Ich nahm an, mein Freund dachte an den Orkan. Doktor Carvajal erhob sich sibyllinisch lächelnd und verließ das Wohnzimmer. Er kehrte mit einem Packen Zeitschriften zurück.

»Fotokopierte Blätter, hektographierte, zum Teil handschriftliche Blätter, von allen guten Geistern verlassene Dichterwerkstattorgane, Fanzines für moderne Musik, Liedtexte, ein Theaterstück über den Tod von Cuauhtémoc, allesamt mit orthographischen Fehlern behaftet, alle bescheiden am Nabel der Welt ... Ach, Mexiko ...«

Die Zeitschriften, ausgebreitet auf dem Couchtisch, der unsere Sessel vom Holzstuhl unseres Gastgebers trennte, kamen mir vor wie Gerippe, erinnerten mich an die Gefangenen der Nazikonzentrationslager; wie diese, will sagen, wie die Fotografien, die sie uns zeigen, waren sie in Schwarzweiß und hatten große, tiefliegende Augen. Ich dachte: Sie haben Augen, sie schauen uns an. Und eine Ruhe vortäuschend, die mich plötzlich verlassen hatte, sagte ich:

»Ja, sie sehen ziemlich erbärmlich aus«, und fühlte mich plötzlich wie ein Idiot.

»Als Symptom für die Revolution.« José Arcos Stimme klang im Gegensatz zu meiner fest und selbstbewusst, obwohl mir klar war, dass er gerade in ein Fettnäpfchen trat.

»Ah, was für eine Anmaßung!«, rief Doktor Carvajal. »Und wie glücklich würden Sie die Drahtzieher dieser Blätter machen. Für mich sind sie vielmehr das Symptom einer gewissen Traurigkeit. Erlauben Sie mir, dass ich Ihnen von einem ähnlich gelagerten Fall erzähle, der sich für uns als außerordentlich lehrreich erweisen kann; Sie finden ihn in dem Buch *Zehn Jahre in Afrika* des aus Chiapas stammenden Priesters Sabino Gutiérrez. Die von Pater Gutiérrez erzählten Vorkommnisse haben sich in den neunzehnhundertzwanziger Jahren in einem Dorf in der Nähe von Kindu, im damaligen Belgisch Kongo, zugetragen, einem Dorf, das unser Pater allerdings nur zweimal besucht hat, das erste Mal, um seinen Freund Pierre Leclerc, einen französischen Missionar, zu besuchen, das zweite Mal, um Blumen auf sein Grab zu legen. Beide Besuche waren kurz. In den dazwischen liegenden Jahren, in denen Gutiérrez ohne den geringsten missionarischen Nutzen, aber mit der ganzen Begeisterung des unverbesserlichen Touristen den Südwesten Kongos bis zum Mwerusee bereiste, um sich anschließend für mehr als acht Jahre in Angola niederzulassen, kam es zu den Ereignissen, von denen ich Ihnen berichten will und die sich, wenn nicht unmittelbar mit dem Phänomen der Zeitschriften, so doch mit den von Ihnen dahinter vermuteten Hintergründen in eine gewisse Verbindung bringen lassen. Bevor ich weitererzähle, sei noch extra betont, dass Pater Gutiérrez nach Jahren in Afrika, die er fast ausnahmslos auf Reisen und Expeditionen verwandte, über deren Motive der Autor sich nirgends klar äußert, nicht leicht in Erstaunen zu versetzen war. Dennoch gab es in diesem Dorf nahe Kindu etwas, das seine Neugier weckte: Die Eingeborenen legten ein ungewöhnliches handwerkliches Geschick an den Tag, eine Begabung für das Tischlern, wie sie ihm noch nirgends begegnet war. Vielleicht war es auch weniger ihr Geschick, als die konkreten Umstände und die Atmosphäre, was ihn aufmerken ließ. In einer anrührenden Schilderung erinnert er sich an seinen einzigen Spaziergang durch das Dorf in Begleitung von Leclerc, den er einst in Rom kennengelernt hatte und mit dem ihn, ungeachtet ihrer unterschiedlichen Charaktere (Sabino Gutiérrez ist mondän, gebildet, ein brillanter Kopf und imstande, in Katanga seine Pindar-Übersetzung zu überarbeiten; Leclerc wird als gütiger und vergnügter Mensch geschildert, dem Pomp und Eitelkeit fremd sind), eine echte und tiefe Freundschaft zu verbinden schien. Während sie nun also spazieren gehen, beobachtet er in den Hütten und Behausungen, wie Sie sie nennen würden, mit stetig wachsendem Erstaunen die Holzgegenstände, die eine kollektiv erworbene Handwerkskunst hervorgebracht hat. Leclerc, darauf angesprochen, teilt die Überraschung seines Freundes nicht: Er sei es gewesen, der viele der von den Eingeborenen benutzten Werkzeuge bei ihnen eingeführt habe, was sie täten, erscheine ihm gut und gesund, er verstehe das leise Befremden aufseiten von Gutiérrez nicht. Dieser insistiert nicht weiter, aber in der

Nacht, der einzigen, die er im Dorf verbringen wird, träumt er von Stühlen, Schemeln, Schränken, Kommoden, Tischen jeglicher, zumeist geringer Größe, von Bänken, Hundehütten oder Puppenhäusern und einer Vielzahl von Gegenständen, die wir in drei Kategorien einteilen können: Möbel im engeren Sinne, Spielzeuge oder Nachbildungen europäischen Fortschritts, wie Züge, Autos, Gewehre et cetera, und nicht genauer identifizierbare oder künstlerische Gegenstände wie durchlöcherte Planken, gezahnte Scheiben, riesige Zylinder. Am nächsten Tag, bevor er aufbricht, schenkt ihm Leclerc eines der hölzernen Artefakte, die ihn so verwirrt hatten: einen gekreuzigten Christus von zehn Zentimeter Länge, geschnitzt aus einem weichen, gleichsam fleischigen Holz von schwarzer, gelb gemaserter Farbe, den unserer Reisender freudig entgegennimmt, zweifellos ein vorzügliches Stück; was folgt ist der Austausch von Herzlichkeiten zwischen beiden Priestern und gegenseitige Versprechungen, sich in nicht allzu ferner Zukunft wiederzusehen. Monate später erhält Sabino Gutiérrez, mittlerweile in Luanda, einen Brief seines Freundes, der ihm in einem langen Postskriptum noch einmal die Holzhandwerkerei in seinem Dorf in Erinnerung ruft. Diese hätte, sagt Leclerc, einen enormen Aufschwung genommen und würde jetzt, von vereinzelten Ausnahmen abgesehen, sämtliche Bewohner beschäftigen. Die Bauern bestellen wie abwesend ihr Land, die Hirten verlieren das Interesse an ihren Herden. Leclerc und die beiden ordinierten Krankenschwestern beginnen sich Sorgen zu machen. Aber die Situation ist alles andere als gravierend, tatsächlich schildert sie der Franzose wie etwas Lustiges, er unternimmt sogar den letztlich erfolglosen Versuch, die Gegenstände in Léopoldville zu vermarkten. Fortan erkundigt sich Sabino Gutiérrez in jedem Brief an seinen Freund nach den tischlernden Eingeborenen. Ein halbes Jahr lang bleibt die Lage stabil. Dann schlägt ein neuerlicher Brief Leclercs Alarm. Das Holzhandwerksfieber hat das gesamte Dorf erfasst und scheint ansteckend: in einigen benachbarten Dörfern beginnen Männer, Frauen und Kinder mit der einzigen Säge des Dorfes zu sägen, mit den einzigen beiden Hämmern des Dorfes zu hämmern, die wenigen Nägel einzuschlagen, die es im Dorf gibt, zu feilen, einzupassen und anzuleimen. Der Mangel an Werkzeugen wird durch Phantasie und althergebrachte Techniken wettgemacht. Die fertigen Stücke häufen sich in den Hütten und Höfen und überschwemmen das infizierte Dorf. Leclerc spricht mit den Dorfältesten. Die einzige Antwort, die er bekommt, die Diagnose der Medizinmänner lautet, das Dorf sei vom Virus der Traurigkeit und Exaltiertheit befallen. Überrascht, wider Willen auch, entdeckt er in der eigenen Seele Spuren von Traurigkeit und Exaltiertheit, wie ein winziges unförmiges Echo der Gemütslage, die sich im Dorf ausgebreitet hat. Der folgende, letzte Brief ist knapp; Sabino zufolge besitzt er die stilistische Schlichtheit eines De Vigny und die Verzweiflung und Religiosität eines Verlaine (ha ha, Sie sehen, seine Fähigkeit als Literaturkritiker unterscheidet sich wenig von der unserer heutigen Rezensionsschriftsteller). Wir dürfen annehmen, dass Leclerc in Wirklichkeit längst alles piepegal war. Die Straßen des Dorfes sind mit Holzgegenständen übersät, die niemand je benutzt hat, noch je benutzen wird. Die örtlichen Holzhandwerker treffen sich heimlich mit Abordnungen ihrer Kollegen aus anderen Gegenden. Kaum jemand besucht den Gottesdienst. Als Präventivmaßnahme hat Leclerc den Nonnen befohlen, nach Kindu zurückzukehren. Die Tage erzwungener Muße und Anspannung verbringt er damit, ein Kruzifix zu schnitzen – an dieser Stelle bittet er Gutiérrez, das Kruzifix wegzuwerfen, das er ihm bei seinem letzten Besuch verehrt hat, »denn etwas Triebhaftes verfälscht die Gestalt Christi«, und verspricht ihm, er werde es »durch die Figur, an der ich gerade schnitze« oder »durch einen aus Silber getriebenen andalusischen Christus« ersetzen. Er klagt über die Situation im Dorf. Er macht sich Gedanken über die Zukunft der Kinder. Es tut ihm leid um die jahrelange Arbeit. Aber er sagt nicht, was genau er befürchtet oder worin sich das Böse versteckt. Er spricht, das schon, von Toten: ermordeten weißen Siedlern, einem Warnstreik in einer Zinnmine, aber von sonst nichts. Man könnte meinen, ihn kümmere nur sein Dorf, und alles, was außerhalb seiner Grenzen geschieht, sei gar nicht wirklich. In gewisser Hinsicht fühlt er sich schuldig; man darf nicht vergessen, dass er sozusagen der Oberhandwerker war. Jetzt ist er nicht einmal mehr imstande, sich über die seltsame Badewanne aus Holz zu entsetzen, die eine Gruppe von Jugendlichen in seinem Garten abgestellt hat. Der Abschied geht schnell vonstatten. Die Nonnen reisen ab und müssen den Brief für ihn mitnehmen. Leclerc bleibt allein zurück. Monate später erfährt Gutiérrez von seinem Tod. Nachdem er seine Bestürzung überwunden und von Luanda aus ergebnislose Nachforschungen angestellt hat, lässt der Priester alle ihm zu Gebote stehenden Kontakte spielen, um zurück in den Kongo zu gelangen, an den Ort, wo sein Freund begraben liegt. Am Ende gelingt es ihm. Das Problem sind jetzt die belgischen Behörden, die seinem Besuch ablehnend gegenüberstehen. Die Vorkommnisse im Dorf X unterliegen der Geheimhaltung. Nach hartnäckigen Bemühungen erfährt Gutiérrez, dass Leclercs Tod keine natürlichen Ursachen hat. Sein Freund wurde während eines Schwarzenaufstands ermordet. Die offizielle Erklärung bleibt vage, vielleicht sind gewaltsame Auseinandersetzungen zwischen benachbarten Stämmen der Grund, vielleicht haben die Medizinmänner zu dem Massaker angestachelt. Gutiérrez, der in Kindu vor Anker gegangen ist, führt ein vollkommen heterodoxes Leben. Schließlich bekommt er die Genehmigung zum Besuch des Dorfes in Begleitung eines Kolonialbeamten und eines Arztes. Bei seiner Ankunft machen die wenigen Hütten, die noch stehen, die neue Ambulanzstation, die Wesen, die er undeutlich durch die dunklen Türöffnungen erkennt, und selbst die Luft zum Atmen einen unheilvollen Eindruck. Der vorzüglich instand gehaltene Friedhof trägt eine Unmenge von Kreuzen aus jüngster Zeit. Auf seine Frage hin erfährt Gutiérrez, dass die früheren Missionare nach Europa zurückgekehrt seien. Natürlich will sich niemand daran erinnern, dass in diesem Dorf mit Holz gearbeitet wurde; von den einstigen Tischlern und Holzschnitzern fehlt jede Spur. Erschöpft beschließt unser Priester, nur das Grab seines Freundes aufzusuchen. Da bemerkt er, dass er das Kruzifix bei sich trägt, das Leclerc ihn wegzuwerfen gebeten hatte. Er nimmt es aus der Tasche und betrachtet es ein letztes Mal. Es ist ein seltsamer Jesus, heiter und stark, der, aus einem bestimmten Winkel betrachtet, sogar zu lächeln scheint. Er wirft ihn ins Gebüsch. Auf einmal merkt er, dass er nicht allein ist; zuerst hört, dann sieht er einen Alten, der hinter einem Baum hervorkommt und an der Stelle herumsucht, wohin Gutiérrez das Kruzifix geworfen hat. Starr vor Schreck bleibt Gutiérrez stehen. Nach kurzem Suchen richtet sich der Alte auf, und ohne sich Gutiérrez zu nähern, eher Distanz haltend, spricht er ihn an. Er heiße Matala Mukadi und werde ihm die ganze Wahrheit erzählen. Die Weißen hätten Leclerc getötet. Dreihundert Eingeborene habe das gleiche Schicksal ereilt, und wer von ihnen nicht verbrannt worden sei, dem steckten noch die Kugeln in den Knochen, die ihm die Weißen verpasst hätten. Aber warum?, fragt Gutiérrez. Wegen des Aufstands. Das ganze Dorf habe sich erhoben. Die Bergarbeiter hätten sich erhoben. Ganz plötzlich sei das geschehen, wie ein Wunder. Und die Weißen hätten den Aufstand auf exemplarische Weise niedergeschlagen: Frauen, Kinder und Alte starben. Diejenigen, die bei dem französischen Priester Zuflucht gesucht hätten, seien in der Missionsstation getötet, anschließend das halbe Dorf niedergebrannt und das Gebiet abgeriegelt worden. Die Weißen besaßen Feuerwaffen, die Eingeborenen nur Holzgewehre und Holzpistolen. Warum haben sie Leclerc getötet?, fragt Gutiérrez und erwartet, dass ihm der Alte antwortet, weil er sich dem Kampf der Tischler angeschlossen habe, doch der Alte sagt klipp und klar: Aus Zufall. Ein blitzschnelles Massaker, natürlich. Der Alte hält die Holzfigur hoch. Magie?, fragte Gutiérrez, bevor der andere ihm den Rücken kehrt und davongeht. Nein, sagt der Schwarze: Gewand, Bekleidung des Dorfes. Unser Priester versteht, dass er, wenn er Dorf sagt, Wut oder Traum meint. Ohne ein weiteres Wort gehen sie auseinander. Von dem Moment an, da er der Version des

Alten mehr Glauben schenkt als der der Weißen, bleibt ihm hier wenig zu tun übrig. Zwei Jahre später verlässt er Afrika, dann auch Europa, für immer. Er kehrt nach Chiapas zurück, wo er fortan seine Memoiren und Essays zu religiösen Themen schreibt, bis zu dem Tag, an dem er stirbt. Wenn wir seinem Verleger glauben können, verbrachte er seine letzten Jahre in geruhsamer Anonymität. Und das ist alles ...«

Doktor Carvajal verstummte; sein von den letzten, durch die Vorhänge gefilterten Sonnenstrahlen beleuchtetes Gesicht erinnerte an einen Totenschädel, den man launigerweise mit einer dünnen Fleischschicht überzogen hatte. Dennoch erweckte sein Kopf den Eindruck von Stärke und Gesundheit.

»Damit will ich Ihnen nur sagen«, fügte er schließlich hinzu, »dass auch sechshundert Heftchen wenig darüber aussagen ...«

»Was geschehen muss, geschieht, ist es das?«, unterbrach ihn José Arco.

»Ganz genau, junger Freund, und einem Intellektuellen bleibt nichts anderes zu tun übrig, als der Explosion zuzuschauen, natürlich aus angemessener Entfernung.«

»Für mich sind die Macher dieser Zeitschriften genauso Intellektuelle«, sagte ich, während ich in vier Seiten blätterte, auf denen der zweideutige Titel *Verlorenes Paradies – Wiedererlangtes Paradies* prangte.

»Artisten des Feuers«, korrigierte mich Doktor Carvajal, »Artisten des Unflats, arbeitslos und voll Ressentiment, aber keine Intellektuellen.«

»Ja«, sagte José Arco, »Motorraddiebe.«

Doktor Carvajal lächelte zufrieden, im Grunde war er ein Neorealist der Filmclubära.

»Opfer.« Obwohl er lächelte, klang seine Stimme fürchterlich. »Unbewusste Darsteller von etwas, das ich mit Sicherheit nicht zu sehen bekommen werde. Oder vielleicht nicht einmal das: eine Zufallskombination ohne jede Bedeutung. In den Vereinigten Staaten machen sie das mit Video, da bin ich gut informiert. In London spielen die Jugendlichen ein paar Monate lang, sie wären Stars der Gesangskunst. Was ja nicht weiter schlimm ist. Bei uns müssen, wie nicht anders zu erwarten, dafür Drogen und das billigste und peinlichste aller Hobbys herhalten: Dichtung und Literaturzeitschriften; was soll man sagen, nicht umsonst sind wir das Vaterland von Cantinflas und Agustín Lara.«

Ich war kurz davor, ihm zu erwidern, dass das, was er da sagte, meiner Ansicht nach nicht stimmte: Die Lyrik war für mich in jenen Jahren, und vielleicht noch heute, die erfolgreichste literarische Gattung Lateinamerikas. Dass jemand schlecht von Vallejo sprach, das Werk von Gabriela Mistral nicht in- und auswendig kannte oder Huidobro mit Reverdy verwechselte, war etwas, das mich krank machte und im nächsten Moment wütend. Die Lyrik unserer armen Länder war ein Grund, stolz zu sein, vielleicht der Hauptgrund für jenen Jungtürken, der einmal in der Woche von mir Besitz ergriff. Aber ich sagte nichts dergleichen. Stattdessen erinnerte ich mich an etwas, das ich in den von Jan gehorteten Papieren gelesen hatte, und brachte es sofort mit dem Thema unserer Unterhaltung in Verbindung.

»Ich glaube nicht, dass Video die Droge der Nordamerikaner ist, obwohl ich, ehrlich gesagt, nicht weiß, ob Sie sich auf Videospiele beziehen oder auf das Filmen eigener Videos. Aber ich kann Ihnen versichern, dass ein neues Hobby auf dem Vormarsch ist: Kriegsspiele. Ihr Spektrum ist äußerst breit, aber im Wesentlichen lassen sich hier zwei Richtungen unterscheiden. Zum einen Brettspiele mit hexagonal strukturiertem Spielfeld und ›Zähler‹ genannten Spielsteinen aus Karton. Andererseits die ›live‹ oder am Wochenende gespielten Kriegsspiele, ähnlich denen, die wir als Kinder gespielt haben, nur dass die Gringos, die sich jetzt damit vergnügen, dafür bedeutend mehr bezahlen, als nötig wäre, um das Geschäft am Laufen zu halten. Die Ersteren, also jene, bei denen das Schlachtfeld ein in hexagonale Felder unterteiltes Spielbrett ist, versetzen den Spieler in die Rolle eines Generalstabs, obwohl es auch taktische Varianten gibt (die zuvor genannten sind strategisch angelegt) wie die Squad-Leader-Serie, wo jeder Spielstein (und es gibt über tausend) für rund zehntausend Mann steht. In der Regel beläuft sich hier die Spieldauer auf über fünf Stunden, es gibt sogar welche, die bis zu zwanzig oder dreißig Stunden dauern. Ihr Ursprung liegt, glaube ich, im deutschen Kriegsspiel, in jenen großen Strategietischen, an denen man im 19. Jahrhundert Schlachten durchgespielt hat, bevor sie geschlagen wurden, oder im Schach, einem abstrakten Kriegsspiel. Die andere Spielart besteht darin, dass man einen Tag oder ein Wochenende lang militärische Handlungen nachspielt. Dabei wird die Handhabung verschiedener Waffenarten vorgeführt, man besucht Konferenzen mit Vietnam-Veteranen, nimmt an simulierten Kampfhandlungen teil, einige Organisationen bieten ihren Mitgliedern sogar Sprünge mit dem Fallschirm an. Beide

Spielarten rühmen sich einer rigorosen historischen Treue: die simulierten Kämpfe finden nicht in einem Niemandsland statt, sondern an konkreten Orten der Vergangenheit oder einer absehbaren oder wünschenswerten Zukunft; Vietnam, Iran, Libyen, Kuba, Kolumbien, El Salvador, Nicaragua, sogar Mexiko sind einige der zugrunde gelegten Kriegsschauplätze. Bezeichnendes Detail: Mehrere kriegerische Auseinandersetzungen spielen in den Vereinigten Staaten selbst, wo der Feind von einer hypothetischen schwarzen oder Chicano-Guerilla verkörpert wird. Die Feldzüge sind bei den Brettspielen überwiegend dem Zweiten Weltkrieg entlehnt, obwohl sich auch Kriege in einer nicht allzu fernen Zukunft darunter finden, angefangen bei der Sechsten Flotte, die im Mittelmeer auf alles schießt, was sich bewegt, bis zu einem auf den europäischen Raum beschränkten dritten Weltkrieg, Atombomben inklusive. Aber die meisten verorten sich im Zweiten Weltkrieg und liegen hinsichtlich ihrer Ikonographie und Identifikationsangebote auf Nazilinie. Beispielsweise locken sie ihre potentiellen Spieler mit dem Versprechen, dass, bei entsprechendem Glück und spielerischem Geschick, die Operation Barbarossa von Erfolg gekrönt sein könnte, Rommels Panzer doch noch Kairo erreichen und sich mit der Ardennenoffensive womöglich ein ehrenhafter Waffenstillstand zustande bringen ließe. Beide Hobbys, das am Spieltisch und das am Wochenende, erfreuen sich weit mehr als einer Fan-Zeitschrift und einer Infrastruktur, wie es sie nur in den Vereinigten Staaten geben kann. Der Verlag, der die Brettspiele herausbringt, arbeitet sicher schon an Computerversionen seiner Kriegsspiele. Ein Geschäft im Aufwind, denke ich.«

»Aber wer sind die Spieler?«, fragte Doktor Carvajal.

»Ah, das ist das Spannendste daran. Ich hätte gedacht, an den Livespielen würden sich nur verhinderte Mörder und Mitglieder des Ku-Klux-Klans beteiligen, aber es sieht so aus, als würden daran vor allem Facharbeiter, Hausfrauen, Yuppies und Leute Gefallen finden, die es leid sind zu joggen. Die Brettspielkriege sprechen mehr die faulen Faschisten, Liebhaber der Militärgeschichte, schüchterne Jugendliche und sogar Schachspieler an; man sagt, Bobby Fischer spiele seit mehr als zwei Jahren die Schlacht von Gettysburg. Ohne Gegenspieler, er allein.«

Doktor Carvajal nickte mit dem Lächeln eines vereisten Engels.

»Die Menschheit geht seltsame Wege«, murmelte er. »Für mich waren die Hersteller von Spielzeugsoldaten immer schon Vasallen des Teufels. Mein ganzes Leben habe ich geglaubt, das Böse würde, bevor es die Bühne betritt, seine Pirouetten im Kleinen proben. Verglichen mit den Fetischen der Nordamerikaner wirken unsere Zeitschriften tatsächlich wie das, was sie sind: weidwunde Tiere.«

»Aber lebendige Tiere«, fügte José hinzu und fragte mich dann heimlich: »Woher hast du das alles?«

Ich sagte ihm, ich hätte es in Jans Papieren gelesen.

»Ihm zufolge ist die John Birch Society ein Altenheim gütiger Greise verglichen mit den Leuten von der Zeitschrift *Soldier of Fortune*, die nicht nur Söldner aus Berufung sind, sondern die wahren Schöpfer dessen, was heute das imperialistische Happening, die imperialistische Performance ist. Das Verlagshaus Avalon Hill, zum Beispiel, gibt eine Zeitschrift heraus, die du dir eines Tages mal anschauen solltest: *The General*, die Bibel aller verhinderten Guderians, Mansteins und Kleists.«

»Jan hat mir mal von Guderian erzählt.«

Doktor Carvajal sah uns an wie der Selbstmörderfelsen.

»Jan ist ein Freund von uns«, erklärte ich. »Er sagt ... man müsse Guderians Panzer immer wieder aufhalten, ein ganzes Jahrhundert lang, nehme ich an, obwohl ich nicht weiß, was das mit dem zu tun hat, worüber wir gerade reden.«

»Poesie des Gemetzels«, brummte Doktor Carvajal und machte eine Geste, als interessiere ihn das einen feuchten Kehricht und wir könnten so lange diskutieren, wie wir wollten.

José Arco, der es liebte, zu widersprechen, sagte keinen Mucks mehr. Ich äußerte ein paar Dummheiten über das Erste, was mir in den Sinn kam, und unser Gastgeber gab Anekdoten über weltbekannte Ärzte-Dichter und Beamten-Dichter zum Besten, von denen wir noch nie gehört hatten. Wie traurig, dachte ich in einem jähen Moment von Hellsicht oder Angst, eines Tages werde ich Geschichten von abgehalfterten Dichtern erzählen, und mein Freundeskreis wird sich fragen, wer diese Unglücklichen waren. Als mich das beharrliche Schweigen meines Freundes allmählich zur Weißglut trieb, bat ich schließlich Carvajal, mir leihweise einige Zeitschriften zu überlassen, nicht mehr als zehn, was mir der Doktor anstandslos gewährte. »Gedenken Sie, einen Artikel in der Zeitschrift zu veröffentlichen?« Ich weiß nicht, warum ich log: »Ja.« »Dann versuchen Sie nur so sehr zu übertreiben, wie unbedingt nötig.« Wir beide lachten. José Arco begann die Exemplare auszusuchen.

Auf der Straße dann sagte mein Freund:

»Armer Trottel, er begreift überhaupt nichts.«

Es war eine klare Nacht, und der Mond in jenem Viertel sah weniger aus wie ein Mond als wie ein im Nachtwind zum Trocknen aufgehängtes Bettlaken. Das Motorrad hatte, wie üblich, mal wieder den Geist aufgegeben, und wir schoben es abwechselnd, jeder zwei Querstraßen weit.

»Dann erklär doch mal, ich begreife nämlich viele Dinge auch nicht.«

»Ich hätte Lust, jemanden umzubringen.«

Und nach einer ganzen Weile fügte er hinzu:

»Ich hätte Lust, mir eine Tätowierung auf den Arm machen zu lassen.«

Inzwischen schob ich das Motorrad.

»Was denn für eine Tätowierung?«

»Hammer und Sichel.« Seine Stimme klang unbekümmert und verträumt. Ich fand das nur passend: Die Nacht eignete sich zum Träumen, und wir hatten noch ein Stück zu laufen. Ich lachte.

»Nein, Mann, besser diesen Text: Ihr werdet immer an mich denken. Was hältst du davon?«

»Scheiße, irgendwie komisch, als ich aus der Wohnung dieses Idioten kam, war ich superdeprimiert, aber auch superglücklich.«

Ich sagte, ich könne ihn verstehen, und wir sprachen nicht mehr, bis er mit Schieben an der Reihe war.

»Statt der Tätowierung nehme ich doch lieber eine mexikanische Fahne mit Hammer und Sichel«, sagte er.

Ich zündete mir eine Zigarette an. Das Gehen war angenehm, wenn man das Motorrad nicht schieben musste. Wir liefen jetzt durch ein Viertel mit kleinen Sträßchen, kümmerlichen Bäumen und Häusern mit nie mehr als zwei Stockwerken.

»Ich würde verdammt gern für immer von hier weggehen«, sagte José Arco. »Mit dem Motorrad und mit meiner mexikanischen Fahne.«

»Dir hat dieser Doktor Carvajal nicht gefallen, gib's zu.«

»Sein Totenschädelgesicht.« Er sprach jedes Wort mit dem Ausdruck tiefster Überzeugung. »Er sah aus wie ein Posada-Gerippe, das den armen jungen Dichtern auf den Zahn fühlt.«

»Ja«, sagte ich, »wenn ich jetzt darüber nachdenke …«

»Er war das Posada-Gerippe, Scheiße, das tanzend dem ganzen Land auf den Zahn fühlt.«

Plötzlich spürte ich, dass José Arcos Worte einen oder mehrere Funken Wahrheit enthielten. Ich versuchte mir das Gesicht von Doktor Carvajal ins Gedächtnis zu rufen, das Wohnzimmer, die Alltagsgegenstände, die Art, wie er uns begrüßte und die Zeitschriften holen ging, seinen Blick, der vielleicht etwas anderes ins Auge fasste, jenseits des Zimmers, während wir sprachen.

»Ich habe es gemerkt, als du das mit den Yankee-Spielen erzählt hast. Er hat nicht gemerkt, dass ich es merke.«

»Was gemerkt?«

»Die Art, wie er uns anschaute, dich anschaute, als wäre alles, was du erzählst, für ihn kalter Kaffee … Einen Moment lang dachte ich, dass der alte Mistkerl das alles kannte …«

Ohne es zu merken, waren wir stehengeblieben. Der Himmel hatte sich schlagartig verändert: Irgendwo in DF regnete es, und dem Donnern und Blitzen nach zu urteilen, konnte es nicht mehr lange dauern, bis sich die Schleusen auch über uns öffnen würden. Mein Freund lächelte, er hatte sich auf die Sitzbank des Motorrads gesetzt und schien auf den Wolkenbruch zu warten.

»Allein der Gedanke daran macht mir Angst«, sagte ich.

»Halb so wild. Sieht aus, als würde es regnen.«

»Er hatte das Gesicht eines Gerippes, das stimmt«, sagte ich.

»Na ja, dann dachte ich, dass er vielleicht doch nicht alles wusste, sondern dass ihm nur alles scheißegal war.«

»Vielleicht. Vielleicht auch nicht.«

»Solche Typen gibt es viele. Sie nennen sich selbst Söhne der Mexikanischen Revolution. Sie sind interessant, aber in Wirklichkeit sind sie nicht Söhne der Revolution, sondern Hurensöhne.«

»Vielleicht. Vielleicht auch nicht«, sagte ich, während ich zum dunklen Himmel schaute – nicht dunkel: pechschwarz. »Der Wolkenbruch wird uns voll erwischen.«

»Ich bin nicht wütend auf sie, im Gegenteil, es wundert mich, wie sie die Einsamkeit ertragen.« José Arco breitete die Hände aus, mit den Handflächen nach oben. »Auf eine sehr, aber wirklich sehr verquere Weise haben sie ihren Kopf durchgesetzt. Sie sind die anonymen Väter der Nation. Ich hab schon einen Tropfen abbekommen.« Er hielt sich die Handfläche an die Nase und schnupperte, als hätte der Regen, was ja stimmte, mehr als einen Geruch.

»Was soll ich sagen … Verdammtes Scheißmotorrad, wir werden bis auf die Knochen nass werden …«

»Ich könnte das nicht.«

»Was könntest du nicht …?« Die Regentropfen begannen auf das Blech eines Fünfzigerjahre-Fords zu prasseln, der vor uns stand und den wir bis eben nicht gesehen hatten; es war das einzige Auto in der leeren Straße.

»Ich könnte nicht so allein sein, so stumm, so einverstanden mit mir selbst und meinem Schicksal, wenn ich das sagen darf.«

»Verdammt ...«

Auf José Arcos Gesicht trat ein breites, strahlendes Lächeln.

»Komm, nicht weit von hier hat ein Freund seine Werkstatt. Mal sehen, ob er mir das Motorrad repariert und uns einen Kaffee spendiert.«

Lieber James Tiptree Jr.,

vom Regen können wir etwas lernen. Es ist Nacht, und es regnet: Die Stadt dreht sich wie ein glänzender Kreisel, aber einige Bereiche erscheinen dunkler, leerer; sie sind wie pulsierende Muttermale; die Stadt dreht sich glücklich inmitten der Sintflut, und die Muttermale pochen, von hier sieht es aus, als würden sie sich blähen, wie kranke Schläfen oder schwarze Lungen, und von dem Glanz, den der Regen ihnen zu verleihen sucht, wissen sie nichts. Manchmal kommt es mir so vor, als schafften sie es, sich zu berühren: Es regnet, Blitze zucken, und mit letzter Anstrengung streift ein dunkler Kreis einen anderen. Aber dabei bleibt es. Schlagartig ziehen sie sich danach auf ihren Bereich zurück und pochen weiter. Vielleicht genügt es ihnen, wenn sie einander streifen, möglich, dass die Botschaft, welche es auch sei, schon gesendet wurde. Und so geht es Stunden oder Minuten, solange der Regen anhält. Heute, glaube ich, ist eine glückliche Nacht. Ich habe gelesen, habe geschrieben, habe gelernt, habe Kekse gegessen und Tee getrunken. Dann bin ich hinausgegangen, um mir auf den Fluren des Dachs die Beine zu vertreten, und als es Nacht wurde und zu regnen begann, bin ich auf das Dach des Dachs gestiegen, also auf das Dach meines Zimmers, mit Schirm und Fernglas, und bin dort fast drei Stunden geblieben. Und da musste ich an Sie denken – warum, weiß ich jetzt nicht mehr –, und an den Brief, den ich Ihnen vor etlichen Tagen geschickt habe (keine Ahnung, ob Sie ihn bekommen haben; um sicher zu gehen, schicke ich diesen hier an die Agentur der Spiderman-Brüder). Zu jenem ersten Brief möchte ich nur sagen, dass ich hoffe, Sie haben mir nicht übelgenommen, sich nicht beleidigt gefühlt, dass ich ihn an Alice Sheldon gerichtet habe. Ich schwöre, es war kein Vertrauensbruch. Es ist nur so, dass ich im Unterschied zu vielen Ihrer Leser schon Ihre früheren Texte kannte, als es noch hieß, James Tiptree Jr. sei ein Pensionär, der spät mit dem Schreiben begonnen hat. Und mir gefiel das. Später war ich natürlich baff erstaunt, als ich erfuhr, dass es sich dabei eigentlich um ein Pseudonym – und in einigen Erzählungen weniger um ein Pseudonym als um ein Heteronym – der Psychologin Alice Sheldon handelte. Sie sehen, eine einfache Überlagerung von Bildern. Mit dem Vorteil für Alice Sheldon, dass sie den schöneren und wärmeren Namen besaß. Und das war alles. (Manchmal stelle ich mir den pensionierten Herrn Tiptree in seinem Häuschen in Arizona beim Schreiben vor. Warum Arizona? Keine Ahnung. Muss ich irgendwo gelesen haben. Vielleicht wegen Fredric Brown, der einige Jahre in Arizona gelebt hat, mehr oder weniger als Rentner, mit allem, was in dem Wort an Entwurzelung und Ausgeglichenheit mitschwingt. Zum Beispiel: Wäre es nicht besser, mit nordamerikanischen Rentnern statt mit Science-Fiction-Autoren zu korrespondieren? Könnte ich sie überreden, Briefe ans Weiße Haus zu schicken, mit der Bitte um ein Ende der Aggressionspolitik gegenüber Lateinamerika? Das ist eine Möglichkeit, daran besteht kein Zweifel, aber bleiben wir entspannt.) Der Regen hört nicht auf. Als ich oben auf dem Dach sitzend mit meinem Fernglas die dunklen Dachterrassen der anderen Gebäude betrachtete, kam mir eine Frage in den Sinn: Wie viele Science-Fiction-Bücher sind wohl in Paraguay geschrieben worden? Auf den ersten Blick scheint das eine dumme Frage, aber sie verband sich so perfekt mit dem Augenblick, in dem sie gestellt wurde, dass sie, so dumm sie mir auch vorkam, nicht verschwinden wollte, sich wie ein Ohrwurm festbiss. Paraguay, waren das die geschlossenen Fenster von DF? Die Science-Fiction-Literatur Paraguays, waren das das Unwetter und die Dachgeschosse, nach denen ich mit dem Fernrohr Ausschau hielt? (Im Umkreis von einem Kilometer sah man nur in wenigen Fenstern Lichter brennen, vielleicht in zehn oder fünfzehn, und fast alle in einem Streifen im südlichen Verlauf der Avenida Insurgentes; dagegen sah ich auf keinem der Dächer Licht.) Die Frage erschien mir damals erschreckend. Jetzt nicht mehr so. Aber jetzt sitze ich ja auch in meinem Zimmer und nicht draußen im Regen. Ich weiß nicht. Ich werde Ihnen zusammen mit diesem Brief eine Postkarte von DF schicken. Sie zeigt ein von der Torre Latinoamericana aus aufgenommenes Foto. Man sieht die ganze Stadt. Es ist Tag, etwa zwei Uhr Nachmittag, aber das Foto oder der Postkartendruck hat einen kleinen Fehler: Das Bild ist unscharf. Diesen Eindruck, aber im Dunklen, hatte ich in jener Nacht. Ich halte Sie auf dem Laufenden.

Ihr

Jan Schrella

Die Motorradwerkstatt war ein Raum von sechs Metern Länge auf drei Meter Breite. An der Rückseite gab es eine schief in den Angeln hängende Tür, die auf einen Innenhof führte, in dem sich jede Menge Schrott angesammelt hatte. Seit zwei Jahren schon lebte Margarito Pacheco alias El Mofles dort, seit dem Tag nämlich, an dem er siebzehn geworden und aus der Wohnung seiner Mutter ausgezogen war, die übrigens nicht weit weg wohnte, im gleichen Viertel, Peralvillo. Er reparierte von Berufs wegen Motorräder, hin und wieder auch Autos, obwohl er als Automechaniker eine Niete war. Er wusste das und gab es ohne rot zu werden zu: In der Nacht, als José Arco und ich mit der Honda in seine Werkstatt geschoben kamen, hatte er schon über ein Jahr lang kein Auto mehr angefasst. Seine Stärke waren die Motorräder, obwohl es nicht viel Arbeit gab. Aus Sparsamkeit oder weil er sich hier wohl fühlte, hatte er sich in der Werkstatt häuslich eingerichtet, was einem wenig aufmerksamen Beobachter leicht entgehen konnte: die einzigen sichtbaren Zeichen waren ein hinter einem Reifenstapel aufgeschlagenes Feldbett und ein Bücherregal, das von alten Kalendern mit Autos, Motorenöl und nackten Frauen eingerahmt wurde. Das Klo befand sich im Hof. Duschen tat er in der Wohnung seiner Mutter.

Auf den ersten Blick schien er ein schüchterner Junge, aber das war er nicht. Ihm fehlte die ganze obere Zahnreihe. Ein Umstand, dem vielleicht seine anfängliche Zurückhaltung geschuldet war, die höflichen Einsilber, mit denen er Fragen beantwortete, sein sphinxhaftes Lächeln, mit dem er unser schallendes Gelächter begleitete. Das hielt gewöhnlich so lange an, bis der Unbekannte – in diesem Fall ich – etwas sagte, was er wirklich interessant oder lustig fand. Dann lachte er lauthals, und es sprudelte nur so aus ihm heraus, in einem Spanisch, das mit Jargon und spontan erfundenen Ausdrücken durchsetzt war. Er hatte große, zu große Augen, und wenn man ihn näher kennenlernte, sah man anstelle einer kränklichen Schmächtigkeit eine eigenartige, zugleich sanfte und asymmetrische Schönheit. Die Zähne waren ihm bei einer Schlägerei abhandengekommen, als er fünfzehn war. Den Beruf des Fahrzeugmonteurs hatte er hier in der Werkstatt gelernt, wo er einem Mechaniker aus Tijuana erst zusah, dann zur Hand ging, der nach allem, was El Mofles von ihm erzählte, Castanedas Don Juan gewesen sein könnte. Als der Mechaniker vor jetzt zwei Jahren starb, wollte seine Frau von nichts mehr etwas wissen und kehrte noch vor Ablauf einer Woche aufs Land zurück. El Mofles hatte die Schlüssel für die Werkstatt und wartete dort darauf, dass jemand käme und sie von ihm zurückverlangte oder zumindest die Miete kassierte. Anfangs schlief er auf dem Boden, dann besorgte er sich das Feldbett und brachte seine Kleider mit. Nach Ablauf eines Monats war, von ein paar Kunden abgesehen, nur ein Typ erschienen, der ihm ein gestohlenes Motorrad anzudrehen versuchte. So nahm seine berufliche Laufbahn ihren Anfang.

Als ich ihn kennenlernte, standen in seiner Werkstatt nur zwei Motorräder, sein eigenes und die *Princesa Azteca*. Letztere war eine Benelli, von der José Arco mir schon erzählt hatte. Ich sagte, sie würde mir gefallen. El Mofles meinte, sie sei ein gutes Motorrad, merkwürdig, dass sie noch da sei, in der Werkstatt. Tage später verstand ich, was er damit sagen wollte, und ich hielt es für einen Fingerzeig des Schicksals, der sich ganz unauffällig zwischen Ölpfützen und schmutziger Hebebühne der Werkstatt erhob. Im Fall von geklauten Motorrädern arbeitete El Mofles ausschließlich mit zwei Personen zusammen, mit dem, der das Motorrad brachte, und dem, der es abholte. Immer mit denselben. Und immer zu festen Zeiten. Anfang des Monats brachte der eine Typ das Motorrad und Mitte des Monats kam der andere, bezahlte, und das Motorrad verließ die Werkstatt. Bei der *Princesa* hatte diese Routine zum ersten Mal in zwei Jahren versagt. Der Käufer erschien nicht nach vierzehn Tagen, auch nicht nach einem Monat, und die Maschine drohte schon zu verwaisen oder als Ersatzteilspender oder beim Alteisen zu enden.

Noch in derselben Nacht kaufte ich sie.

Das Geschäft, könnte man sagen, erledigte sich von ganz allein. Ich hatte kein Geld, und El Mofles seinerseits keinen Käufer. Ich versprach, ihm einen Teil zu bezahlen, sobald ich mein Honorar bekam, den Rest in zwei Monatsraten. Sein Gegenvorschlag war besser: Ich solle ihm geben, was ich konnte und sobald ich konnte, er würde mir das Motorrad zu dem Preis überlassen, den er dafür bezahlt hatte, unter der einen Bedingung, dass ich es noch in dieser Nacht mitnähme. Unter José Arcos lächelnden Blicken nahm ich an. Ich hatte keine Fahrerlaubnis, ja ich *konnte* nicht einmal fahren, aber ich vertraute blind auf mein Glück und auf die Fingerzeige, die sich in der Sache angedeutet hatten. Wenn du Telefon hättest, wäre die Sache geritzt, sagte ich.

»Telefon? Vergiss es, hier ist schon elektrisches Licht ein Wunder.«

Ich fragte nicht, ob er das Viertel oder seine Werkstatt meinte. José Arco kochte Wasser und goss drei Nescafés auf. Aus einer an der Wand hängenden Plastiktüte holte El Mofles drei kalte Quesadillas, die er auf einer Heizplatte aufwärmte. Schon in ihrer ersichtlichen Kältestarre sahen sie lecker aus. Während des Aufwärmens sagte El Mofles, ich solle dieser Tage mal vorbeikommen, damit er dem Motorrad eine neue Lackierung verpassen könne.

»Mir gefällt sie, wie sie ist«, sagte ich.

»Bei einer gestohlenen Mühle ist das aber ratsam. Sollte man unbedingt machen.«

»Diese Quesadillas sind richtig gut«, sagte José Arco. »Hat deine Mutter sie gemacht, Chef?«

El Mofles nickte. Dann schüttelte er den Kopf und sagte, als könne er sich nicht genug darüber wundern:

»Hey, warum zum Teufel bin ich nicht schon früher drauf gekommen, den Schriftzug zu entfernen. Keine Ahnung, warum es mir erst jetzt einfällt.«

»Welchen Schriftzug?«

»Na das *Princesa Azteca*. Das schreit doch förmlich nach Aufmerksamkeit.«

»Der Schriftzug ist gute Arbeit. Die Buchstaben sind sogar aus Metall.«

»Weiß der Himmel, warum ich ihn nicht abgemacht habe.«

»Mir gefällt es so«, sagte ich. »Ich werde ihn nicht wegmachen.«

Der Regen draußen wollte nicht nachlassen. Manchmal erschütterten einzelne Windstöße die ganze Werkstatt, als würde es sie gleich aus der Verankerung reißen, und die Türen gaben ein krächzendes Seufzen von sich, das sich wie ein Lachen anhörte, gefolgt von einem kurzen, tiefen Schrei. Klingt, als würde man jemanden niederknüppeln, murmelte José Arco. Wir waren auf einmal ernst geworden, achteten nur noch auf das Unwetter und unsere eigenen Köpfe, als gäbe es den Raum dazwischen nicht, also die Werkstatt und die Worte, die wir hätten wechseln können. Im Hof wirbelte der Wind leere Dosen und Papier herum.

Nach jedem neuerlichen Lärm schaute El Mofles zur Decke. Zuweilen entschied er sich, Kaffeetasse in der Hand, ein wenig auf und ab zu gehen, wobei er so tat, als läse er an den Wänden die von mehreren Schmutzschichten überzogenen Anschläge, vielleicht las er sie auch wirklich. Nervös wirkte er dabei aber nicht. Ganz im Gegenteil. Obwohl nicht auszuschließen war, dass seine Gelassenheit trog, weil sie in seinem Gesichtsausdruck begründet lag: entrückt, aber nicht wie bei Frost oder Ahnungslosigkeit der Fall, sondern wie die Entrücktheit eines eben noch gefolterten Christen. Entrücktheit eines furchtbar gepeinigten oder übersättigten Körpers.

»Wie schön doch die Welt ist«, sagte El Mofles. Es war fünf

Uhr morgens, als wir aufbrachen. Eine ganze Weile lang erklärten mir meine beiden Freunde die theoretischen Grundlagen des Motorradfahrens. Ihnen zufolge ging es nur darum, vor den Autos keine Angst zu haben und das Gasgeben, Bremsen und Kuppeln zu beherrschen. Und das Schalten? Ist auch wichtig. Versuch das Gleichgewicht zu halten. Versuch hin und wieder einen Blick auf die Ampeln zu werfen. Kümmere dich nicht um den Regen.

Ich ging in den Hof, um zu schauen, wie das Wetter war. Es regnete nicht mehr so stark. Ich fragte José Arco, was passieren würde, wenn draußen auf der Straße wieder ein Unwetter losbräche. Er antwortete nicht. Nachdem er die Honda wieder hingekriegt hatte, fragte uns El Mofles, ob wir ein paar Gedichte von ihm hören wollten. (Wenn er solche Sachen fragte, wirkte El Mofles wie ein Provinzpriester in Anwesenheit des Papstes: Er nahm jede Kritik an, verteidigte niemals einen seiner Texte.) Unter den fünf oder sechs, die er in dieser Nacht las, gab es ein Gedicht, das mir sehr gefiel: es handelte von seiner Freundin Lupita und davon, wie seine Mutter von weitem dem Bau eines Hauses zusah. Die übrigen waren popliterarisch Geschmiedetes, Liedtexte, Balladen. José Arco fand sie großartig, ich nicht. Wenn wir nachher draußen sind, sagte mein Freund, erzähl ich dir die beste Geschichte, die sich El Mofles je ausgedacht hat.

»Welche?«

»Die Geschichte, in der erklärt wird, wie das Kind Georges Perec das Duell auf Leben und Tod zwischen Isidore Isou und Altagōr in einem gottverlassenen Viertel von Paris verhindert.«

»Ich würde sie lieber lesen.«

»Es gibt sie nicht geschrieben, es ist ein mündlicher Text.«

El Mofles lächelte errötend, wischte sich die Hände an einem Lappen ab und setzte Wasser für einen letzten Nescafé auf.

Plötzlich merkte ich, dass ich Angst hatte, panische Angst; durch meinen Kopf schossen tausend Möglichkeiten, wie ich mich um Kopf und Kragen bringen konnte, und ich sah mich schon abwechselnd im Polizeirevier und im Krankenhaus, sämtliche Knochen gebrochen. Wir tranken Kaffee. Schweigend hörte ich mir die letzten Anweisungen an. Die Straße, auf die wir dann hinaustraten, war dunkel und menschenleer. Wortlos schwang sich José Arco auf mein Motorrad und startete. Der Lärm des Auspuffrohrs erschreckte mich. Dann stieg er auf seine Maschine, ich auf die *Princesa*, und wir fuhren im Schritttempo bis zur nächsten Querstraße, um die Motoren zu testen, drehten um, ich immer hinter ihm, und kehrten dorthin zurück, wo El Mofles auf uns wartete.

»Dank dir ist sie wieder wie neu«, sagte José.

Ich schwieg und konzentrierte mich mit allen Sinnen darauf, den Motor nicht ausgehen zu lassen. Seid vorsichtig und kommt bald zurück, sagte El Mofles. Klar doch, sagte José Arco. Wie fühlst du dich, Remo? Eine Scheißangst habe ich, sagte ich. Es war seltsam, ich hörte unsere Stimmen wie gedämpft, sogar der Lärm der Motoren schien von weit her zu kommen; dagegen verstärkten sich die Geräusche der schlafenden Straßen in meinen Ohren: Katzen, die ersten gefiederten Frühaufsteher, Wasser, das durch ein Abflussrohr floss, fernes Türenschlagen, das Schnarchen eines Mannes im Nachbarhaus.

»Na, das geht vorbei; wir fahren langsam und bleiben dicht beieinander.«

»In Ordnung.«

»Wir sehen uns, Mofles.«

»Tschau.«

Ganz langsam, wie auf Fahrrädern, fuhren wir aus dem Viertel hinaus. Von Zeit zu Zeit fragte mich José Arco, wie ich mich fühlte. Bald ließen wir die leeren Straßen von Mofles' Viertel hinter uns und kamen an eine Hauptverkehrsstraße.

»Bleib immer dicht bei mir«, sagte José Arco.

Die beiden Motorräder scherten mit einem Satz in die Hauptstraße ein. Ich spürte, wie es mir in irgendeinem Teil meines Körpers einen Tritt versetzte. Meine Hände waren schweißnass, und ich hatte Angst, vom Lenker abzurutschen. Mehrmals wollte ich anhalten, aber die Gewissheit, dass ich in dem Fall die *Princesa* auf der Straße liegenlassen und mit der Metro nach Hause fahren würde, hinderte mich daran. Anfangs sah ich nur die asphaltierte, endlose und von jäh durchbrochener Stille erfüllte Fahrbahn und das undeutliche Profil meines Freundes und seiner Honda, der mich mal überholte, mal sich hinter mich zurückfallen ließ. Dann erschien am Horizont, als würde mitten in der Wüste ein Vorhang aufgezogen, eine gigantische, wenn auch ferne Masse, die zu blinzeln oder durch den feinen Regenschleier hindurch sämtliche Graustufen der Welt durchzuprobieren schien. Was zum Teufel ist das?, schrie es in mir. Die Schildkröte des Todes? Der Große Skarabäus? Das Ding war meiner Schätzung nach so groß wie ein Berg und bewegte sich in gerader Linie auf uns zu. Angetrieben wurde es von Pseudopodien, vielleicht glitt es auch auf einem Luftkissen. Von meiner Position aus sah man, dass es einen geraden und unveränderlichen Kurs hielt. Ich brauchte José Arco nicht erst zu fragen, worauf wir zufuhren.

»La Villa!« Er wies mit dem Zeigefinger auf Godzilla.

»La Villa, la Villa!«, schrie ich glücklich.

Erst da fiel mir auf, dass neben uns Autos fuhren, dass an den Straßenecken, verrostet und vom Smog verschleiert, Ampeln an- und ausgingen, dass Schatten die Gehwege entlanghuschten, rauchend sogar, und Autobusse, hell erleuchtet wie Ausflugsdampfer, Berufstätige zu ihren Arbeitsstellen transportierten. Mitten auf dem Fahrdamm spielte ein Jugendlicher, betrunken oder unter Drogen, mit seinem Leben, fiel auf die Knie und betrachtete ungerührt den vorbeirauschenden Verkehr. Aus dem Inneren einer gerade geöffneten Cafeteria drangen die Klänge einer Ranchera.

Am Vorplatz der Basilika hielten wir an, um uns die Beine zu vertreten und zu besprechen, wie mir meine ersten Minuten als Motorradfahrer bekommen waren. Ich erzählte José Arco, dass ich die Basilika kurz zuvor für ein Ungeheuer gehalten hätte. Oder für eine zu Stein erstarrte Atomexplosion, die auf uns zu kam. Wohl eher aufs Stadtzentrum zu, meinst du nicht? Kann sein, sagte ich, jedenfalls wären wir im Weg gewesen. Zum Glück ist ja nichts passiert, wie hat sich die *Princesa* benommen? Ist ein prima Motorrad, oder?

Es schien, keine Ahnung, warum, als würde der Wind durch ein Loch in den Wolken zu uns herunterblasen. Ich zündete mir eine Zigarette an und sagte ja.

»Nun, das war keine Atomexplosion«, murmelte José Arco, während er einen Blick auf mein Motorrad warf, »sondern das Schloss der Jungfrau von Guadalupe, der Mutter von allen, der tollsten von allen.«

»Ja«, sagte ich und betrachtete das Morgengrauen, das sich eben anzudeuten begann. »Sie hat verhindert, dass ich einen Unfall baue.«

»Nein, du Weltmeister, das waren ich und El Mofles, die Pädagogen der Lenkstange.«

Ich kramte in meinen Taschen nach ein paar Münzen.

»Warte einen Moment auf mich, ich muss gerade mal telefonieren.«

»Gut.«

Nicht weit entfernt fand ich eine Telefonzelle und rief Laura an. Nach einer ganzen Weile nahm ihre Mutter ab. Ich bat sie wegen der Uhrzeit um Entschuldigung und fragte, ob sie so nett sein könne, Laura ans Telefon zu holen. Ich glaube, es ist dringend, ich weiß nicht genau, sagte ich, den Dummen spielend. Ich war nicht müde, aber ich hätte mich gern auf meine Matratze geworfen. Die Straßen glänzten, und in meiner Nähe unterhielten sich zwei Taxifahrer über Fußball, der eine war für América, der andere bevorzugte Guadalajara. Als Laura ans Telefon kam, entschuldigte ich mich noch einmal, auf exakt die gleiche Weise, als spräche ich wieder mit ihrer Mutter, und sagte dann, ich würde sie lieben.

»Ich weiß nicht, wie ich es dir erklären soll. Ich habe mich in dich verliebt.«

Laura sagte:

»Wie schön, dass du anrufst.«

»Ich wollte dir das bloß sagen. Dass ich dich liebe.«

»Wie schön«, sagte Laura, »wie schön.«

Wir legten auf, und ich kehrte zu unseren Motorrädern zurück.

»Wie schaut's aus? Fahren wir?«

»Ja«, sagte ich, »fahren wir.«

»Traust du es dir zu, bis nach Hause zu fahren?«

»Ja, ja.«

»Auf jeden Fall werde ich dich begleiten.«

»Nicht nötig. Du musst müde sein.«

»Ich und müde? Nein, Mann, außerdem habe ich dir noch nicht die Geschichte von Isidore Isou und Altagōr erzählt.«

»Welche Scheißgeschichte meinst du?«

»Die von El Moflete, Mensch, schlaf nicht ein.«

Wir fuhren ohne Eile Richtung Stadtzentrum. Durch den Fahrtwind wurde ich wieder klar im Kopf. Es war angenehm, vom Motorrad aus die erwachenden Straßen und Fenster zu betrachten. Die Nachtschwärmer machten sich in ihren Autos auf den Weg nach Hause oder in andere Gefilde, und die arbeiten mussten, machten sich in ihren Autos auf den Weg zur Arbeit oder quetschten sich in Sammeltaxis oder warteten an der Haltestelle auf den Bus, der sie zur Arbeit bringen würde. Die geometrische Landschaft der Viertel und sogar die Farben machten einen provisorischen Eindruck, waren erfüllt von wunderlichen Dingen und Energie, und man konnte auch, wenn man den Blick und eine gewisse latente Verrücktheit darauf scharfstellte, in Form blitzschneller Leuchtspuren die Traurigkeit wahrnehmen, als würde ein Speedy González ohne Grund oder mit einem geheimen Grund durch die Hauptstraßen von DF flitzen. Keine melancholische Traurigkeit, sondern eine zerstörerische, paradoxe Traurigkeit, die das Leben herausforderte, das strahlende Leben, wo immer es sich auch befand.

»Die Geschichte ist sehr interessant«, schrie José Arco. »Ich will dich nicht beleidigen, indem ich dich frage, ob du weißt, wer Isidore Isou und Altagōr sind.«

»Beleidige mich ruhig, ich habe keine Ahnung.«

»Im Ernst? Zum Teufel mit der intellektuellen Jugend Lateinamerikas!«, lachte José Arco.

»O.k., Isou ist Franzose«, schrie ich, »und ich glaube, er macht visuelle Poesie.«

»Kalt, kalt.«

Dann sagte er etwas, das ich nicht verstand – Rumäne –, und wir trafen auf einen mit Hühnern beladenen Lastwagen, dann auf noch einen Laster mit Hühnern, auf noch einen und noch einen. Es war ein Konvoi. Die Hühner drängten sich an die Gitter ihrer Käfige und kreischten auf dem Weg zum Schlachthof wie die Teenager. Wo ist meine Mama Huhn?, schienen die Küken zu schreien. Wo ist meine Schale abgeblieben? Mein Gott, dachte ich, ich will keinen Zusammenstoß. Hühnerhof Gesundes Leben. José Arcos Honda schob sich auf wenige Zentimeter an mich heran.

»Isou ist der Vater des Lettrismus, und Altagōr der Vater der Metapoesie!«

»Ah, wie schön!«

»Und sie hassen sich bis aufs Blut!«

Wir hielten an einer roten Ampel.

»Ich habe keine Ahnung, wo zum Teufel El Moflete all diese Sachen gelesen hat. Er hat gerade mal die Mittelstufe geschafft.«

Grün.

»Wo hast du sie denn gelesen?« Die *Princesa* fuhr widerwillig an. Sie bockte beim Losfahren.

»Ich gehe in die Französische Buchhandlung! Während die Dumpfbacken für Vorträge von Octavio Paz Schlange stehen, stöbere ich dort stundenlang herum! Ich bin in jeder Hinsicht ein Mensch des 19. Jahrhunderts!«

»Und du bist da nie El Mofles begegnet?«

»Nie.«

Ein Mustang mit über hundert Sachen schnitt José Arco das Wort ab. Schon bald erfuhr ich, dass El Mofles ausschließlich in die Kellerbuchhandlung ging, und auch das nur hin und wieder. Die Geschichte von Isidore Isou, Altagōr und George Perec war schnell erzählt. In Paris, kurz nach Ende des Zweiten Weltkriegs, als dort noch Lebensmittelkarten gebräuchlich waren, trafen einmal Isidore Isou und Altagōr zufällig in einem der legendären Cafés aufeinander. Nehmen wir an, dass Isou an der äußersten rechten Seite der Terrasse saß und Altagōr ganz links. Doch auch so konnte den beiden die Anwesenheit des jeweils anderen nicht verborgen bleiben. Die Tische in der Mitte waren mit amerikanischen Touristen, berühmten Malern, Sartre, Camus, Simone de Beauvoir, Filmschauspielern und Johnny Hallyday besetzt.

»Johnny Hallyday auch?«

»Ja, so hundsgemein kann Mofles sein.«

Was zur Folge hatte, dass unsere beiden phonetischen Dichter in vollkommener Anonymität verblieben. Tatsächlich war nur ihnen in höchstem Maße bewusst, dass sie dort waren, und dass der eine der Vater der Metapoesie und der andere der Vater des Lettrismus war, Häuser, die sich intensiver die Stirn boten als die von Verona.

»Mofles zufolge waren beide jung und ehrgeizig! *Vanitas vanitatum!*«

»Fieser Mofles!«

Nachdem sie also gramgebeugt ihren Pastis geschlürft und die Torten gemümmelt hatten, die für beide als einziges Nachtmahl herhalten mussten, verlangten sie die Rechnung, der eine tat es jedoch in Metasprache und der andere in lettristischem Rotwelsch, jeder wie es ihm gebührte, und verweigerten gleich darauf die Bezahlung. Was sie, abgesehen von der Erregung der Aufmerksamkeit der an den Mitteltischen Sitzenden, beabsichtigten, war, dass die Kellner sich in der jeweiligen Sprache an sie richten sollten, in der die Rechnungsanfrage an sie ergangen war. Nicht lange, und die Grenze zu Beleidigungen war überschritten. Die Kellner, die darum bemüht waren, kein Aufsehen zu erregen, hüllten ihre Verbalinjurien in einen gedämpften Ton. Isou titulierte die Kellner als ignorante Sklavenlümmel und machte sich über Alfagōr lustig. Dieser, am anderen Ende, bedauerte seinerseits lauthals die geistige Engpässlichkeit der Kellner und drohte Isou mit der geballten Faust.

»Was für Hurensöhne!«

»Ho ho ho.«

»Hi hi hi.«

»Sie sind Mofles' Helden!«

Das Erscheinen von Maître Gaston, einem der berserkerhaftesten Kämpfer der Résistance, machte der Diskussion ein Ende. Gastons Reputation ist fürchterlich, und jeder weiß Bescheid. Sehr widerwillig zahlen die beiden Dichter, und um dem Ganzen noch die Dornenkrone aufzusetzen, stellen sie fest, dass sie sich vor den prominent besetzten

Mitteltischen lächerlich gemacht haben. Mit gerefften Seelen verließen Isou und Alfagōr das Café; das war der Moment, sie standen bereits auf der Straße, in dem sie beschlossen, sich auf Leben und Tod zu duellieren. (In ihrer geteilten Verzweiflung waren sie der Ansicht, in Paris sei einer von beiden zu viel.) Das Treffen wurde für das folgende Morgengrauen auf dem Marsfeld, nahe des Eiffelturms, anberaumt. Und dort nun betritt Georges Perec die Szene.

»Weißt du, wer Georges Perec ist?«

»Ja, aber ich habe nichts von ihm gelesen.«

»Er war einer der Besten«, sagte José Arco sehr ernst; unsere Motorräder schlichen mit zwanzig Stundenkilometern dicht an den Bordsteinen entlang.

»Man könnte uns für zwei Arbeiter halten, die von der Nachtschicht nach Hause kommen«, sagte ich.

»Mehr oder weniger«, sagte José Arco.

»El Mofles zufolge war Perec ein Kind, das mit den Hühnern aufstand. Im ersten Morgenlicht schlich er sich auf Zehenspitzen aus dem Haus seiner Großeltern, schnappte sich sein Fahrrad und machte sich auf den Straßen der Stadt aus dem Staub, ohne sich darum zu kümmern, wie spät es war. Am fraglichen Morgen pedaliert er in der Umgebung des Marsfelds herum. Und siehe da, die erste Person, der er begegnet, ist Altagōr, der auf einer Bank sitzt und eins seiner eigenen Gedichte rezitiert, um sich Mut zu machen. Der kleine Perec hält neben ihm an und lauscht. Es klingt so: Sunx itogmire ésinorsinx ibagtour onéor galire a ékateralosné. Was für die Ohren des Jungen klingt, als wären du, ich und El Mofles zehn Jahre zuvor auf Mary Poppins persönlich gestoßen, die superkalifragilistisch vor sich hin sang. El Mofles zufolge beginnt der kleine Perec, der trotz seines geringen Alters beängstigend wohlerzogen und neunmalklug ist, mit einer kaum gezügelten Begeisterung zu applaudieren, was Altagõrs Aufmerksamkeit weckt, der ihn ansieht und fragt: Veriaka e tomé?«

»Ei ei ei, so ein Witzbold, dieser Mofles.«

»Tumissé Arimx«, antwortet das Kind, und Altagõrs ganze Entschlossenheit geht zum Teufel. Er sieht in dem Kind ein Zeichen, einen Hinweis, der ihm bedeutet, weiterzuarbeiten, allen Widrigkeiten zum Trotz. Also steht er auf, streicht sich die Kleidung glatt, verbeugt sich vor dem Kind wie vor dem Schicksal und geht nach Hause schlafen. Kurz darauf trifft das Kind Isidore Isou, mit dem sich die Sache ähnlich abspielt. Möglich, dass Isou keine Anfrage an das Kind richtet. Möglich, dass er es nur aus dem Augenwinkel mit dem Rad seine Runden auf dem Marsfeld drehen sieht und es dabei *echoum mortine flas flas echoum mortine zam zam* singen hört, und dass ihm das genügt. Als George Perec Jahre später seine Rekapitulation *Je me souviens* verfasste, vergaß er aus nicht überlieferten Gründen, diese Geschichte niederzuschreiben.

»Perec ist nicht ins Spanische übersetzt, und El Mofles kann kein Französisch. Mit diesem Rätsel überlasse ich dich deinem Frühstück.«

Ein dunkelgelbes Licht lag über der Stadt. Wir waren da. Ich hatte keine Lust zu frühstücken, nur Lust zu schlafen, wenn möglich mit Laura. Ich erwähnte José Arco gegenüber, dass ich in den letzten Tagen dauernd schreckliche Dinge sähe.

»Das Universum El Mofles ist voll von Erzählungen wie

dieser. Ich frage mich, ob er nicht am Ende Herausgeber einer der fotokopierten Zeitschriften ist.«

»Wir werden ihn danach fragen«, sagte ich.

Dann stellte ich das Motorrad auf dem Treppenabsatz im Erdgeschoss ab, möglicherweise in der heimlichen Hoffnung, dass man es mir klaute, und ging, immer zwei Stufen auf einmal nehmend, die Treppe hinauf.

Das Erste, was ich sah, als ich erwachte, waren Jans gerötetes Gesicht und das griechische Profil von Angélica Torrente, die eine Delicado rauchte, dann das heitere und erwartungsvolle Lächeln von Laura und eine Art Energiebogen, sehr fein und sehr schwarz, der sich zwischen ihnen zu spannen schien und den ich meinen von Schlaf verklebten Augen zuschrieb, und schließlich, während ich mir die Decke bis zur Nase zog, die offene Tür und die zitternden Pflanzen im Gang und die Tochter einer der Mieterinnen, die mit einer Rolle Klopapier in der einen und einem voll aufgedrehten Kofferradio in der anderen Hand vorbeischlurfte.

Seit einer Stunde war Angélica Torrente da. Während dieser ganzen Zeit hatte sie mit Jan gestritten. Natürlich war das nicht der Anlass ihres Besuchs, der war ein ganz anderer, nämlich eine Liebes- und Geständnisangelegenheit. Doch geriet die Sache aus dem Ruder, und beide fanden sich in einem unschönen, erbitterten Streit wieder, aber obwohl sie dabei meist alle Lautstärkeregister zogen, schafften sie es nicht, mich zu wecken. Grund war der aus Science-Fiction-Literatur gebaute Tisch. Jan hatte ihn Angélica mit dem gesunden Stolz eines Chippendale-Anhängers gezeigt, und nachdem sie ihn halb bestürzt, halb beleidigt begutachtet hatte, erklärte sie, sie könne darin nur eine Ohrfeige für die Literatur im Allgemeinen und für die Science-Fiction-Literatur im Besonderen erkennen. »Bücher gehören in ein Regal, hübsch geordnet, um jederzeit gelesen oder zu Rate gezogen zu werden. So kannst du Bücher nicht behandeln, wie Bauklötze oder Backsteine!« Jan hatte eingewandt, dass das Kauen von Buchseiten vielen Bewohnern belagerter Städte über den Hunger hinweggeholfen habe: In Sebastopol habe ein junger, angehender Schriftsteller 1942 einen beträchtlichen Teil von Prousts *Suche nach der verlorenen Zeit* in der französischen Originalfassung verschlungen. Die Science-Fiction-Literatur, glaubte Jan, eigne sich wie keine andere für aleatorische Regalbauten wie zum Beispiel den Regaltisch, ohne dass dadurch der Inhalt der Seiten, die Handlung, herabgemindert würden. Angélica zufolge war das eine Dummheit und obendrein unpraktisch, sehr unpraktisch. Tische waren dazu da, um darauf zu essen, sie zu bekleckern, bei Wutanfällen Messer in die Oberfläche zu rammen. Mein Gott!, hatte Jan mit wegwerfender Geste gesagt. Das hat damit nichts zu tun! Du verstehst gar nichts! Es gibt doch Tischtücher!

Danach gab es einen Moment, in dem sie den Worten Tätlichkeiten folgen lassen wollten. Für den Bruchteil einer Sekunde entspann sich der Auftakt zu einer Lucha Libre, Maske gegen Mähne, die auf Jans Matratze hätte enden oder ihren Höhepunkt finden können, beide ineinander verknäult, Beine zwischen Beinen eingeklemmt, Hände in Rücken und Schultern gekrallt, kratzend womöglich, und die Jeans bis zu den Knien heruntergelassen. Aber dazu kam es nicht. Es blieb bei einigen Finten und Klapsern auf die Unterarme, ihre Atmung beschleunigte sich, und die Augen glänzten intensiver. Dann kam Laura, und der Streit geriet in ein ruhigeres Fahrwasser, bis er ganz erstarb. Laura schenkte dem Tisch kaum Aufmerksamkeit. »Ich habe im Treppenhaus ein Motorrad gesehen«, sagte sie mit geheimnisvoller Stimme, »sicher gehört es Remo.«

»Nein, nein, nein«, seufzte Jan, »bestimmt nicht. Mein verehrter Kamerad kann nur Fahrrad fahren.«

»Was wetten wir?« Typisch Laura, wenn sie sich einer Sache sicher war, konnte man davon ausgehen, dass sie sich eher umbringen als davon abbringen ließ. Zum Glück für sie waren ihrer Gewissheiten wenige; die allerdings scharf wie der Schnabel eines Falken.

»Aber, ich bitte dich«, sagte Jan, »wenn er bis gestern noch keins hatte, wie soll er jetzt plötzlich eins haben?«

»Ich bin sicher, dass es seins ist.«

»Das würde heißen ...« Jan schien zu zögern, »dass er es geklaut hat, aber selbst dann, wie soll jemand ein Motorrad klauen, der gar nicht fahren kann?«

Vor Jans innerem Auge zog mit der Geschwindigkeit eines Schreis die Szene vorbei, wie ich das Motorrad kaufte und Schuldscheine und Verträge unterschrieb; dieser Gedanke ließ ihn erstarren, wie er mir später verriet, denn auf einmal machte er sich klar, was er sich nie hatte eingestehen wollen: unsere verheerende finanzielle Lage. Wenn das Motorrad mir gehörte, etwas, was ihm immer wahrscheinlicher erschien, steckten wir mindestens für die nächsten fünf Jahre bis zum Hals in Schulden, und am Ende bräuchte ich finanzielle Hilfe, was bedeutete, dass er sich Arbeit suchen müsste.

»Mein Gott, ich hoffe, dass es nicht stimmt«, sagte er.

»Es ist ein sehr schönes Motorrad«, sagte Laura.

»Richtig, als ich hochkam, stand im Treppenhaus ein Motorrad«, erinnerte sich Angélica, »aber schön fand ich es nicht. Es war eine hässliche, alte Mühle.«

»Wieso sagst du, dass es hässlich ist?«, sagte Laura.

»In meinen Augen war es das. Ein altes Motorrad mit jeder Menge Aufklebern.«

»Du kannst es dir unmöglich genau angeschaut haben. Es hat Charakter, dieses Motorrad. Und so viele Aufkleber sind es gar nicht. Eigentlich gibt es nur einen Schriftzug, sehr originell und in metallenen Buchstaben: *Princesa Azteca* … Das muss der Name sein.«

»Der Name des Motorrads?«

»Euch entgeht aber auch nichts, Mädels«, sagte Jan.

»Hör mal, ich finde es absolut albern, einem Motorrad einen Namen zu geben. Und dann auch noch *Princesa Azteca*, autsch«, sagte Angélica.

»Nein, es kann nicht Remo gehören«, sagte Jan. »Aber du, Laura, du musst das Motorrad ja stundenlang optisch zerlegt haben!«

Laura lachte und sagte ja, diese monströse, rostige Maschine im Treppenhaus habe ihre Aufmerksamkeit geweckt: Etwas an dem Motorrad sei ihr so nahegegangen, dass sie hätte weinen mögen. Angélica sagte: »Red keinen Scheiß.« In diesem Moment wachte ich auf.

Mit größter Vorsicht machte ich mich an das heikle Geschäft des Anziehens. Jan hatten die beiden Mädchen schon nackt gesehen, und ich vermutete, dass sie dachten, es zeuge von schlechter Erziehung, die Augen zu schließen oder den Blick abzuwenden, während ich aufstand. Ich sagte nichts. Ich holte mir die Hose unter die Decke und zog sie mir an, so gut es ging.

»Das Motorrad gehört mir.«

»Siehst du?«, sagte Laura.

»Ich habe es einem wilden Dichter aus Peralvilla abgekauft. Ich werde es abbezahlen, immer wenn ich Geld habe.«

»Also niemals«, sagte Jan.

»Ich werde mehr arbeiten. Ich werde mich an allen Literaturpreisen und Lyrikwettbewerben beteiligen. Ich gebe mir eine Frist von einem Jahr, um berühmt zu werden und vergleichbar viel zu verdienen wie ein Beamter der untersten Lohngruppe. Das alles natürlich nur, wenn man mich nicht vorher einlocht wegen Fahrens ohne Führerschein auf einem Motorrad unbekannter Herkunft.«

»Geklaut, meinst du«, sagte Jan.

»Genau. Wie es sich gehört. Aber nicht ich habe es geklaut! Das Schicksal hat es mir in die Hände gespielt. Sag, könntest du dir vorstellen, dass Lone Ranger sein Pferd Silver auf einer Viehauktion ersteigert? Undenkbar. Lone Ranger fand Silver in der Prärie. Sie fanden sich und mochten einander. Das Gleiche könnte man von Red Snyder behaupten. Nur der Oberlangeweiler Hopalong Cassidy ist imstande, sich jedes Jahr ein neues Pferd zu kaufen.«

»Aber du kannst doch gar nicht Motorrad fahren.«

»Ich hab es letzte Nacht gelernt, ist nicht so schwer. Eigentlich ist es mehr ein psychologisches Problem. Die Schwierigkeit besteht im Fahren ohne Führerschein, in den

Polizisten, den Ampeln und in der Angst vor den Autofahrern. Wenn du das alles vergisst, kannst du in weniger als einer halben Stunde Motorrad fahren lernen.«

»Stimmt«, sagte Angélica, »das erinnert mich an das sprichwörtliche Glück des Betrunkenen. Wenn du keine Angst hast, dass dir was passiert, passiert dir auch nichts.«

»Die meisten Unfälle gehen auf das Konto von betrunkenen Autofahrern«, brummte Jan.

»Nein, von halb betrunkenen, das ist was anderes. Die Halbbetrunkenen sind panisch darauf bedacht, nicht ins Fettnäpfchen zu treten, und darum landen sie am Ende mitten drin. Die Sturzbetrunkenen haben andere Dinge im Kopf. Gut, wahr ist auch, dass sich die Sturzbetrunkenen selten ans Steuer setzen. Sie kriechen auf allen vieren zurück in ihre Betten.«

Eine Weile sprachen wir noch über mein Motorrad und die Gefahren, die das Motorradfahren in einer Stadt wie DF mit sich brachte. Zu den Vorteilen, die alle (außer mir) sahen, gehörte, dass ich an Staus und Pannen vorbeifahren und so zu allen Verabredungen und an künftigen Arbeitsstellen pünktlich erscheinen konnte. Aber er fährt nicht zur Arbeit, sagte Laura mit einem geheimnisvollen Lächeln, er wird Gedichte schreiben und sämtliche Wettbewerbe gewinnen. Stimmt, sagte ich, dafür brauche ich kein Motorrad. Vielleicht gehe ich mal raus und drehe eine Runde, wenn mir die Inspiration fehlt. Wettbewerbe? Welche Wettbewerbe?, fragte Jan hoffnungsvoll. Alle, sagte Angélica. Du kannst mit dem Motorrad zur Post fahren, und damit dir die Manuskripte nicht davonfliegen, setzt du dich am besten drauf. Das ist wahr, das passt schon, sagte ich. Zu den

Nachteilen gehörte der Preis für Benzin, den niemand auch nur annäherungsweise kannte.

Und so weiter, bis Jan und Angélica fortgingen und ich begriff, dass zwischen Laura und mir etwas geschehen sollte. Wo geht ihr hin?, fragte ich. Ich war immer dafür gewesen, dass Jan hin und wieder die Wohnung verließ, und sei es nur einmal am Tag, aber jetzt hätte ich es lieber gehabt, er wäre dageblieben. Die beiden gingen Arm in Arm und schienen glücklich. Jan hatte Angélica um die Hüfte gefasst, und ihre Hand strich meinem Freund durchs Haar. Die Szene erschreckte mich.

»Ins Treppenhaus«, sagte Jan. »Wir wollen uns dein Motorrad anschauen, und wenn wir uns aufraffen können, machen wir einen Abstecher ins Flor de Irapuato.«

»Bleibt nicht so lange weg«, sagte ich.

Als wir allein waren, entstand eine plötzliche Stille, schwer wie eine Betonkugel. Laura setzte sich auf Jans Matratze, und ich schaute aus dem Fenster. Laura stand auf und kam ans Fenster. Ich setzte mich auf meine Matratze. Murmelte etwas von dem Motorrad, und dass man ins Flor de Irapuato Kaffee trinken gehen könnte. Laura lächelte und schwieg. Für mich gab es keinen Zweifel, sie war das schönste Mädchen, das ich in meinem Leben gesehen hatte. Und das unverblümteste.

»Letzte Nacht sagtest du, du wolltest mit mir schlafen. Dass du wahnsinnige Lust hättest. Was ist los?«

»Ich bin aus der Übung«, stammelte ich. »Ich will es, ich wünsche mir nichts sehnlicher, aber ich bin aus der Übung. Außerdem bin ich, wie soll ich es dir erklären, eine Art Kriegsversehrter.«

Laura lachte und bat mich, ihr das näher zu erklären. Ganz allmählich begann ich mich besser zu fühlen. Ich kochte für uns beide Tee, machte ein paar belanglose Äußerungen über das Wetter und gestand ihr dann, dass man mir vor nicht allzu langer Zeit mehrfach und mit Schmackes in die Eier getreten habe und mich seitdem die fixe Idee verfolge, ich würde keinen mehr hochbekommen, eine vorhersehbare Reaktion bei einem Jungen, der die Brüder Goncourt verehrte. Ehrlich gesagt bekomme ich zwar einen hoch, aber nur, wenn ich allein bin.

»Warum hat man dir gerade dahin getreten?«

»Ach, weiß der Himmel. Jan und ich waren wie verrückt auf der Suche nach Boris, einem Freund, und nicht nur fanden wir ihn nicht, wir kamen selbst in die Bredouille.«

»Jan hat man auch ...?«

»Ja ja, die Prügel haben wir zusammen bezogen, zu jedem Schrei, den Jan ausstieß, gesellte sich einer von mir.«

»Aber Jan hat normale Erektionen«, sagte Laura. »Das weiß ich sicher.«

Ach, nie erschien mir Laura schöner und furchtbarer. Ich spürte eine Welle der Eifersucht und Wut in mir aufsteigen; in welchem Moment hatte mir der kleine, heuchlerische Satyr meine Freundin ausgespannt? Ich setzte ein eisiges Lächeln auf und sagte:

»Ist das wahr?«

Da erzählte mir Laura, dass bei dem Treffen in unserem Zimmer in jener Nacht Jan und Angélica miteinander geschlafen hätten. Ich muss wohl unter Alkohol oder Drogen gestanden haben oder deprimiert oder in die Lektüre von López Velarde vertieft gewesen sein, jedenfalls hatte ich nichts davon mitbekommen. Angélica sei schlecht gewesen, und ihre Schwester und Jan wollten sie zur Toilette begleiten. Tatsächlich hätte die Luft im Zimmer unerträglicher nicht sein können. In einem der Verschläge zum Aufhängen der Wäsche entdeckte Laura Lola Torrente, José Arco und Pepe Colina. Angélica und Jan hatten sich verdrückt. César war ziemlich betrunken und wollte gehen. Er bat, er flehte, er drohte damit zu kotzen, aber es half nichts. Laura verbot es ihm kategorisch. In einer Ecke voller Schüsseln, Wassereimer und leerer Waschmittelkartons versuchte er mit ihr zu schlafen, während sie an die Balustrade gelehnt auf die Straße schaute. Es blieb bei dem Versuch. Laura schlenderte weiter verschlafen über das Dach (wie die Märchenprinzessin, die mit einer Kerze durch das Schloss des Prinzen stromert, den sie heiraten wird!), bis sie auf einer ihrer Runden an den Ort kam, den Jan spaßigerweise die Latrinen nannte. Hier blieb sie unschlüssig stehen und vernahm kurz darauf einen erstickten Laut, der durch eine der Türen drang. Sie nahm an, Angélica ginge es schlechter als gedacht, und wollte nachsehen. Aber weit gefehlt. Jan saß mit bis zu den Knöcheln heruntergelassener Hose auf dem Klo und hielt ein Streichholz in den Fingern der linken Hand. Angélica befand sich rittlings über ihm und tanzte auf seinem ragenden Schwanz. Von Zeit zu Zeit, wenn das Streichholz ihm die Fingerspitzen verbrannte, ließ Jan es fallen und zündete ein neues an. Leise machte Laura kehrt und ging zurück zu den anderen. Am nächsten Tag erzählte ihr Angélica, was sie schon wusste, nebst einiger Details.

»Uff! Ein Glück!«

»Ein Glück was? Dass dein Intimfreund trotz der Fußtritte einen hoch bekommt?«

»Sei nicht vulgär. Ich habe geglaubt, du hättest mit Jan geschlafen.«

»Nein, ich ging zurück zu César in die Waschküchenecke. Ein gemütliches Örtchen, das musst du mir mal bei Tageslicht zeigen. Dort zwang ich ihn, mich zu *penetrieren*. Fast wären wir über die Mauerbrüstung gefallen. Es war ruckzuck vorbei, César war sehr betrunken und deprimiert. Ich dachte an dich, ich fühlte mich gut, ich glaube, innerlich habe ich die ganze Zeit gelacht.«

»Warum hast du mir das nicht erzählt? Am Morgen haben wir stundenlang miteinander geredet ...«

»Das ging dich nichts an. Außerdem war ich müde und fühlte mich gut mit dir, warum sollten wir anfangen, uns zu streiten?«

»Ich hätte nicht gestritten. Ich hätte angefangen zu weinen. Scheiße.«

»Dummerchen, es war sozusagen ein Abschied. Ich glaube, ich hatte schon beschlossen, nicht mehr mit ihm zu gehen. Armer César.« Sie seufzte boshaft. »Es war nicht mal ein Abschied von ihm, sondern von seinem Schwanz. Fünfundzwanzig Zentimeter, das habe ich selbst gemessen, mit einem Maßband von meiner Mutter.«

»Heilige Scheiße. Ich werde niemals erlauben, dass du dich mir mit einem Maßband näherst.«

»Werde ich nicht tun, niemals, ich schwöre.«

Lieber Philip José Farmer,

der Krieg kann durch Sex oder Religion gestoppt werden. Alles scheint darauf hinzudeuten – raue Zeiten sind das, gütiger Himmel –, dass dies die beiden einzigen zivilen Alternativen sind. Lassen wir die Religion einstweilen beiseite. Bleibt noch der Sex. Versuchen wir, ihn einer nützlichen Verwendung zuzuführen. Erste Frage: Was können Sie im Besonderen und die Science-Fiction-Autoren der Vereinigten Staaten im Allgemeinen in dieser Hinsicht tun? Ich schlage die sofortige Gründung eines Komitees vor, das sämtliche Anstrengungen bündelt und koordiniert. Als erste Maßnahme, sozusagen um den Boden zu bereiten, müssen die zehn oder zwanzig Autoren in einer Anthologie versammelt werden, die das Thema von körperlicher Liebe und Zukunft am radikalsten und mit sichtlichem Vergnügen behandelt haben. (Das Komitee soll seine Auswahl treffen, ich möchte nur die unverzichtbare Aufnahme eines beliebigen Textes von Joanna Russ und Anne McCaffrey anregen, später vielleicht, in einem anderen Brief, erkläre ich Ihnen, warum.) Diese Anthologie, die den Titel *Amerikanische Orgas-*

men im Weltraum oder *Eine strahlende Zukunft* tragen könnte, muss die Aufmerksamkeit des Lesers auf die Lust lenken und in ständigen Rückblenden in die Vergangenheit, also in unsere Zeit, an den Weg der Mühen und des Friedens erinnern, der zu absolvieren war, um in dieses Niemandsland der Liebe zu gelangen. In jeder Erzählung muss zumindest eine sexuelle Handlung (oder, in Ermangelung derselben, ein Fall von leidenschaftlicher, aufopferungsvoller Kameradschaft) zwischen Lateinamerikanern und Nordamerikanern vorkommen. Beispiele: Der legendäre Astronaut Jack Higgins, Kommandant des Raumschiffs Fidel Castro, unterhält prickelnde körperliche und geistige Beziehungen zu der kolumbianischen Luftfahrtingenieurin Gloria Díaz. Oder: Die auf dem Asteroiden BM101 notgelandeten Raumfahrer Demetrio Aguilar und Jennifer Brown praktizieren zehn Jahre lang das Kamasutra. Geschichten mit glücklichem Ausgang. Verzweifelter Sozialistischer Realismus im Dienst eines hemmungslosen und erstrebenswerten Glücks. Kein Raumschiff ohne gemischte Besatzung und keines ohne seine Überdosis an Liebesübungen! Gleichzeitig muss das Komitee Kontakt zu den übrigen Science-Fiction-Autoren der Vereinigten Staaten aufnehmen, zu denen, die Sex kalt lässt oder die ihn aus stilistischen, ethischen, kommerziellen, seelischen, inhaltlichen, ästhetischen, philosophischen oder sonstigen Gründen ausklammern. Unbedingt muss man ihnen vor Augen führen, wie wichtig es ist, über Orgien zu schreiben, die, wenn wir uns *jetzt* dafür einsetzen, die künftigen Bürger Lateinamerikas und der Vereinigten Staaten dereinst praktizieren können. Wenn sie sich rundheraus weigern, sollte man immerhin versuchen, sie dazu zu überreden, an das Weiße Haus zu schreiben und ein Ende der Aggressionspolitik zu fordern. Oder zusammen mit den Bischöfen von Washington zu beten. Für den Frieden zu beten. Aber das ist die andere Alternative, die wir vorerst in der Hinterhand behalten wollen. Ich möchte diese Zeilen nutzen, Ihnen meine Bewunderung auszudrücken. Ich lese nicht, ich verschlinge Ihre Seiten. Ich bin siebzehn, und vielleicht schaffe ich es eines Tages, gute Science-Fiction-Erzählungen zu schreiben. Seit einer Woche bin ich keine Jungfrau mehr.

Herzlich,

Jan Schrella alias Roberto Bolaño

Mexikanisches Manifest

Der »Mexikanisches Manifest« überschriebene Abschnitt des Romans wurde in einer vom Autor überarbeiteten Version in das Manuskript von *La Universidad Desconocida* (Die Unbekannte Universität) aufgenommen. Wir geben hier die originale Fassung des Textes wieder, so wie sie in das Manuskript von *Der Geist der Science-Fiction* von 1984 Eingang gefunden hat.

An jenem Nachmittag haben Laura und ich nicht miteinander geschlafen. Wir versuchten es, das stimmt, aber es wurde nichts. Zumindest habe ich das damals geglaubt. Inzwischen bin ich mir nicht so sicher. Wahrscheinlich haben wir miteinander geschlafen. Das behauptete jedenfalls Laura, die mich bei der Gelegenheit in die Welt der öffentlichen Bäder einführte, mit denen ich seit damals und für lange Zeit Lust und Spiel verbinden sollte.

Das Erste war sicherlich das beste. Es hörte auf den Namen Gimnasio Moctezuma, und in seinem Eingangsbereich hatte ein unbekannter Künstler eine Wandmalerei geschaffen, die den aztekischen Herrscher zeigte, wie er in einem Schwimmbad bis zum Hals im Wasser steckte. Am Beckenrand, gleich neben dem Monarchen, aber viel kleiner, wuschen sich gutgelaunte Männer und Frauen. Alle wirkten unbesorgt, mit Ausnahme des Monarchen, der unverwandt aus dem Bild herausschaute, als folgte er dem unwahrscheinlichen Betrachter mit Blicken aus dunklen, weit offenen Augen, in denen ich oft Entsetzen zu erkennen glaubte. Das Wasser im Becken war grün. Die Kacheln waren grau. Im Hintergrund sah man Berge und mächtige Gewitterwolken.

Der Junge, der das Gimnasio Moctezuma führte, war Waise, und das bildete zugleich sein bevorzugtes Gesprächsthema. Beim dritten oder vierten Besuch freundeten wir uns an. Er war kaum älter als achtzehn, wollte sich ein Auto kaufen und sparte, was er konnte, das Trinkgeld, das nicht üppig war; Laura hielt ihn für reichlich unterbelichtet. Mir gefiel er. In allen öffentlichen Bädern gibt es ab und zu Streitereien. Derartiges sahen oder hörten wir dort nie. Die Kunden, durch einen unbekannten Mechanismus in Schach gehalten, respektierten den Jungen und folgten seinen Anweisungen aufs Wort. Es gingen allerdings auch nicht viele Leute hin, was ich nie verstanden habe, weil es eine saubere, ziemlich moderne Einrichtung war, mit getrennten Kabinen für Dampfbäder, Getränkeservice in den Kabinen, und außerdem nicht teuer.

Dort, in Kabine 10, sah ich Laura zum ersten Mal nackt, und ich schaffte es gerade nur, zu lächeln, ihre Schulter zu berühren und zu sagen, ich wisse nicht, an welchem Hahn ich drehen müsse, um den Dampf anzustellen. Die Kabinen, obwohl man richtigerweise von Séparées sprechen sollte, bestanden aus zwei winzigen, durch eine Glastür verbundenen Räumen; im einen stand gewöhnlich ein Diwan, ein alter Diwan, der Gedanken an Bordell und Psychoanalyse weckte, ein Klapptisch und ein Kleiderständer; der andere Raum war das eigentliche Dampfbad mit Dusche für Heiß- und Kaltwasser und einer in die Wand eingelassenen, blau gekachelten Steinbank, unter der sich die Rohre verbargen, aus denen der Dampf kam.

Der Wechsel von einem Raum in den anderen war grandios, vor allem, wenn in dem einen der Dampf schon so dicht war, dass er uns unseren Blicken entzog. Dann öffneten wir die Tür und gingen in den Raum mit dem Diwan, wo klare Sicht herrschte, und hinter uns her strömten Dampfschwaden wie Fetzen eines Traums, die sich rasch verflüchtigten. Ausgestreckt lagen wir da, Hand in Hand, und während unsere Körper abkühlten, lauschten wir angestrengt auf die fast unhörbaren Geräusche des Gebäudes. Beinahe starr vor Kälte und intensiv schweigend hörten wir schließlich das Gemurmel, das durch Boden und Wände drang, das katzenhafte Schnurren der Warmwasserleitungen und Heizkessel, die von einem geheimen Ort des Gebäudes aus den Betrieb versorgten.

»Eines Tages werde ich mich hier verlaufen«, sagte Laura.

Sie war, was Abstecher in die Welt der öffentlichen Bäder anging, erfahrener als ich, keine Kunst, hatte ich doch bis dahin noch nie die Schwelle eines solchen Etablissements überschritten. Trotzdem behauptete sie, sie habe von Bädern keine Ahnung. Nicht genug Ahnung. Mit César war sie zweimal in einem gewesen, und vor César mit einem Typen, der doppelt so alt war wie sie und von dem sie immer in geheimnisvollen Andeutungen sprach. Insgesamt kam sie auf nicht mehr als zehn Besuche, und immer im selben, im Gimnasio Moctezuma.

Gemeinsam versuchten wir, auf meiner Bellini, die ich damals schon gut im Griff hatte, sämtliche Badeanstalten von DF abzuklappern, geleitet von einem Absolutheitsanspruch, der eine Mischung aus Spiel und Liebe war. Gelungen ist es uns nicht. Im Gegenteil, in dem Maße, wie wir immer weitere Kreise zogen, öffnete sich um uns herum der Abgrund, die große, schwarze Bühne der öffentlichen

Bäder. Wie das verborgene Gesicht anderer Städte die Theater sind, die Parks, die Kais, die Labyrinthe, die Kirchen, die Bordelle, die Bars, die billigen Kinos, die alten Gebäude und sogar die Supermärkte, so fand sich das verborgene Gesicht von DF in dem riesigen Netz legaler, halblegaler und illegaler öffentlicher Bäder.

Die Methode, die am Beginn unserer Kreuzfahrt stand, war einfach: Ich bat den Jungen aus dem Gimnasio Moctezuma, mir die Adressen von ein paar billigen Bädern zu nennen. Er gab mir fünf Kärtchen und schrieb mir die Anschriften von rund einem Dutzend anderer Einrichtungen auf. Sie machten den Anfang. Mit jeder von ihnen verzweigte sich die Suche endlos weiter. Die Öffnungszeiten waren so unterschiedlich wie die Gebäude. Bei einigen kamen wir morgens um zehn Uhr an und gingen gegen Mittag wieder. Das waren in aller Regel helle Läden mit bröckelndem Putz, wo wir manchmal das Lachen von Jugendlichen und das Husten einsamer, verlorener Typen hören konnten, die, wenn der Hals wieder frei war, Boleros zu trällern begannen. Ihr Markenzeichen schien der Limbus zu sein, die geschlossenen Augen des toten Kindes. Besonders sauber war es dort nicht, vielleicht wurde auch erst später am Tag geputzt. In anderen Läden tauchten wir gegen vier oder fünf Uhr nachmittags auf und blieben bis zum Abend. (Das war unsere üblichste Uhrzeit.) Bäder mit dieser Öffnungszeit schienen von einem ständigen Schatten zu profitieren – oder unter ihm zu leiden. Ich meine damit einen künstlichen Schatten, eine Kuppel, eine Palme, einem Beuteltierbeutel zum Verwechseln ähnlich, wofür man anfangs dankbar war, was zum Ende hin aber schwerer auf einem lastete als eine Grabplatte. Die ab sieben, halb acht, acht Uhr abends offenen Bäder waren die meistbesuchten. Auf dem Gehweg vor der Tür hielten junge Leute die Stellung, redeten über Baseball und Musik, die gerade angesagt war. Die Gänge hallten von den finsteren Witzen der Arbeiter wider, die gerade aus ihren Fabriken und Werkstätten kamen. Am Empfangstresen begrüßten Zugvögel, alte Schwuchteln, die Mitarbeiter und die Leute, die in Sesseln sitzend die Zeit totschlugen, mit ihren Vor- oder Spitznamen. Durch die Gänge zu stromern, in kleinen Dosen – häppchenweise – eine gewisse Indiskretion zu nähren, war immer wieder in hohem Maße lehrreich. Offene oder halboffene Türen, Erdrutschen, Erdbebenspalten vergleichbar, boten dem glücklichen Augenzeugen in der Regel lebhafte Szenen: Gruppen von nackten Männern, wo die Handlung, das Geschehen, von der Dampfentwicklung gesteuert wurde; Jugendliche, die wie Jaguare durch ein Labyrinth von Duschen schlichen; winzige, aber Angst einflößende Gesten von Athleten, Bodybuildern und Einzelgängern; an einem Haken die Kleider eines Aussätzigen; alte Leutchen, die, Lulú trinkend, lächelnd am hölzernen Türrahmen des türkischen Bades lehnten …

Es war leicht, Bekanntschaft zu schließen. Pärchen, die sich einige Male im Flur begegnet waren, fühlten sich verpflichtet, einander zu grüßen. Wohl aus einer Art heterosexueller Solidarität heraus; in vielen öffentlichen Bädern waren die Frauen ja hoffnungslos in der Minderheit, und nicht selten hörte man extravagante Geschichten von Übergriffen und Belästigungen, auch wenn diese Geschichten in Wahrheit keineswegs glaubwürdig waren. Die derart entstandenen Bekanntschaften gingen nicht über ein Bier oder ein Gläschen in der Bar hinaus. In den Bädern grüßten wir uns, und bestenfalls nahmen wir Kabinen nebeneinander. Nach einer Weile klopften dann die, die zuerst fertig waren, an die Tür des befreundeten Pärchens, und ohne abzuwarten, dass ihnen geöffnet wurde, teilten sie mit, sie würden ins Restaurant XY gehen und dort warten. Dann verließen auch die anderen die Kabine, steuerten besagtes Restaurant an, tranken ein paar Gläschen und verabschiedeten sich bis zum nächsten Mal. Manchmal ließ sich ein Pärchen zu Vertraulichkeiten hinreißen, die Frau oder der Mann, vor allem wenn sie verheiratet waren, nicht miteinander natürlich, erzählten einem ihr Leben, und man musste nicken und sagen: ja, die Liebe, wie schade, Schicksal, und klar, die Kinder. Viel Gefühl, aber langweilig.

Turbulenter waren Bekanntschaften mit Leuten, die einen im Séparée besuchen kamen. Das konnte genauso langweilig werden wie mit den anderen, aber ungleich gefährlicher. Sie erschienen ohne Vorwarnung, klopften einfach an die Tür, ein seltsames, rasches Klopfen, und sagten, mach auf. Selten waren sie allein, meist zu dritt, zwei Männer und eine Frau oder drei Männer; die Gründe, die für solche Besuche bemüht wurden, waren fadenscheinig oder blöd: ein bisschen Gras rauchen, was in den Gemeinschaftsduschen nicht ging, oder egal was verkaufen. Laura ließ sie immer herein. Die ersten Male ballte ich die Fäuste und stellte mich darauf ein, zu kämpfen und blutüberströmt auf die Fliesen des Séparées zu sinken. Ich hielt es für das Logischste, dass sie hereinkamen, um uns auszurauben oder Laura zu vergewaltigen und mich vielleicht gleich mit, und meine Nerven lagen blank. Irgendwie wussten die Besucher das und wandten sich an mich nur, wenn die Umstände oder die guten Manieren es unvermeidlich machten. Alle Angebote, Abmachungen und Tuscheleien richteten sich an Laura. Sie war es, die ihnen aufmachte, sie war es, die fragte, was zum Teufel sie hier zu suchen hätten, sie war es, die sie hereinließ in den Raum mit dem Diwan (ich hörte aus dem Dampf, wie sie sich setzten, erst einer, dann noch einer und noch einer, und Lauras stummer Rücken schimmerte durch die Glastür, die den Dampf von dem plötzlich zum Geheimnis gewandelten Vorzimmer trennte). Schließlich stand ich auf, schlug mir ein Handtuch um die Hüften und ging hinüber. Die Besucher waren in der Regel zwei Männer und eine Frau. Oder ein Mann und ein Junge und ein Mädchen, die bei meinem Anblick unschlüssig grüßten, als wären sie, wider alle Vernunft, von Anfang an wegen Laura und nicht wegen uns beiden gekommen; als hätten sie erwartet, nur sie anzutreffen. Auf dem Diwan sitzend, ließen sich ihre dunklen Augen keine ihrer Bewegungen entgehen, während ihre Hände autonom die Joints drehten. Die Unterhaltungen liefen in einer verschlüsselten Sprache ab, die ich nicht kannte, sicher nicht in Jugendsprache, die ich damals beherrschte, obwohl ich mich heute kaum noch an sie erinnere, sondern in einem viel zärtlicheren Kauderwelsch, in dem jedes Wort und jeder Satz einen Nachgeschmack von Begräbnis und Grube hatten. (Jan sagte vor Laura, er könne die Luftgrube sein, eines der verrückten Gesichter der Makellosen Grube. Kann sein. Kann auch nicht sein.) Jedenfalls mischte auch ich mich ins Gespräch oder versuchte mitzumischen. Es war nicht leicht, aber ich versuchte es. Manchmal förderten sie neben dem Haschisch auch Alkohol zutage. Die Flaschen waren nicht umsonst, trotzdem bezahlten wir nicht. Das Geschäft der Besucher bestand im Verkauf von Marihuana, Whisky, Schildkröteneiern in den Kabinen, selten mit Billigung des Geschäftsführers oder der Reinigungskräfte, die sie unerbittlich verfolgten; darum war es für sie von äußerster Wichtigkeit, dass jemand ihnen Unterschlupf bot; sie verkauften auch Theater, ihr Geld machten sie tatsächlich damit, oder handelten Privatvorstellungen in den Junggesellenwohnungen der Vertragspartner aus. Das Repertoire dieser Wanderbühnentruppe konnte mickrig oder äußerst vielfältig sein, aber der dramatische Kern ihrer Darbietungen war immer der gleiche: Der ältere Mann blieb auf dem Diwan sitzen (in Gedanken versunken, nehme ich an), während der Junge und das Mädchen oder die beiden Jungen den Zuschauern in den Dampf folgten. Die Aufführung dauerte in der Regel nicht mehr als eine halbe oder Dreiviertelstunde, mit oder ohne Beteiligung der Zuschauer. Nach Ablauf der Frist öffnete der Mann auf dem Diwan die Durchgangstür und verkündete, wegen des Dampfes hustend, der plötzlich zu ihm hereinwollte, dem verehrten Publikum das Ende der Aufführung. Zugaben waren sehr teuer, auch wenn sie nur zehn Minuten dauerten. Die Jugendlichen duschten eilig und bekamen dann von dem Mann ihre Kleider überreicht, die sie auf die noch feuchte Haut zogen. Die letzten Minuten nutzte der niedergeschlagene, aber rührige künstlerische Leiter dazu, den zufriedenen Zuschauern von den Köstlichkeiten aus seinem Korb oder Koffer anzubieten: Whisky in Pappbecherchen, von erfahrener Hand gedrehte Joints und Schildkröteneier, die er unter Zuhilfenahme des enormen Nagels, der an seinem Daumen saß, öffnete und, dann im Glas, mit Zitronensaft beträufelte und mit Chilipulver bestreute.

In unserem Séparée verhielten sich die Dinge anders. Hier sprachen sie gedämpft. Rauchten Marihuana. Ließen die Zeit verstreichen, schauten ab und zu auf die Uhr, während ihnen nach und nach der Schweiß auf die Stirn trat. Manchmal berührten sie einander, berührten uns, was im Übrigen unvermeidlich war, wenn wir alle auf dem Diwan saßen, und die Berührung der Beine und Arme konnte geradezu schmerzhaft sein. Nicht der Schmerz des Sexuellen, vielmehr der des unverzeihlicherweise Verlorenen oder der einer letzten kleinen, durch das Land Unmöglich irrenden – wandernden – Hoffnung. Bekannte lud Laura ein, sich auszuziehen und mit uns in den Dampf zu kommen. Selten nahmen sie an. Lieber rauchten sie und tranken und hörten Geschichten. Ruhten sich aus. Nach einer Weile schlossen sie den Koffer und gingen. Später am selben Nachmittag kamen sie noch zwei- oder dreimal wieder, und alles lief nach dem gleichen Schema ab. War Laura guter Laune, machte sie ihnen auf, wenn nicht, machte sie sich nicht einmal die Mühe, ihnen durch die Tür hindurch zu sagen, sie sollten sich verpissen. Von ein oder zwei vereinzelten Streitereien abgesehen, waren die Beziehungen in jedem Moment harmonisch. Manchmal glaube ich, dass sie Laura schätzten, lange bevor sie sie kannten.

Eines Abends bot uns der Alte, der sie mitbrachte (diesmal waren sie zu dritt, ein Alter und zwei Jungen), eine Vorstellung an. Wir hatten noch nie eine gesehen. Was kostet das?, fragte ich. Nichts. Laura sagte, sie sollten reinkommen. Der Raum des Dampfbads war kalt. Laura nahm ihr Handtuch ab und verschloss die Tür: Der Dampf begann auf Höhe des Bodens einzuströmen. Ich hatte den Eindruck, wir befänden uns in einem Nazi-Waschraum und würden vergast; der Eindruck verstärkte sich, als ich die Jungen hereinkommen sah, spindeldürr und dunkel, und am Ende der Prozession der alte Zuhälter, der lediglich eine unbeschreiblich schmutzige Unterhose trug. Laura lachte. Die Jungen sahen sie an, während sie etwas verschämt mitten im Raum standen. Dann lachten auch sie. Zwischen Laura und mich, und ohne sich seiner grauenvollen Unterwäsche zu entledigen, setzte sich der Alte. Wollen Sie bloß zuschauen oder zuschauen und mitmachen? Zuschauen, sagte ich.

»Schauen wir mal«, sagte Laura, die für solche Wortspiele viel übrig hatte.

Wie auf Befehl gingen die Jungen daraufhin auf die Knie und begannen sich gegenseitig die Geschlechtsteile einzuseifen. Ihre einstudierten, mechanischen Bewegungen verrieten Müdigkeit und eine Reihe intimer Erschütterungen, die leicht mit Lauras Anwesenheit in Verbindung zu bringen waren. Eine Minute verging. Der Raum hatte sich wieder mit dichtem Dampf gefüllt. Die in ihrer anfänglichen Haltung verharrenden Darsteller wirkten dennoch verfroren: Sie knieten einander gegenüber, knieten aber in einer bizarr artistischen Haltung, masturbierten einander mit der linken Hand, während sie mit der rechten das Gleichgewicht hielten. Sie glichen Vögeln. Vögeln aus Blech. Sie sind wohl müde, sie kriegen keinen hoch, sagte der Alte. Tatsächlich, die eingeseiften Schwänze deuteten nur ganz schüchtern nach oben. Jungs, nicht kaputt machen, ermahnte der Alte. Laura lachte erneut. Wie sollen wir uns denn konzentrieren, wenn du dauernd lachst?, sagte einer der Jungen. Laura stand auf, ging an ihnen vorbei und lehnte sich an die Wand. Jetzt befanden sich die müden Darsteller zwischen ihr und mir. Ich spürte, wie die Zeit in mir Risse bekam. Der Alte murmelte etwas. Ich sah ihn an. Er hatte die Augen geschlossen und schien zu schlafen. Seit Ewigkeiten haben wir nicht geschlafen, sagte einer der Jungen, während er den Schwanz seines Kameraden losließ. Laura lächelte ihn an. Der Alte neben mir begann zu schnarchen. Die Jungen lächelten erleichtert zurück und nahmen eine bequemere Haltung ein. Ich hörte, wie ihre Knochen knackten. Laura ließ sich an der Wand nach unten gleiten, bis sie mit dem Po auf den Fliesen saß. Du bist sehr dünn, sagte sie zu dem einen. Ich? Der auch, und du, antwortete der Junge. Der zischend austretende Dampf machte die zu leisen Stimmen manchmal fast ununterscheidbar. Lauras Körper mit an der Wand lehnendem Rücken und aufgestellten Knien war schweißbedeckt: Tropfen liefen ihre Nase und den Hals herab, bildeten eine Rinne zwischen ihren Brüsten und hingen sogar in ihrem Schamhaar, von wo sie auf die warmen Fliesen fielen. Wir schmelzen, flüsterte ich, und wurde plötzlich traurig. Laura nickte. Wie süß sie aussah. Wo sind wir nur?, dachte ich. Mit dem Handrücken wischte ich den Schweiß fort, der mir aus den Brauen in die Augen rann und die Sicht nahm. Einer der Jungen seufzte. Ich bin schrecklich müde, sagte er. Schlaf, sagte Laura. Es war seltsam: Ich meinte, die Lichter würden dunkler, an Intensität verlieren; ich fürchtete, ohnmächtig zu werden; dann nahm ich an, dass der übermäßige Dampf an der Veränderung der jetzt viel dunkleren Farben und Töne schuld war.

(Als würden wir hier drinnen eingeschlossen, ohne Fenster, die Dämmerung sehen, dachte ich.) Whisky und Marihuana bilden kein gutes Gespann. Als hätte sie meine Gedanken gelesen, sagte Laura:

»Mach dir keine Sorgen, Remo, Liebster, alles in Ordnung.«

Und dann lächelte sie wieder, kein spöttisches Lächeln, nicht so, als würde sie sich amüsieren, vielmehr ein Lächeln wie ein Abschluss, ein Lächeln, das sich zwischen Eindrücken von Schönheit und Elend spannte, wobei nicht einmal zwischen Schönheit und Elend im Großen und Ganzen, sondern zwischen einem Schönheitchen und einem Elendchen, paradoxen Winzlingen, unsteten und ungreifbaren Winzlingen.

»Ganz ruhig, Geliebter, das ist nur der Dampf.«

Die Jungen, die alles, was Laura sagte, bereitwillig für bare Münze nahmen, nickten eifrig. Dann ließ sich einer von ihnen auf den Boden sinken, legte den Kopf auf einen Arm und schlief ein. Ich stand auf, bemüht, den Alten nicht zu wecken, und näherte mich Laura; neben ihr hockend, vergrub ich mein Gesicht in ihrem feuchten, duftenden Haar. Ich spürte Lauras Finger, die meine Schulter streichelten. Auf einmal wurde mir klar, dass Laura spielte, ganz zart, aber es war ein Spiel: Der kleine Finger spazierte über meine Schulter, dann kam der Ringfinger vorbei, und sie begrüßten sich mit einem Küsschen, dann erschien der Daumen, und beide, kleiner Finger und Ringfinger, flohen armabwärts, der Daumen blieb als Herr über die Schulter zurück und legte sich schlafen, ich glaube, er aß sogar irgendwelches Gemüse, das dort wuchs, denn sein Nagel grub sich in mein Fleisch, bis kleiner Finger und Ringfinger zurückkamen, begleitet von Mittelfinger und Zeigefinger, und alle zusammen verscheuchten sie Daumen, der sich hinter einem Ohr versteckte und von dort die schmarotzenden Finger bespitzelte, ohne zu verstehen, warum sie ihn verjagt hatten, während die anderen auf der Schulter tanzten und tranken und miteinander schliefen und vor Trunkenheit das Gleichgewicht verloren und den Rücken hinunterpurzelten, ein Unfall, den Laura nutzte, um mich zu umarmen und meine Lippen ganz leicht mit ihren Lippen zu berühren, derweil die vier gebeutelten Finger an meine Wirbel geklammert den Wiederaufstieg unternahmen und der Daumen sie beobachtete, ohne dass ihm auch nur im Traum einfiel, sein Ohr zu verlassen, das er mittlerweile liebgewonnen hatte. Kopf an Kopf lachten wir, ohne ein Geräusch zu machen. Du siehst glänzend aus, flüsterte ich. Dein Gesicht. Deine Augen. Die Spitzen deiner Brüste. Alles glänzt. Du auch, sagte Laura, ein wenig bleich vielleicht, aber du glänzt. Das macht die Mischung aus Dampf und Schweiß. Der Junge beobachtete uns schweigend. Liebst du ihn wirklich?, fragte er. Seine Augen waren riesig und dunkel. Ich setzte mich auf den Boden, an Laura geschmiegt. Ja, sagte sie. Er muss dich rasend lieben, sagte der Junge, Laura lachte. Ja, sagte ich. Kein Wunder, sagte der Junge. Nein, kein Wunder, sagte ich. Weißt du, wonach die Mischung von Dampf und Schweiß schmeckt? Hängt vom besonderen Geschmack jedes Einzelnen ab, oder? Der Junge legte sich zu seinem Kameraden, auf die Seite, die Schläfe unmittelbar auf den Fliesen, ohne die Augen zu schließen. Sein Schwanz war jetzt hart. Mit den Knien berührte er Lauras Beine. Er blinzelte ein paarmal, bevor er sprach. Ficken wir ein bisschen, sagte er. Wenn du willst. Laura antwortete nicht. Der Junge redete wie zu sich selbst. Weißt du, wonach das Gemisch aus Dampf- und Schweißtröpfchen schmeckt? Wonach es wirklich schmeckt? Welchen Geschmack es haben könnte? Die Hitze schläferte uns ein. Der Alte war weggesackt und lag jetzt der Länge nach auf der Bank. Der schlafende Junge hatte sich zusammengerollt, sein einer Arm umschlang die Hüfte des anderen, der mit uns sprach. Laura stand auf und betrachtete uns lange von oben. Ich dachte, sie würde die Dusche anstellen, mit tragischen Folgen für jene, die so friedlich schliefen. Es ist heiß, sagte sie. Unerträglich heiß. Wenn sie nicht hier wären (sie meinte das Trio), würde ich mir in der Bar etwas Kühles zu trinken bestellen. Kannst du doch, sie werden nicht hier hereinkommen, sie werden es an der Tür abliefern. Nein, sagte Laura, das ist nicht der Punkt, ich weiß einfach nicht, was ich will. Schalte ich den Dampf ab? Nein. Der Junge hatte den Kopf schief gelegt und starrte auf meine Füße. Vielleicht will er ja mit dir schlafen?, sagte Laura. Bevor ich antworten konnte, hatte der Junge, fast ohne die Lippen zu bewegen, ein lakonisches Nein von sich gegeben. Das war nur ein Scherz, sagte Laura. Dann kniete sie sich neben ihn und streichelte mit einer Hand seinen Po. Ich sah, ein flüchtiger und verstörender Anblick, wie die Schweißtropfen des Jungen auf Lauras Körper übergingen und umgekehrt. Die langen Finger ihrer Hand und die Pobacken des Jungen glänzten gleichermaßen feucht. Du musst müde sein, dieser Alte ist verrückt, wie konnte er verlangen, dass ihr hier miteinander fickt.

»Damit wir es sehen sollen«, erinnerte ich sie.

Laura hörte mich nicht. Ihre Hand glitt über den Po des Jungen. Es ist nicht seine Schuld, flüsterte er, der Ärmste hat vergessen, was ein Bett ist. Und was es heißt, sich saubere Unterhosen anzuziehen, fügte Laura lächelnd hinzu. Er täte besser daran, nichts anzuhaben, wie Remo. Ja, bestätigte ich, das ist bequemer. Weniger umständlich, sagte der Junge, aber wie herrlich, sich saubere, weiße Unterhosen anzuziehen. Eng, aber nicht einengend. Laura und ich lachten. Der Junge wies uns sanft zurecht: Lacht nicht, das ist eine ernste Sache. Seine Augen wirkten verschwommen, graue Augen wie Beton im Regen. Laura nahm mit beiden Händen seinen Schwanz und zog ihn lang. Ich hörte mich sagen, soll ich den Dampf abschalten?, aber die Stimme klang schwach und weit weg. Wo zum Teufel schläft dein Manager denn?, fragte Laura. Der Junge zuckte die Schultern; du tust mir ein bisschen weh, flüsterte er. Ich fasste Lauras Knöchel, mit der anderen Hand wischte ich den Schweiß fort, der mir in die Augen lief. Ganz behutsam setzte sich der Junge auf, immer darauf achtend, seinen Kameraden nicht zu wecken, und küsste Laura. Ich beugte mich vor, um besser zu sehen: Die dicken Lippen des Jungen saugten an Lauras geschlossenen Lippen, auf denen sich ein leichtes Lächeln abzeichnete. Ich verengte die Augen. Nie hatte ich sie so friedlich lächeln sehen. Plötzlich verbarg sie der Dampf. Ich spürte eine Art fremdes Entsetzen: Angst, der Dampf könne Laura töten? Als die Lippen sich trennten, sagte der Junge, er wisse nicht, wo der Alte schlafe. Er hob die Hand an den Hals und machte eine abschneidende Geste. Dann streichelte er Lauras Hals und zog sie noch näher zu sich. Lauras elastischer Körper passte sich der neuen

Haltung an. Ihr Blick war fest auf die Wand gerichtet, auf das, was der Dampf von ihr erkennen ließ, der Oberkörper vorgebeugt, mit Brüsten, die die Brust des Jungen berührten oder sie leicht drückten, die der Dampf zeitweise unsichtbar machte oder halb verdeckte oder versilberte oder in etwas wie einen Traum versinken ließ. Zuletzt war es mir unmöglich, sie zu sehen. Erst überlagerte ein Schatten den anderen. Dann nichts mehr. Der Raum schien kurz vorm Bersten. Ich wartete einige Sekunden, aber nichts änderte sich, im Gegenteil. Ich hatte den Eindruck, als würde der Dampf immer noch dichter. (Ich fragte mich, wie zum Teufel der Alte und der andere Junge dabei schlafen konnten.) Ich streckte eine Hand aus; ich berührte Lauras Schulter, die sich über dem krümmte, wovon ich annahm, dass es der Körper des Jungen war. Ich stand auf und machte zwei Schritte die Wand entlang. Ich nahm wahr, dass Laura nach mir rief. Remo, Remo ... Was ist?, fragte ich. Ich ersticke. Ich wich zurück, weniger vorsichtig als auf dem Hinweg, und beugte mich tastend dorthin vor, wo ich sie vermutete. Ich berührte nur die heißen Fliesen. Ich dachte, ich würde träumen oder den Verstand verlieren. Laura? Neben mir erklang die Stimme des Jungen: Je nach Person schmeckt der Dampf anders. Ich richtete mich wieder auf, diesmal bereit, blindlings um mich zu treten, um egal wen zu treffen, aber ich riss mich zusammen. Mach den Dampf aus, sagte Laura von irgendwoher. Stolpernd erreichte ich die Bank. Als ich mich hinhockte, um die Ventilgriffe zu finden, hörte ich fast direkt an meinem Ohr das Schnarchen des Alten. Er lebt noch, dachte ich und drehte den Dampf ab. Zuerst geschah nichts. Dann, bevor die Silhouetten wieder sichtbar wurden, öffnete jemand die Tür und verließ die Dampfsauna. Ich wartete. Wer immer es war, er befand sich im anderen Raum und machte einigen Lärm. Laura, rief ich ganz leise. Niemand antwortete. Endlich konnte ich den Alten sehen, der noch immer schlief. Auf dem Boden, der eine in Embryohaltung, der andere ausgestreckt, die beiden Darsteller. Der Schlaflose schien wirklich zu schlafen. Ich sprang über sie hinweg. Im Diwanzimmer war Laura bereits angezogen. Sie warf mir wortlos meine Kleider zu. Was ist passiert?, fragte ich. Los komm, sagte Laura.

Noch zweimal trafen wir das Trio, das eine Mal in derselben Badeanstalt, das andere Mal in den Bädern von Azcapotzalco, den Bädern der Hölle, wie Laura sich ausdrückte, aber wie damals wurde es nie wieder. Bestenfalls rauchten wir zusammen eine Zigarette, und tschüss.

Über lange Zeit hinweg besuchten wir diese Orte. Wir hätten auch anderswo miteinander schlafen können, aber etwas lockte am Horizont der öffentlichen Badeanstalten, das uns magnetisch anzog. Logischerweise fehlte es nicht an Zwischenfällen anderer Art, Typen, die wie besessen in den Gängen Amok liefen, eine versuchte Vergewaltigung, eine Razzia, der wir durch List und Glück entkommen konnten; List, die von Laura; Glück, die Solidarität der Badegäste. Aus der Summe sämtlicher Einrichtungen, heute ein Amalgam, das mit Lauras lächelndem Gesicht verschwimmt, gewannen wir die Gewissheit unserer Liebe. Die Beste von allen, vielleicht weil wir dort zum ersten Mal miteinander schliefen, war das Gimnasio Moctezuma, zu dem wir immer wieder zurückkehrten. Die schlimmste eine Einrichtung in Casas Alemán, die bezeichnenderweise Der fliegende Holländer hieß und größte Ähnlichkeit mit einer Leichenhalle besaß. Leichenhalle dreifach: der Hygiene, des Proletariats und der Körper. Nicht so des Begehrens.

Zwei besonders unauslöschliche Erinnerungen sind mir aus jener Zeit geblieben. Die erste eine Folge von Bildern der nackten Laura (auf der Bank, in meinen Armen, unter der Dusche, ausgestreckt auf dem Diwan, in Gedanken), bis der allmählich anwachsende Dampf sie meinen Blicken entzieht. Ende. Weißbild. Die zweite ist die Wandmalerei im Gimnasio Moctezuma. Moctezumas unergründliche Augen. Moctezumas Hals, der aus dem Wasser ragt. Die Höflinge (die vielleicht keine Höflinge waren), die, lachend und plaudernd, nach Leibeskräften zu ignorieren versuchen, was der Herrscher sieht. Die Schwärme von Vögeln und Wolken, die mit dem Hintergrund verschwimmen. Die Farbe der Schwimmbadkacheln, sicher die traurigste Farbe, die ich im Verlauf unserer Ausflüge gesehen habe, vergleichbar nur mit der Farbe mancher Blicke, Arbeiter in den Gängen, an die ich mich nicht erinnere, die es aber zweifellos gab.

Blanes, 1984

Aus Roberto Bolaños Aufzeichnungen zu »Der Geist der Science-Fiction«

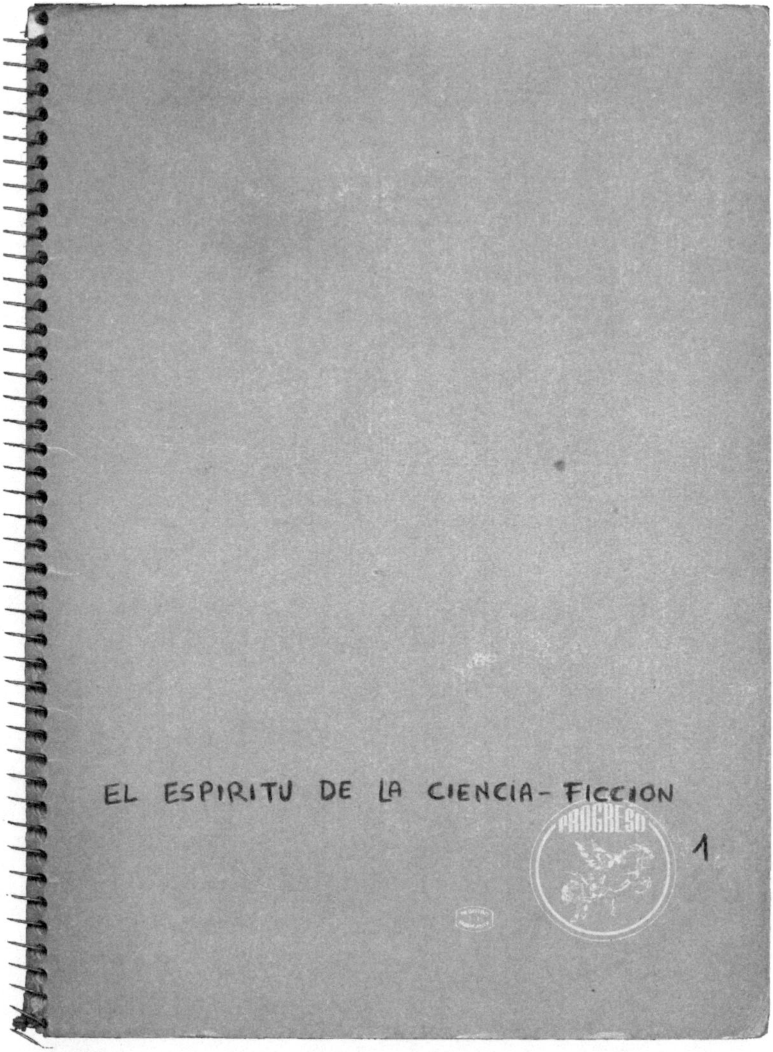

Titelblatt des ersten von insgesamt drei Heften, die das Manuskript des Romans enthalten. Ordner Nr. 18 (Originale). Identifikationsnummer (Id.) 90. Gelbes Notizheft mit Spiralbindung. Die Abbildungen zeigen Dokumente aus dem persönlichen Archiv des Autors. Nachstehend Angaben zur dortigen Katalogisierung sowie der Verweis auf entsprechende Stellen im vorliegenden Roman.

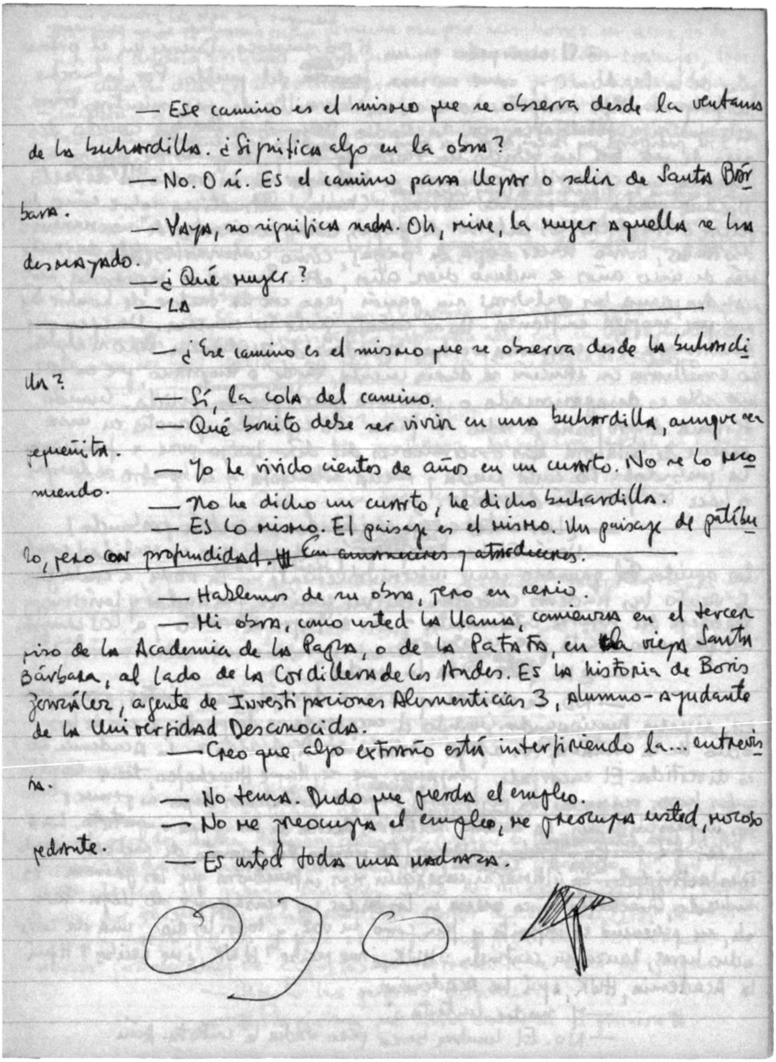

— Ese camino es el mismo que se observa desde la ventana de la buhardilla. ¿Significa algo en la obra?

— No. O sí. Es el camino para llegar o salir de Santa Bárbara.

— Vaya, no significa nada. Oh, mire, la mujer aquella se ha desmayado.

— ¿Qué mujer?

— La

— ¿Ese camino es el mismo que se observa desde la buhardilla?

— Sí, la cola del camino.

— Qué bonito debe ser vivir en una buhardilla, aunque sea pequeñita.

— Yo he vivido cientos de años en un cuarto. No se lo recomiendo.

— No he dicho un cuarto, he dicho buhardilla.

— Es lo mismo. El paisaje es el mismo. Un paisaje de patíbulo, pero con profundidad. ~~Con connotaciones y atmósferas.~~

— Hablemos de su obra, pero en serio.

— Mi obra, como usted la llama, comienza en el tercer piso de la Academia de la Papa, o de la Patata, en ~~la~~ vieja Santa Bárbara, al lado de la Cordillera de los Andes. Es la historia de Boris González, agente de Investigaciones Alimenticias 3, alumno-ayudante de la Universidad Desconocida.

— Creo que algo extraño está interfiriendo la... entrevista.

— No tema. Dudo que pierda el empleo.

— No me preocupa el empleo, me preocupa usted, morboso pedante.

— Es usted toda una madraza.

Seite aus Skizzenheft mit Entwürfen zu einer Passage aus dem »Interview«.
Vgl. S. 24 und S. 93 dieser Ausgabe. Ordner Nr. 25 (Originale). Id. 136.
Blau marmoriertes Notizheft ohne Spiralbindung in Halbfolio.

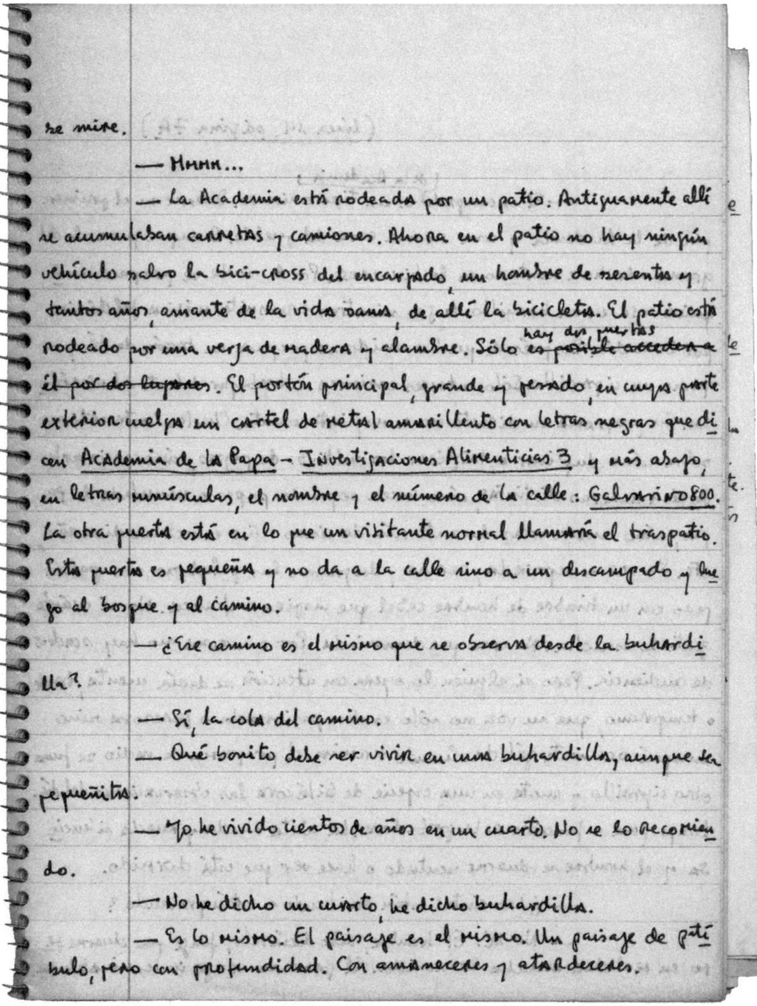
se mire.

— Hmmm...

— La Academia está rodeada por un patio. Antiguamente allí se acumulaban carretas y camiones. Ahora en el patio no hay ningún vehículo salvo la bici-cross del encargado, un hombre de sesenta y tantos años, amante de la vida sana, de allí la bicicleta. El patio está rodeado por una verja de madera y alambre. Sólo hay dos puertas ~~es posible acceder a él por dos lugares~~. El portón principal, grande y pesado, en cuya parte exterior cuelga un cartel de metal amarillento con letras negras que dicen Academia de la Papa – Investigaciones Alimenticias 3 y más abajo, en letras minúsculas, el nombre y el número de la calle: Galvarino 800. La otra puerta está en lo que un visitante normal llamaría el traspatio. Esta puerta es pequeña y no da a la calle sino a un descampado y luego al bosque y al camino.

— ¿Ese camino es el mismo que se observa desde la buhardilla?

— Sí, la cola del camino.

— Qué bonito debe ser vivir en una buhardilla, aunque sea pequeñita.

— Yo he vivido cientos de años en un cuarto. No se lo recomiendo.

— No he dicho un cuarto, he dicho buhardilla.

— Es lo mismo. El paisaje es el mismo. Un paisaje de patíbulo, pero con profundidad. Con amaneceres y atardeceres.

Seite mit entsprechender Passage in der Reinschrift, die zeigt, welche der Versionen Roberto Bolaño in das fertige Manuskript übernommen hat.
Vgl. S. 23 f. Ordner Nr. 15 (Originale). Id. 71. Oranges Heft ohne Spiralbindung.

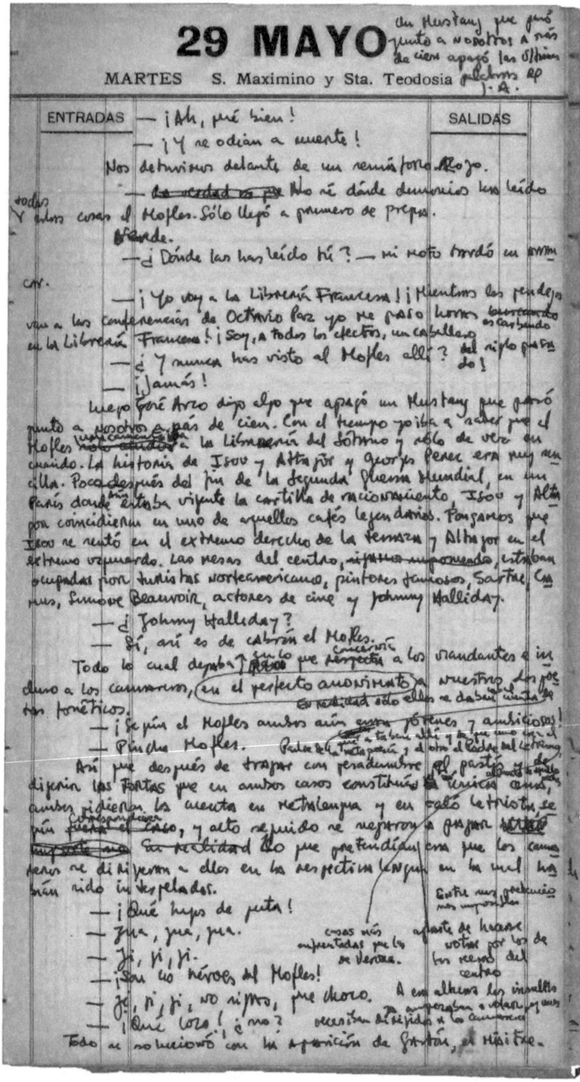

29 MAYO

MARTES S. Maximino y Sta. Teodosia

ENTRADAS | SALIDAS

— ¡Ah, qué bien!

— ¡Y se odian a muerte!

Nos detuvimos delante de un semáforo rojo.

— No sé dónde demonios has leído todas esas cosas el Mofles. Sólo llegó a primero de prepa.

— ¿Dónde las has leído tú? — mi moto tronó en [illegible]

— ¡Yo voy a la Librería Francesa! ¡Mientras los pendejos van a las conferencias de Octavio Paz yo me paso horas escarbando en la Librería Francesa! ¡Soy, a todos los efectos, un caballero del siglo pasado!

— ¿Y nunca has visto al Mofles allí?

— ¡Jamás!

Luego José Arco dijo algo que apagó un Mustang que pasó junto a nosotros a más de cien. Con el tiempo yo iba a saber que el Mofles [illegible] a la Librería del Sótano y sólo de vez en cuando. La historia de Isou y Altajor y Georges Perec era muy sencilla. Poco después del fin de la Segunda Guerra Mundial, en un París donde aún estaba vigente la cartilla de racionamiento, Isou y Altajor coincidieron en uno de aquellos cafés legendarios. Pongamos que Isou se sentó en el extremo derecho de la terraza y Altajor en el extremo izquierdo. Las mesas del centro, [illegible], estaban ocupadas por turistas norteamericanos, pintores famosos, Sartre, Camus, Simone Beauvoir, actores de cine y Johnny Halliday.

— ¿Johnny Halliday?

— Sí, así es de cabrón el Mofles.

Todo lo cual [illegible] a los viandantes e incluso a los camareros, en el perfecto anonimato a nuestros [illegible] fonéticos.

— ¡Según el Mofles ambos aún eran jóvenes y ambiciosos!

— Pinche Mofles.

Así que después de tragar con pesadumbre el pastís y de digerir las [illegible] que en ambos casos constituía su única cena, ambos pidieron la cuenta en metalengua y en [illegible], y acto seguido se negaron a pagar [illegible] lo que pretendían era que los camareros se dirigieran a ellos en las respectivas lenguas en las cual habían sido [illegible].

— ¡Qué hijos de puta!

— Jua, jua, jua.

— Ji, ji, ji.

— ¡Son los héroes del Mofles!

— Ji, ji, ji, no sigas, qué chorro.

— ¡Qué loco! ¿no?

Todo se solucionó con la aparición de Gastón, el maître.

Entwurf mit Korrekturen einer Passage vom Ende des zweiten Teils. Vgl. S. 189–191 (»Detektive«). Ordner Nr. 17 (Originale). Id. 82. Dunkelblauer Kalender 1906.

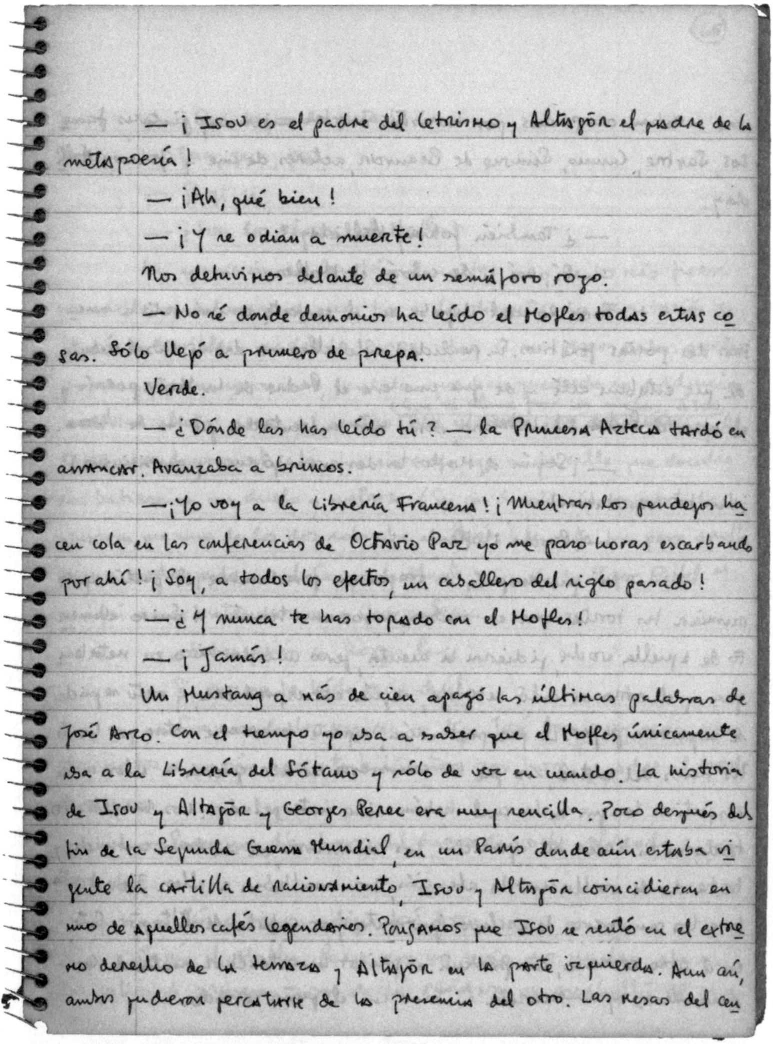

— ¡Isou es el padre del letrismo y Altagor el padre de la metapoesía!

— ¡Ah, qué bien!

— ¡Y se odian a muerte!

Nos detuvimos delante de un semáforo rojo.

— No sé dónde demonios ha leído el Mofles todas estas cosas. Sólo llegó a primero de prepa.

Verde.

— ¿Dónde las has leído tú? — la Princesa Azteca tardó en arrancar. Avanzaba a brincos.

— ¡Yo voy a la Librería Francesa! ¡Mientras los pendejos hacen cola en las conferencias de Octavio Paz yo me paso horas escarbando por ahí! ¡Soy, a todos los efectos, un caballero del siglo pasado!

— ¿Y nunca te has topado con el Mofles?

— ¡Jamás!

Un Mustang a más de cien apagó las últimas palabras de José Arco. Con el tiempo yo iba a saber que el Mofles únicamente iba a la Librería del Sótano y sólo de vez en cuando. La historia de Isou y Altagor y Georges Perec era muy sencilla. Poco después del fin de la Segunda Guerra Mundial, en un París donde aún estaba vigente la cartilla de racionamiento, Isou y Altagor coincidieron en uno de aquellos cafés legendarios. Pongamos que Isou se sentó en el extremo derecho de la terraza y Altagor en la parte izquierda. Aun así, ambos pudieron percatarse de la presencia del otro. Las mesas del cen

Auszug aus der Reinschrift mit der definitiven Fassung der entsprechenden Passage. Vgl. S. 189 (»Detektive«). Ordner Nr. 18 (Originale). Id. 90. Gelbes Notizheft mit Spiralbindung.

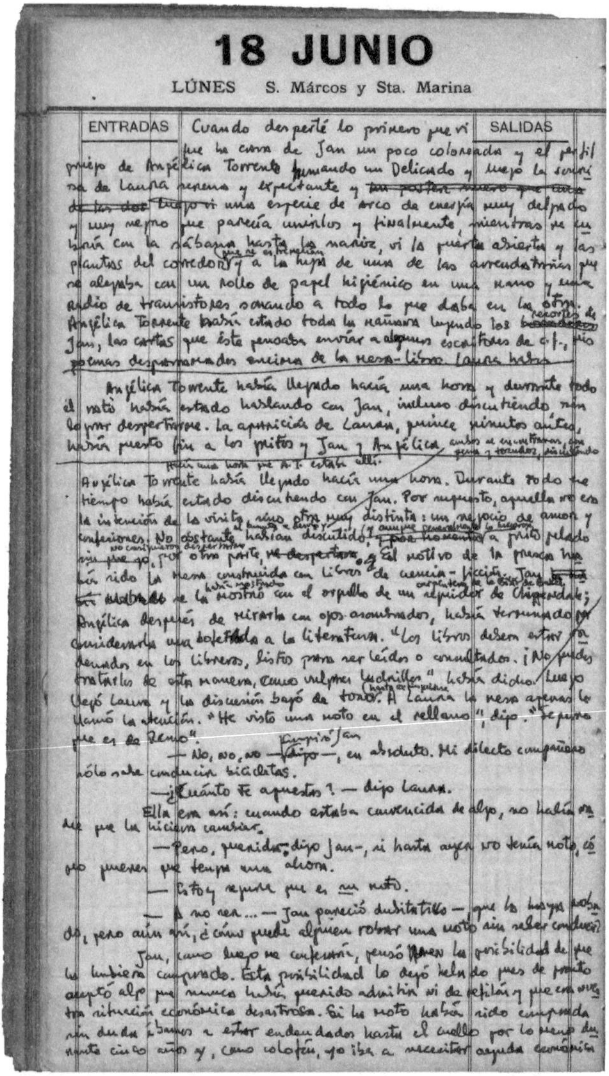
18 JUNIO

LÚNES S. Márcos y Sta. Marina

ENTRADAS

SALIDAS

Seite aus Skizzenheft mit redaktionellen Änderungen, Zusätzen und Streichungen. Vgl. hier S. 195–197 (»Detektive«). Ordner Nr. 17 (Originale). Id. 82. Dunkelblauer Kalender 1906.

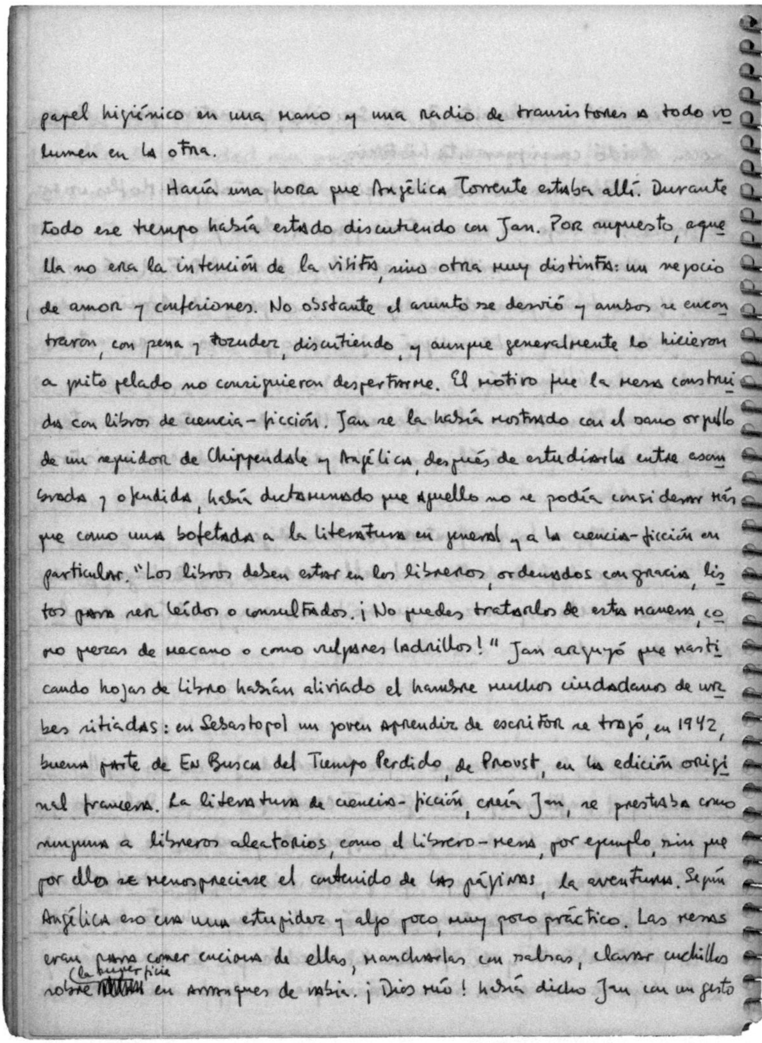

papel higiénico en una mano y una radio de transistores a todo volumen en la otra.

Hacía una hora que Angélica Torrente estaba allí. Durante todo ese tiempo había estado discutiendo con Jan. Por supuesto, aquella no era la intención de la visita, sino otra muy distinta: un negocio de amor y confesiones. No obstante el asunto se desvió y ambos se encontraron, con pena y tozudez, discutiendo, y aunque generalmente lo hicieron a grito pelado no consiguieron despertarme. El motivo fue la mesa construida con libros de ciencia-ficción. Jan se la había mostrado con el sano orgullo de un seguidor de Chippendale y Angélica, después de estudiarla entre asombrada y ofendida, había dictaminado que aquello no se podía considerar más que como una bofetada a la literatura en general y a la ciencia-ficción en particular. "Los libros deben estar en los libreros, ordenados con gracia, listos para ser leídos o consultados. ¡No puedes tratarlos de esta manera, como piezas de mecano o como vulgares ladrillos!" Jan arguyó que masticando hojas de libro habían aliviado el hambre muchos ciudadanos de urbes sitiadas: en Sebastopol un joven aprendiz de escritor se tragó, en 1942, buena parte de En Busca del Tiempo Perdido, de Proust, en la edición original francesa. La literatura de ciencia-ficción, creía Jan, se prestaba como ninguna a libreros aleatorios, como el librero-mesa, por ejemplo, sin que por ello se menospreciase el contenido de las páginas, la aventura. Según Angélica eso era una estupidez y algo poco, muy poco práctico. Las mesas eran para comer encima de ellas, mancharlas con salsas, clavar cuchillos sobre la superficie en arranques de rabia. ¡Dios mío! había dicho Jan con un gesto

Die entsprechende Passage im fertigen Manuskript. Obwohl die Reinschrift eine sorgfältig redigierte Fassung letzter Hand bietet, belegen Seiten wie diese, dass Bolaño auch in der Endphase noch kleinere Änderungen vornahm. Vgl. hier S. 195 f. (»Detektive«). Ordner Nr. 18 (Originale). Id. 90. Gelbes Notizheft mit Spiralbindung.

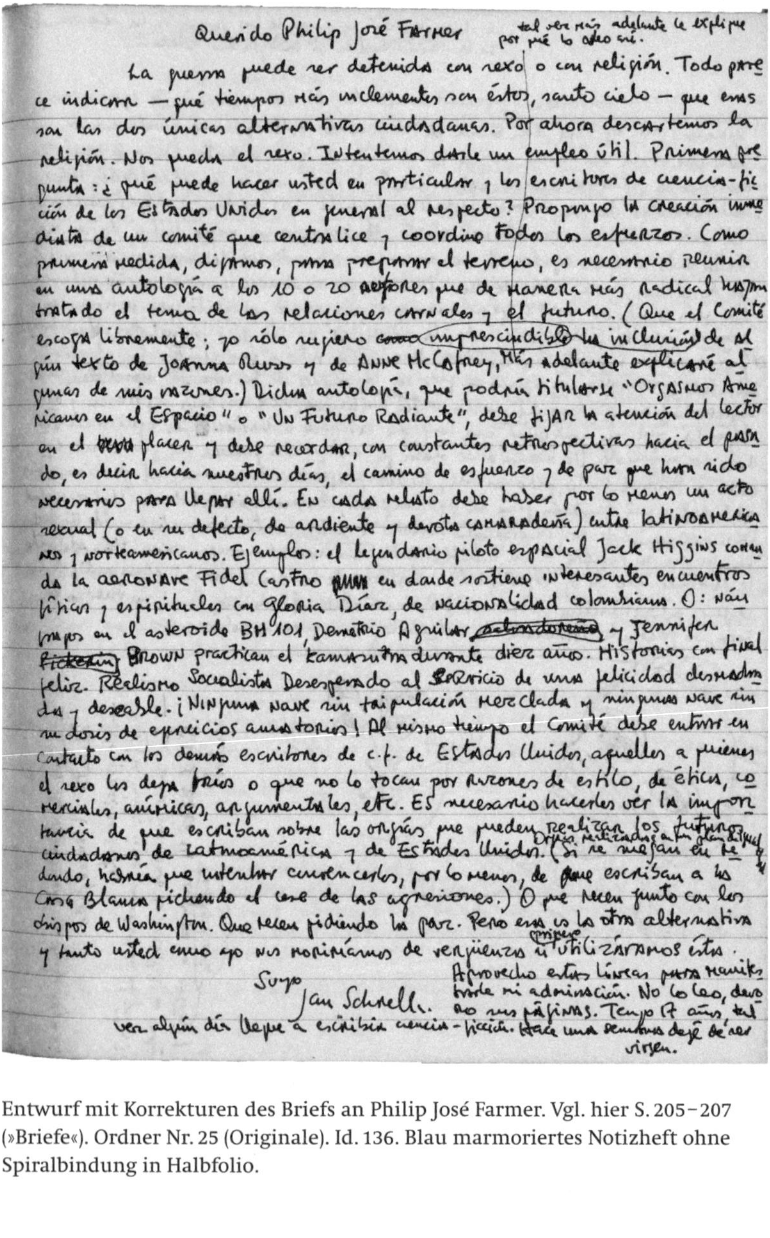

Querido Philip José Farmer   tal vez más adelante le explique por qué lo hago así.

La guerra puede ser detenida con sexo o con religión. Todo parece indicar — qué tiempos más inclementes son éstos, santo cielo — que esas son las dos únicas alternativas ciudadanas. Por ahora descartemos la religión. Nos queda el sexo. Intentemos darle un empleo útil. Primera pregunta: ¿qué puede hacer usted en particular y los escritores de ciencia-ficción de los Estados Unidos en general al respecto? Propongo la creación inmediata de un comité que centralice y coordine todos los esfuerzos. Como primera medida, digamos, para preparar el terreno, es necesario reunir en una antología a los 10 o 20 autores que de manera más radical hayan tratado el tema de las relaciones carnales y el futuro. (Que el Comité escoja libremente; yo sólo sugiero imprescindible la inclusión de algún texto de Joanna Russ y de Anne McCaffrey. Más adelante explicaré algunas de mis razones.) Dicha antología, que podría titularse »Orgasmos Americanos en el Espacio« o »Un Futuro Radiante«, debe fijar la atención del lector en el placer y debe recordar, con constantes retrospectivas hacia el pasado, es decir hacia nuestros días, el camino de esfuerzo y de paz que han sido necesarios para llegar allí. En cada relato debe haber por lo menos un acto sexual (o en su defecto, de ardiente y devota camaradería) entre latinoamericanos y norteamericanos. Ejemplos: el legendario piloto espacial Jack Higgins comanda la aeronave Fidel Castro en donde sostiene interesantes encuentros físicos y espirituales con Gloria Díaz, de nacionalidad colombiana. O: náufragos en el asteroide BH 101, Demetrio Aguilar y Jennifer Brown practican el kamasutra durante diez años. Historias con final feliz. Realismo Socialista Desesperado al servicio de una felicidad deseada y deseable. ¡Ninguna nave sin tripulación mezclada y ninguna nave sin su dosis de ejercicios amatorios! Al mismo tiempo el Comité debe entrar en contacto con los demás escritores de c.f. de Estados Unidos, aquellos a quienes el sexo les deja fríos o que no lo tocan por razones de estilo, de éticas, comerciales, anímicas, argumentales, etc. Es necesario hacerles ver la importancia de que escriban sobre las orgías que pueden realizar los futuros ciudadanos de Latinoamérica y de Estados Unidos. (Si se niegan en redondo, habría que intentar convencerlos, por lo menos, de que escriban a la Casa Blanca pidiendo el cese de las agresiones.) O que recen junto con los obispos de Washington. Que recen pidiendo la paz. Pero ésa es la otra alternativa y tanto usted como yo nos moriríamos de vergüenza si utilizáramos ésta.

Suyo

Jan Schrella.

Aprovecho estas líneas para manifestarle mi admiración. No lo leo, devoro sus páginas. Tengo 17 años, tal vez algún día llegue a escribir ciencia-ficción. Hace una semana dejé de ser virgen.

Entwurf mit Korrekturen des Briefs an Philip José Farmer. Vgl. hier S. 205–207 (»Briefe«). Ordner Nr. 25 (Originale). Id. 136. Blau marmoriertes Notizheft ohne Spiralbindung in Halbfolio.

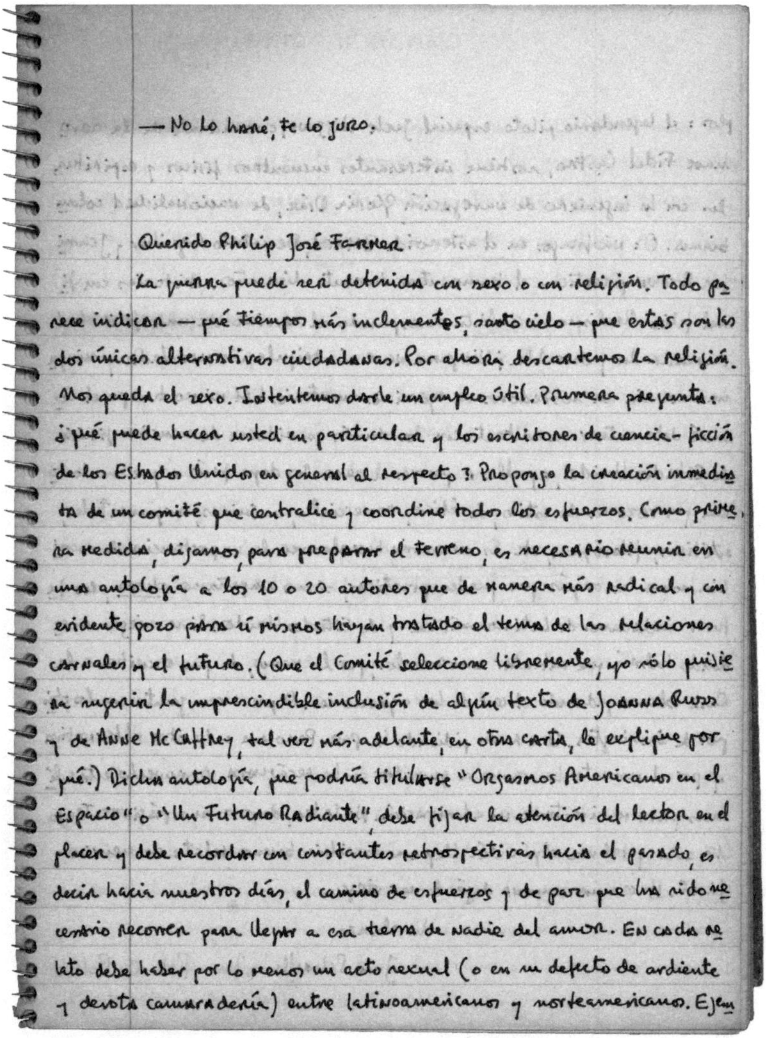
— No lo haré, te lo juro.

Querido Philip José Farmer:

La guerra puede ser detenida con sexo o con religión. Todo parece indicar — qué tiempos más inclementes, santo cielo — que estas son las dos únicas alternativas ciudadanas. Por ahora descartemos la religión. Nos queda el sexo. Intentemos darle un empleo útil. Primera pregunta: ¿qué puede hacer usted en particular y los escritores de ciencia-ficción de los Estados Unidos en general al respecto? Propongo la creación inmediata de un comité que centralice y coordine todos los esfuerzos. Como primera medida, digamos, para preparar el terreno, es necesario reunir en una antología a los 10 o 20 autores que de manera más radical y con evidente gozo para sí mismos hayan tratado el tema de las relaciones carnales y el futuro. (Que el Comité seleccione libremente, yo sólo quisiera sugerir la imprescindible inclusión de algún texto de Joanna Russ y de Anne McCaffrey, tal vez más adelante, en otra carta, le explique por qué.) Dicha antología, que podría titularse "Orgasmos Americanos en el Espacio" o "Un Futuro Radiante", debe fijar la atención del lector en el placer y debe recordar con constantes retrospectivas hacia el pasado, es decir hacia nuestros días, el camino de esfuerzos y de paz que ha sido necesario recorrer para llegar a esa tierra de nadie del amor. En cada relato debe haber por lo menos un acto sexual (o en su defecto de ardiente y devota camaradería) entre latinoamericanos y norteamericanos. Ejem

Beginn des Briefs an Philip José Farmer in der überarbeiteten Reinschrift. Vgl. hier S. 205 f. (»Briefe«). Ordner Nr. 25 (Originale). Id. 137. Rotes Notizheft mit Spiralbindung.

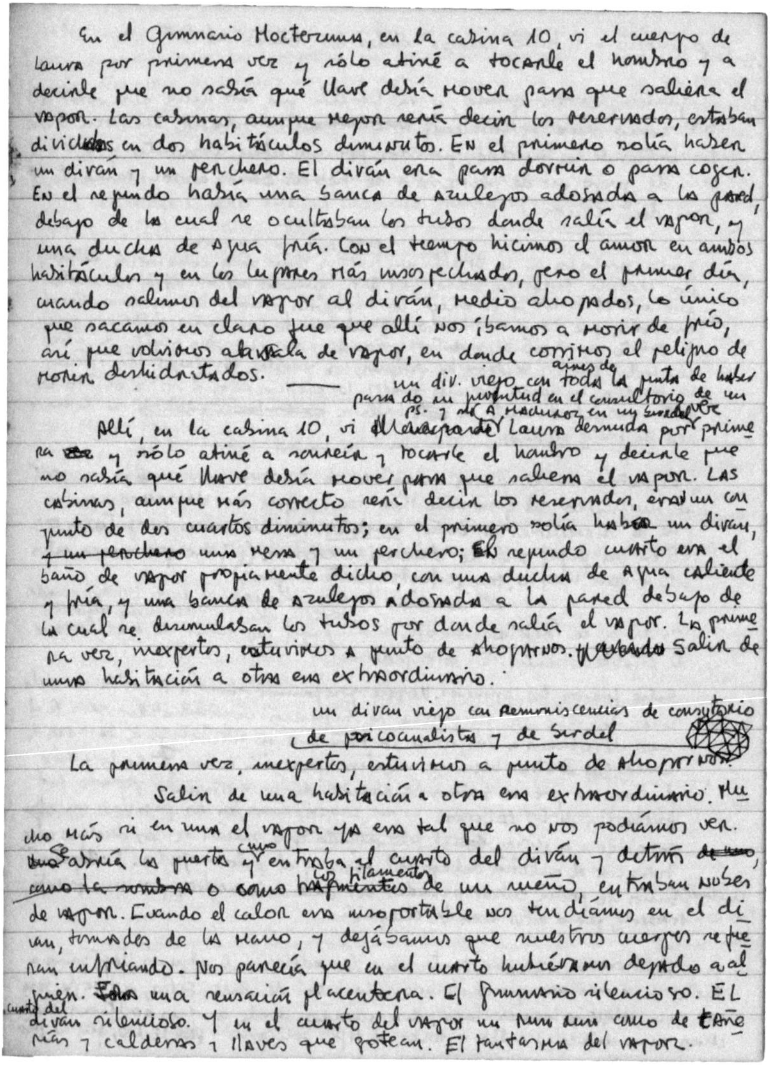

Seite aus den Skizzenheften mit Entwürfen für eine Passage aus dem »Mexikanischen Manifest«. Die sukzessiven Überarbeitungen geben einen guten Einblick in Bolaños Schreibprozess. Vgl. hier S. 212 f. Ordner Nr. 25 (Originale). Id. 136. Blau marmoriertes Notizheft ohne Spiralbindung in Halbfolio.

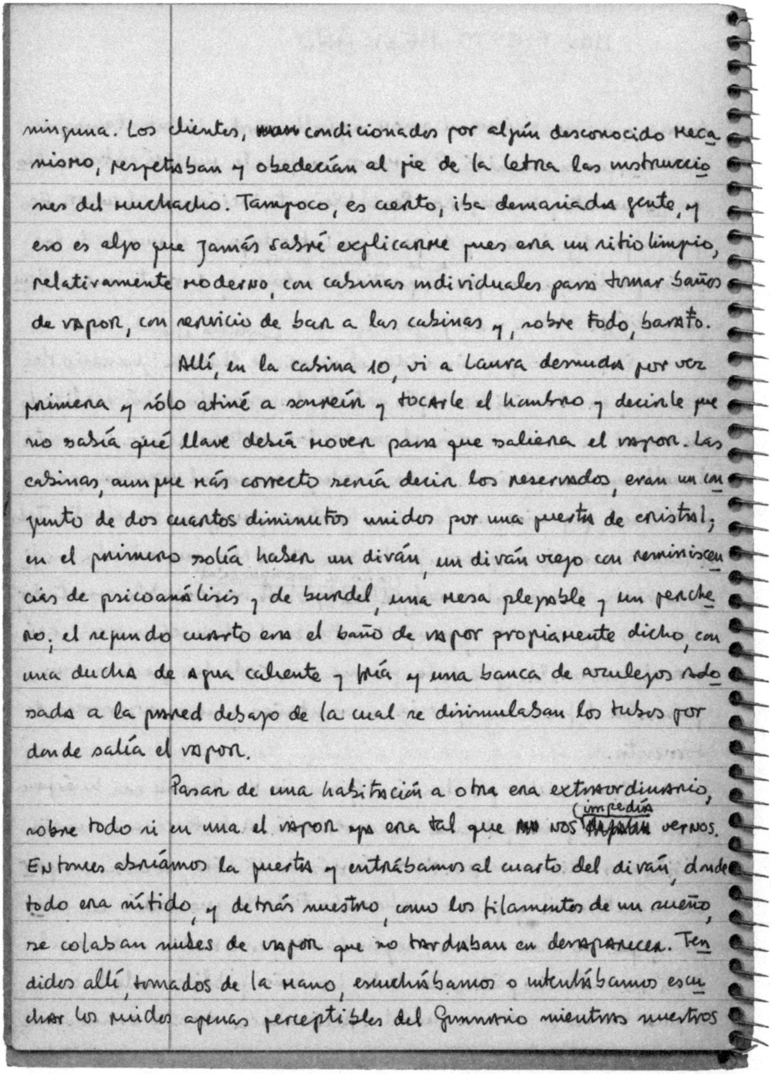
ninguna. Los clientes, condicionados por algún desconocido meca-
nismo, respetaban y obedecían al pie de la letra las instruccio-
nes del muchacho. Tampoco, es cierto, iba demasiada gente, y
eso es algo que jamás sabré explicarme pues era un sitio limpio,
relativamente moderno, con cabinas individuales para tomar baños
de vapor, con servicio de bar a las cabinas y, sobre todo, barato.

Allí, en la cabina 10, vi a Laura desnuda por vez
primera y sólo atiné a sonreír y tocarle el hombro y decirle que
no sabía qué llave debía mover para que saliera el vapor. Las
cabinas, aunque más correcto sería decir los reservados, eran un con-
junto de dos cuartos diminutos unidos por una puerta de cristal;
en el primero solía haber un diván, un diván viejo con reminiscen-
cias de psicoanálisis y de burdel, una mesa plegable y un perche-
ro; el segundo cuarto era el baño de vapor propiamente dicho, con
una ducha de agua caliente y fría y una banca de azulejos ado-
sada a la pared debajo de la cual se disimulaban los tubos por
donde salía el vapor.

Pasar de una habitación a otra era extraordinario,
sobre todo si en una el vapor ya era tal que nos impedía vernos.
Entonces abríamos la puerta y entrábamos al cuarto del diván, donde
todo era nítido, y detrás nuestro, como los filamentos de un sueño,
se colaban nubes de vapor que no tardaban en desaparecer. Ten-
didos allí, tomados de la mano, escuchábamos o intentábamos escu-
char los ruidos apenas perceptibles del Gimnasio mientras nuestros

Die Passage der vorigen Seite in überarbeiteter Reinschrift. Vgl. hier S. 212 f. (»Mexikanisches Manifest«). Ordner Nr. 25 (Originale). Id. 137. Rotes Notizheft mit Spiralbindung.

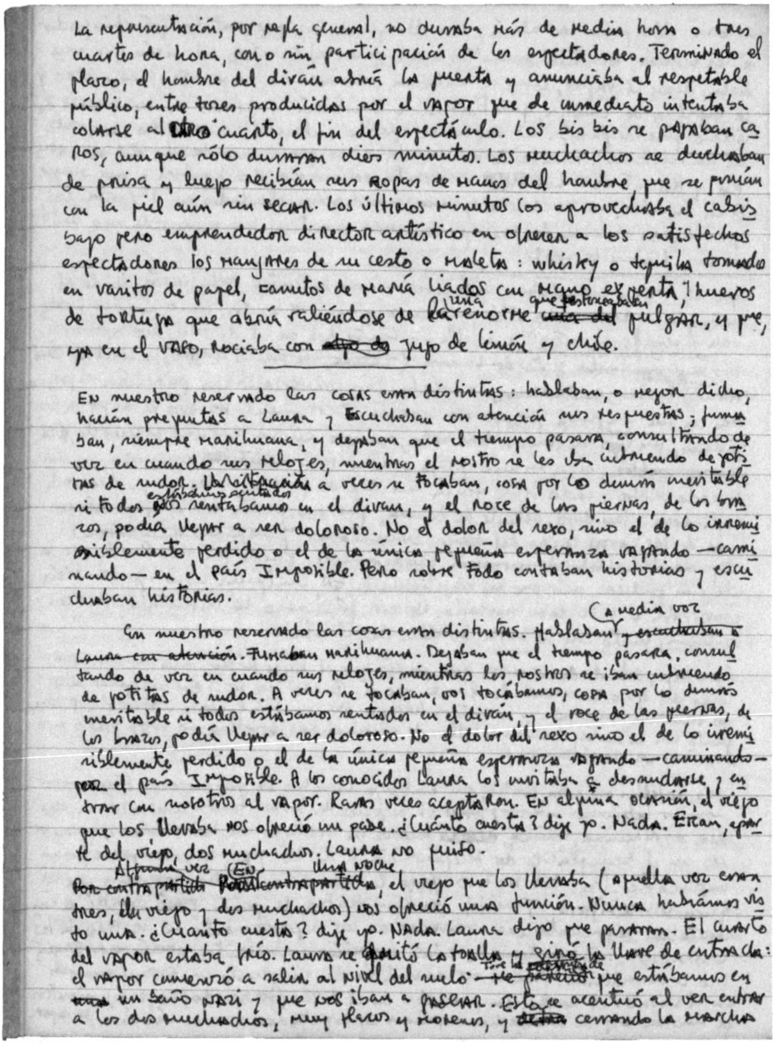

La representación, por regla general, no duraba más de media hora o tres cuartos de hora, con o sin participación de los espectadores. Terminado el plazo, el hombre del diván abría la puerta y anunciaba al respetable público, entre toses producidas por el vapor que de inmediato intentaba colarse al otro cuarto, el fin del espectáculo. Los bis bis se pagaban caros, aunque sólo duraran diez minutos. Los muchachos se duchaban de prisa y luego recibían sus ropas de manos del hombre, que se ponían con la piel aún sin secar. Los últimos minutos los aprovechaba el cabizbajo pero emprendedor director artístico en ofrecer a los satisfechos espectadores los manjares de su cesto o maleta: whisky o tequila tomados en vasitos de papel, canutos de maría liados con mano experta, y huevos de tortuga que abría valiéndose de una enorme uña que [illegible] pulgar, y que, ya en el vapor, rociaba con jugo de limón y chile.

En nuestro reservado las cosas eran distintas: hablaban, o mejor dicho, hacían preguntas a Laura y escuchaban con atención sus respuestas; fumaban, siempre marihuana, y dejaban que el tiempo pasara, consultando de vez en cuando sus relojes, mientras el rostro se les iba cubriendo de gotitas de sudor. A veces se tocaban, cosa por lo demás inevitable si todos estábamos sentados en el diván, y el roce de las piernas, de los brazos, podía llegar a ser doloroso. No el dolor del sexo, sino el de lo irremisiblemente perdido o el de la única pequeña esperanza vagando —caminando— en el país Imposible. Pero sobre todo contaban historias y escuchaban historias.

En nuestro reservado las cosas eran distintas. Hablaban a media voz. Fumaban marihuana. Dejaban que el tiempo pasara, consultando de vez en cuando sus relojes, mientras los rostros se iban cubriendo de gotitas de sudor. A veces se tocaban, nos tocábamos, cosa por lo demás inevitable si todos estábamos sentados en el diván, y el roce de las piernas, de los brazos, podía llegar a ser doloroso. No el dolor del sexo sino el de lo irremisiblemente perdido o el de la única pequeña esperanza vagando —caminando— por el país Imposible. A los conocidos Laura los invitaba a desnudarse y entrar con nosotros al vapor. Raras veces aceptaron. En alguna ocasión, el viejo que los llevaba nos ofreció un pase. ¿Cuánto cuesta? dije yo. Nada. Eran, aparte del viejo, dos muchachos. Laura no quiso.

Una noche, el viejo que los llevaba (aquella vez eran tres, el viejo y dos muchachos) nos ofreció una función. Nunca habíamos visto una. ¿Cuánto cuesta? dije yo. Nada. Laura dijo que pasaran. El cuarto del vapor estaba frío. Laura se quitó la toalla y giró la llave de entrada: el vapor comenzó a salir al nivel del suelo. Tuve la sensación de que estábamos en un baño nazi y que nos iban a gasear. Esta se acentuó al ver entrar a los dos muchachos, muy flacos y morenos, y cerrando la marcha

Die verschiedenen Entwürfe einzelner Passagen – hier aus dem »Mexikanischen Manifest« – zeigen anschaulich, wie und wohin sich der Text im Prozess der Überarbeitung entwickelt. Vgl. S. 218 f. (»Mexikanischen Manifest«). Ordner Nr. 25 (Originale). Id. 136. Blau marmoriertes Notizheft ohne Spiralbindung in Halbfolio.

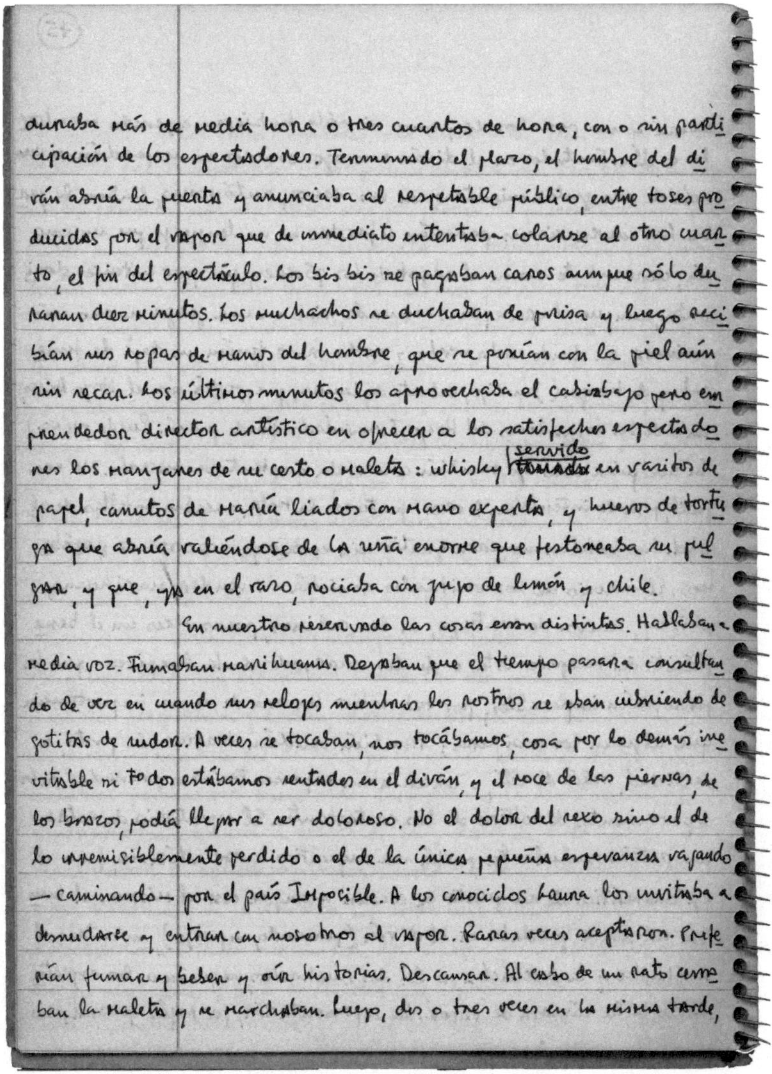

duraba más de media hora o tres cuartos de hora, con o sin participación de los espectadores. Terminado el plazo, el hombre del diván abría la puerta y anunciaba al respetable público, entre toses producidas por el vapor que de inmediato intentaba colarse al otro cuarto, el fin del espectáculo. Los bis bis se pagaban caros aunque sólo duraran diez minutos. Los muchachos se duchaban de prisa y luego recibían sus ropas de manos del hombre, que se ponían con la piel aún sin secar. Los últimos minutos los aprovechaba el cabizbajo pero emprendedor director artístico en ofrecer a los satisfechos espectadores los manjares de su cesto o maleta: whisky ~~tomado~~ servido en vasitos de papel, canutos de María liados con mano experta, y huevos de tortuga que abría valiéndose de la uña enorme que festoneaba su pulgar, y que, ya en el vaso, rociaba con jugo de limón y chile.

En nuestro reservado las cosas eran distintas. Hablaban a media voz. Fumaban marihuana. Dejaban que el tiempo pasara consultando de vez en cuando sus relojes mientras los rostros se iban cubriendo de gotitas de sudor. A veces se tocaban, nos tocábamos, cosa por lo demás inevitable si todos estábamos sentados en el diván, y el roce de las piernas, de los brazos, podía llegar a ser doloroso. No el dolor del sexo sino el de lo irremisiblemente perdido o el de la única pequeña esperanza vagando — caminando — por el país Imposible. A los conocidos Laura los invitaba a desnudarse y entrar con nosotros al vapor. Raras veces aceptaron. Preferían fumar y beber y oír historias. Descansar. Al cabo de un rato cerraban la maleta y se marchaban. Luego, dos o tres veces en la misma tarde,

Die nämliche Passage in überarbeiteter Reinschrift. Ordner Nr. 25 (Originale). Id. 137. Rotes Notizheft mit Spiralbindung.

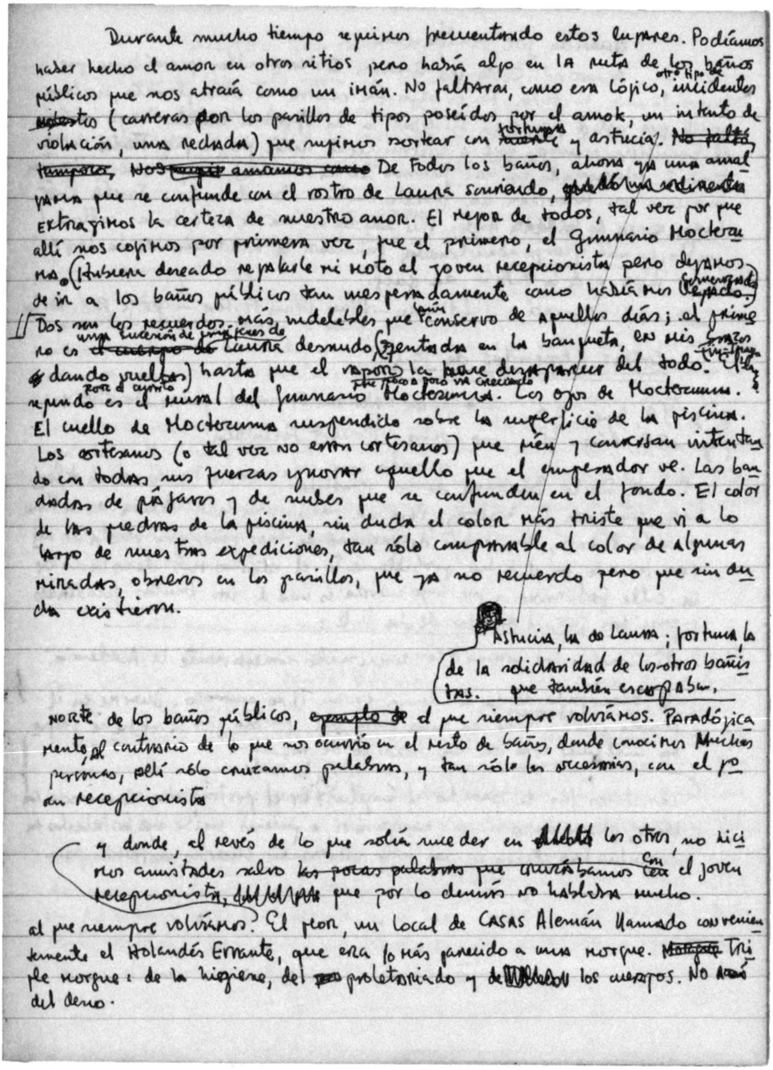
Durante mucho tiempo seguimos frecuentando estos lugares. Podíamos haber hecho el amor en otros sitios pero había algo en la ruta de los baños públicos [otro tipo de baños] que nos atraía como un imán. No faltaron, como era lógico, incidentes molestos (carreras por los pasillos de tipos poseídos por el amok, un intento de violación, una redada) que supimos sortear con [illegible] y astucia. No faltó tampoco, Nos [illegible] amamos como De todos los baños, ahora ya una amalgama que se confunde con el rostro de Laura sonriendo, [illegible] extrajimos la certeza de nuestro amor. El mejor de todos, tal vez porque allí nos cogimos por primera vez, fue el primero, el Gimnasio Moctezuma. (Hubiera deseado [illegible] al joven recepcionista pero dejamos de ir a los baños públicos tan inesperadamente como habíamos llegado.)

Dos son los recuerdos más indelebles que conservo de aquellos días; el primero es una sucesión de imágenes de Laura desnuda (sentada en la banqueta, en sus brazos [illegible] dando vueltas) hasta que el vapor la hace desaparecer del todo. El segundo es el mural del Gimnasio Moctezuma. Los ojos de Moctezuma. El cuello de Moctezuma suspendido sobre la superficie de la piscina. Los cortesanos (o tal vez no eran cortesanos) que ríen y conversan intentando con todas sus fuerzas ignorar aquello que el emperador ve. Las bandadas de pájaros y de nubes que se confunden en el fondo. El color de las piedras de la piscina, sin duda el color más triste que vi a lo largo de nuestras expediciones, tan sólo comparable al color de algunas miradas, obreros en los pasillos, que ya no recuerdo pero que sin duda existieron.

Astucia, la de Laura; fortuna, la de la solidaridad de los otros bañistas que también escapaban.

Norte de los baños públicos, [illegible] el que siempre volvíamos. Paradójicamente, al contrario de lo que nos ocurrió en el resto de baños, donde conocimos muchas personas, allí sólo cruzamos palabras, y tan sólo las ocasionales, con el joven recepcionista

y donde, al revés de lo que solía suceder en los otros, no hicimos amistades salvo con el joven recepcionista, que por lo demás no hablaba mucho.

al que siempre volvíamos. El peor, un local de Casas Alemán llamado convenientemente el Holandés Errante, que era lo más parecido a una morgue. Triple morgue: de la higiene, del proletariado y de los cuerpos. No [illegible] del deseo.

Einer der am intensivsten bearbeiteten Teile des Romans ist der Schluss. Die Seite zeigt zahlreiche Hinzufügungen, Korrekturen, Neuformulierungen und Kürzungen. Vgl. S. 227 f. (»Mexikanischen Manifest«). Ordner Nr. 25 (Originale). Id. 136. Blau marmoriertes Notizheft ohne Spiralbindung in Halbfolio.

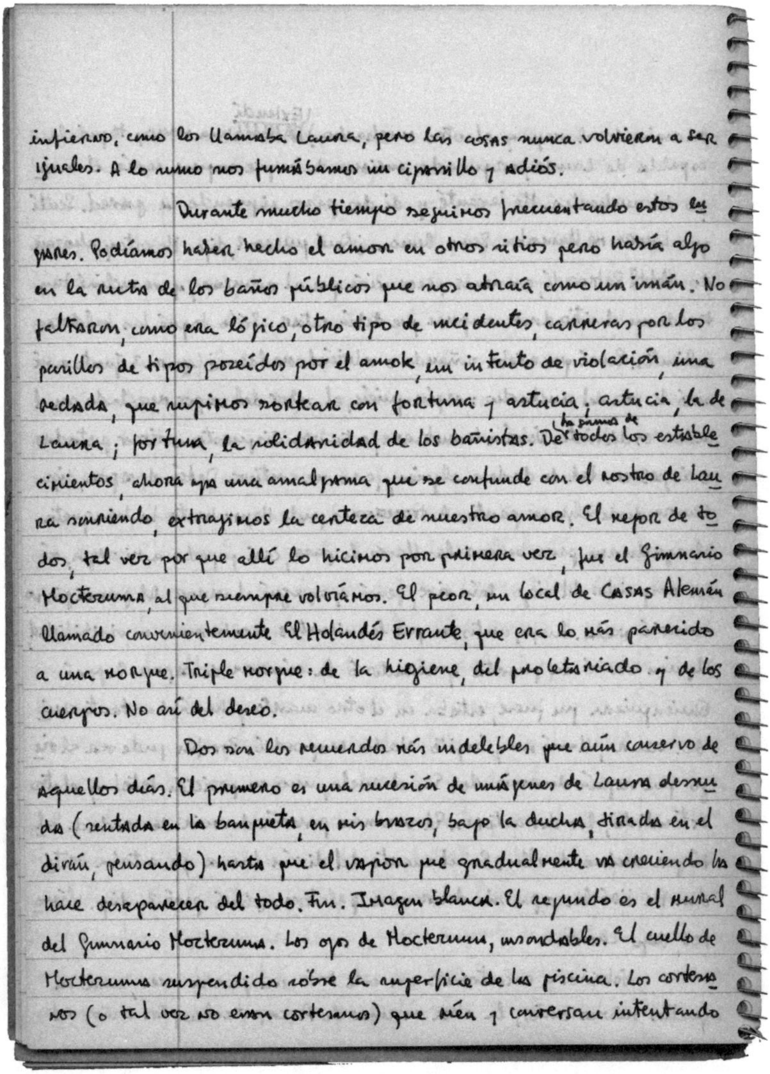

infierno, como los llamaba Laura, pero las cosas nunca volvieron a ser iguales. A lo sumo nos fumábamos un cigarrillo y adiós.

Durante mucho tiempo seguimos frecuentando estos lugares. Podíamos haber hecho el amor en otros sitios pero había algo en la ruta de los baños públicos que nos atraía como un imán. No faltaron, como era lógico, otro tipo de incidentes, carreras por los pasillos de tipos poseídos por el amok, un intento de violación, una redada, que supimos sortear con fortuna y astucia; astucia, la de Laura; fortuna, la solidaridad de los bañistas. De la suma de todos los establecimientos, ahora ya una amalgama que se confunde con el rostro de Laura sonriendo, extrajimos la certeza de nuestro amor. El mejor de todos, tal vez porque allí lo hicimos por primera vez, fue el Gimnasio Moctezuma, al que siempre volvíamos. El peor, un local de Casas Alemán llamado convenientemente El Holandés Errante, que era lo más parecido a una morgue. Triple morgue: de la higiene, del proletariado y de los cuerpos. No así del deseo.

Dos son los recuerdos más indelebles que aún conservo de aquellos días. El primero es una sucesión de imágenes de Laura desnuda (sentada en la banqueta, en mis brazos, bajo la ducha, tirada en el diván, pensando) hasta que el vapor que gradualmente va creciendo las hace desaparecer del todo. Fin. Imagen blanca. El segundo es el mural del Gimnasio Moctezuma. Los ojos de Moctezuma, insondables. El cuello de Moctezuma suspendido sobre la superficie de la piscina. Los cortesanos (o tal vez no eran cortesanos) que ríen y conversan intentando

Die Schlusspassage in der überarbeiteten Reinschrift. Ordner Nr. 25 (Originale). Id. 137. Rotes Notizheft mit Spiralbindung.

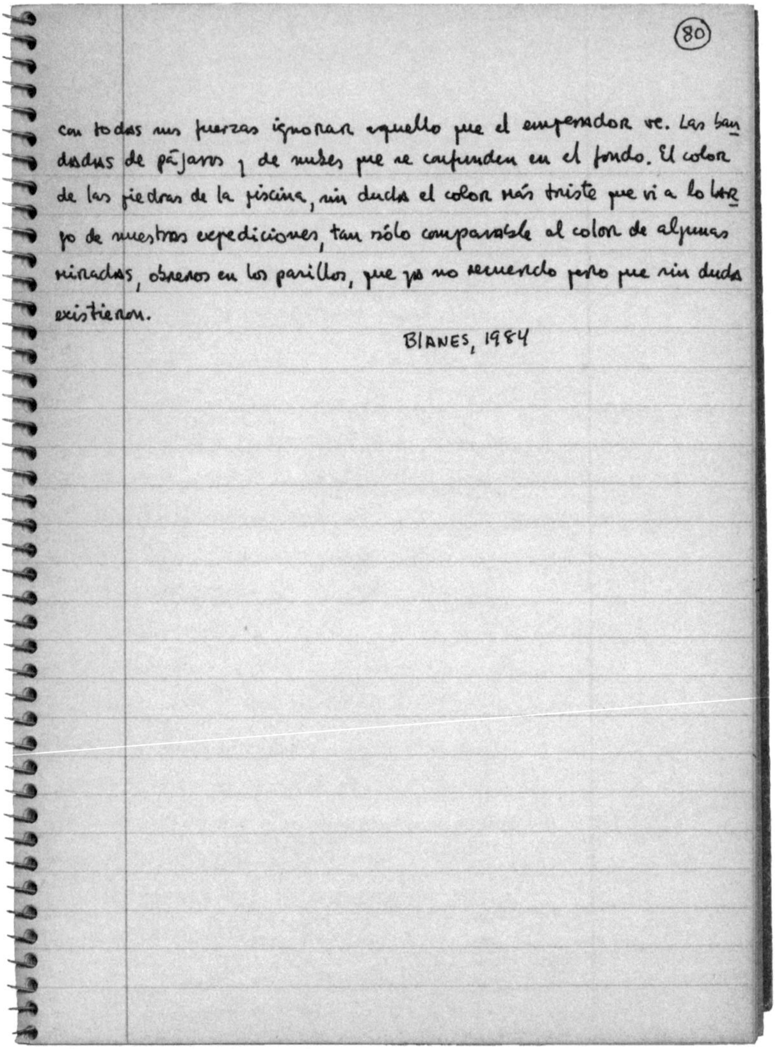

(80)

con todas mis fuerzas ignorar aquello que el emperador ve. Las bandadas de pájaros y de nubes que se confunden en el fondo. El color de las piedras de la piscina, sin duda el color más triste que vi a lo largo de nuestras expediciones, tan sólo comparable al color de algunas miradas, obreros en los pasillos, que yo no recuerdo pero que sin duda existieron.

BLANES, 1984

Letzte Seite der Reinschrift, mit der Unterschrift »Blanes, 1984«. Vgl. S. 205 (»Mexikanisches Manifest«). Ordner Nr. 25 (Originale). Id. 137. Rotes Notizheft mit Spiralbindung.

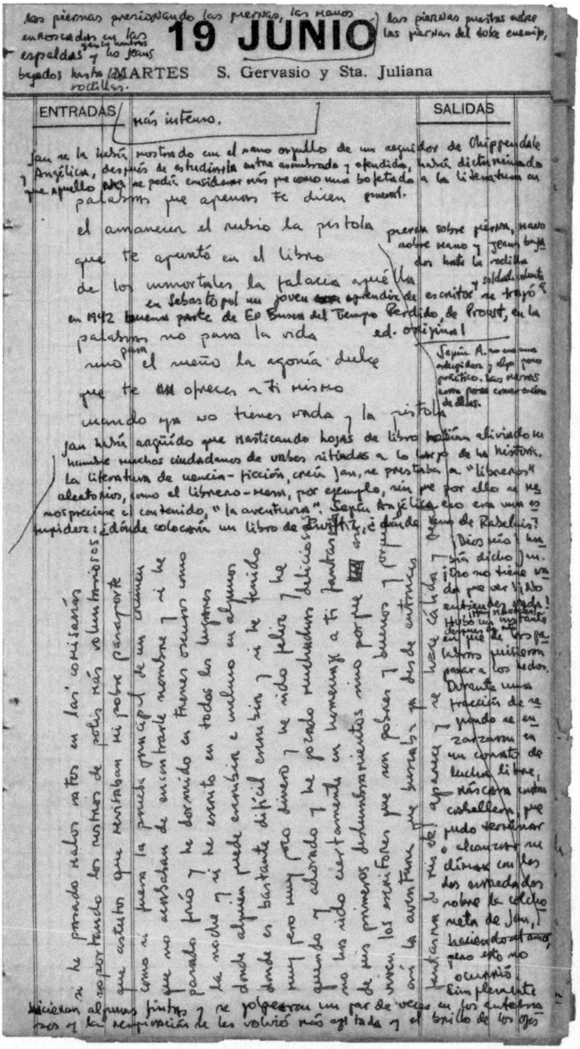
19 JUNIO

MARTES S. Gervasio y Sta. Juliana

ENTRADAS

SALIDAS

más intenso.

el amanecer el rubio la pistola

que te apuntó en el libro

de los inmortales la falacia aquélla

palabras no para la vida

sino para el sueño la agonía dulce

que te ofrecen a ti mismo

cuando ya no tienes nada y la pistola

Diese und die folgenden Seiten zeigen Auszüge aus den Notizheften mit Anmerkungen, Zeichnungen und Planskizzen aus der Zeit der Niederschrift des Romans. Ordner Nr. 17 (Originale). Id. 82. Dunkelblauer Kalender 1906.

Ordner Nr. 17 (Originale). Id. 82. Dunkelblauer Kalender 1906.

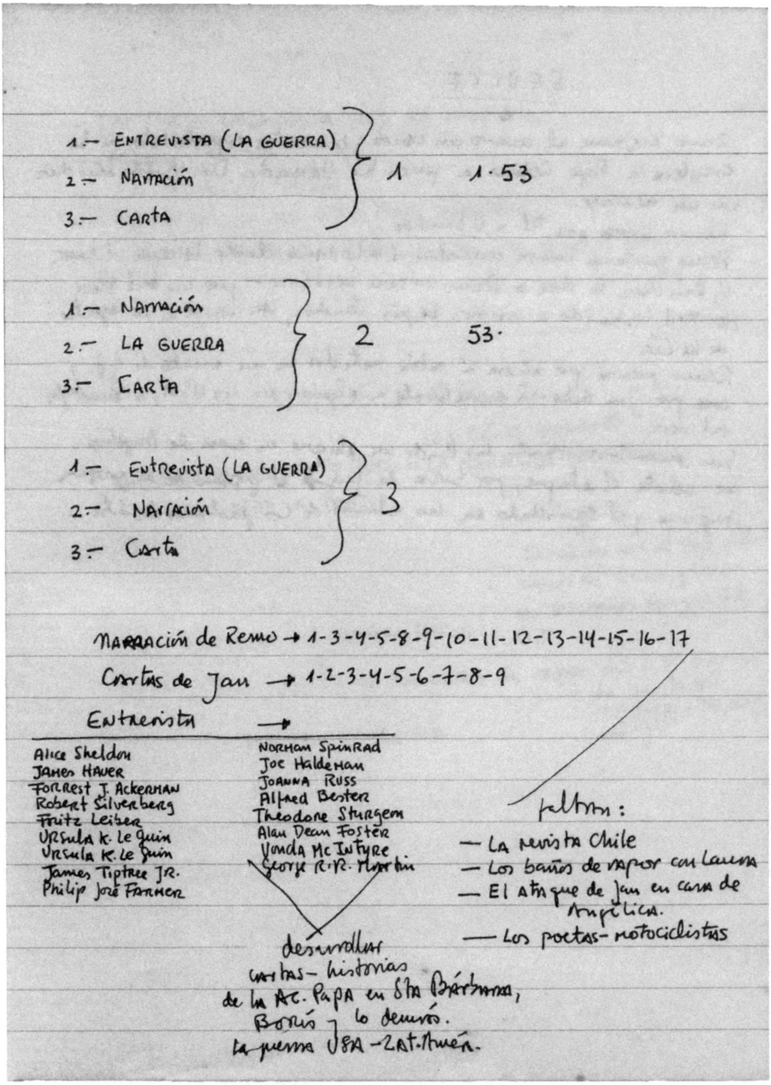

1.– ENTREVISTA (LA GUERRA)
2.– Narración
3.– Carta
} 1 1·53

1.– Narración
2.– LA GUERRA
3.– Carta
} 2 53·

1.– Entrevista (LA GUERRA)
2.– Narración
3.– Carta
} 3

Narración de Remo → 1-3-4-5-8-9-10-11-12-13-14-15-16-17
Cartas de Jan → 1-2-3-4-5-6-7-8-9
Entrevista →

Alice Sheldon
James Hauer
Forrest J. Ackerman
Robert Silverberg
Fritz Leiber
Ursula K. Le Guin
Ursula K. Le Guin
James Tiptree JR.
Philip José Farmer

Norman Spinrad
Joe Haldeman
Joanna Russ
Alfred Bester
Theodore Sturgeon
Alan Dean Foster
Vonda McIntyre
George R.R. Martin

desarrollar
cartas– historias
de la Ac. Papa en Sta Bárbara,
Boris – lo denunció.
La guerra USA – Lat. Amér.

faltan:
– La revista Chile
– Los baños de vapor con Laura
– El ataque de Jan en casa de Angélica.
– Los poetas-motociclistas

Ordner Nr. 25 (Originale). Id. 136. Blau marmoriertes Notizheft ohne Spiralbindung in Halbfolio.

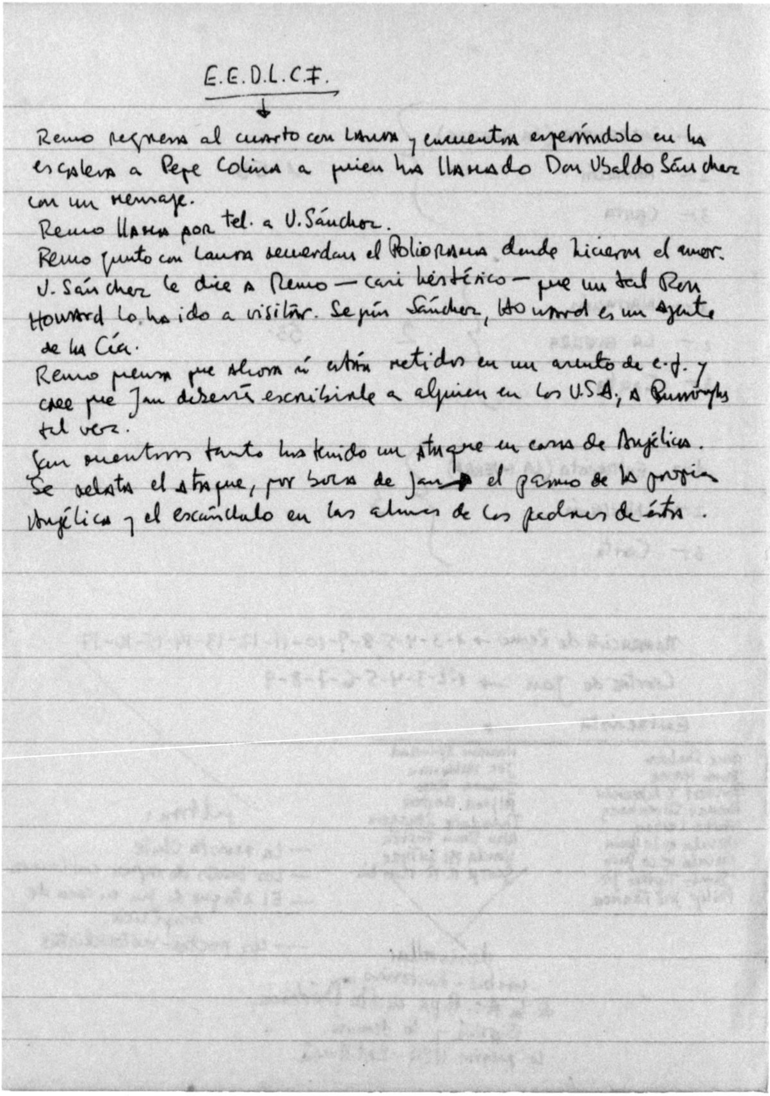
E.E.D.L.C.F.

↓

Remo regresa al cuarto con Laura y encuentra esperándolo en la escalera a Pepe Colina a quien ha llamado Don Ubaldo Sánchez con un mensaje.

Remo llama por tel. a U. Sánchez.

Remo junto con Laura recuerdan el Poliorama donde hicieron el amor.

U. Sánchez le dice a Remo — casi histérico — que un tal Ron Howard lo ha ido a visitar. Según Sánchez, Howard es un agente de la Cía.

Remo piensa que ahora sí están metidos en un asunto de c.f. y cree que Jan debería escribirle a alguien en los U.S.A., a Humphrys tal vez.

Jan mientras tanto ha tenido un ataque en casa de Angélica.

Se relata el ataque, por boca de Jan, el genio de la propia Angélica y el escándalo en las almas de los padres de ésta.

Ordner Nr. 25 (Originale). Id. 136. Blau marmoriertes Notizheft ohne Spiralbindung in Halbfolio.

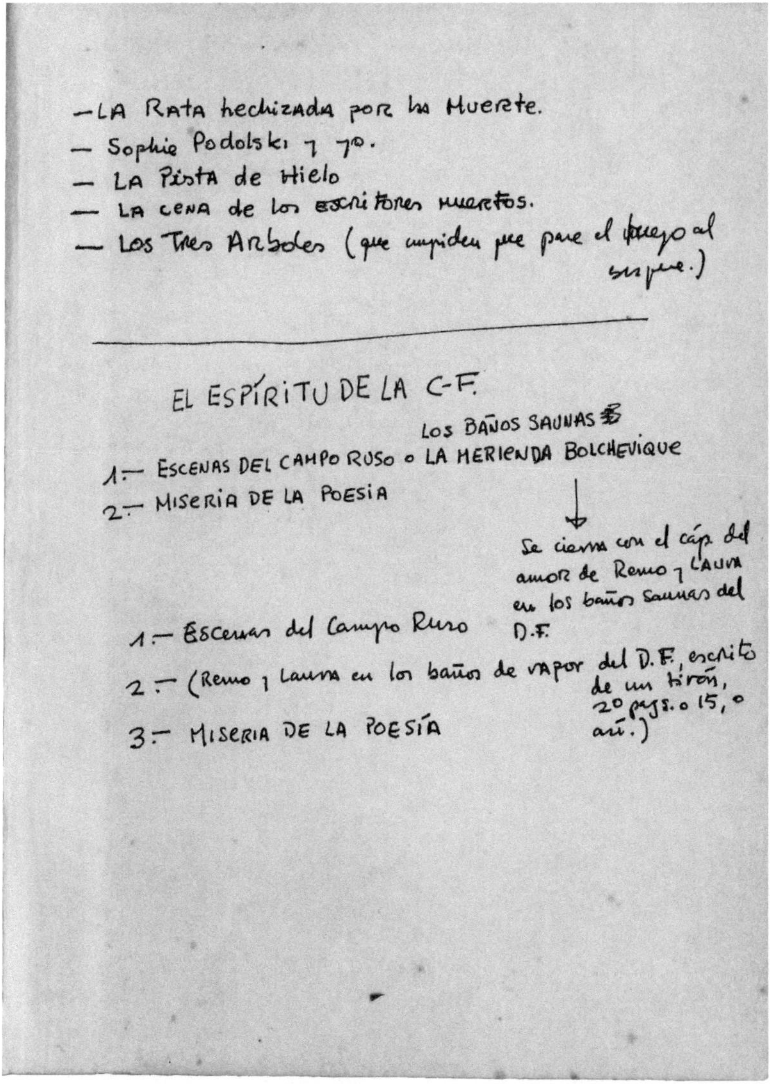

—LA Rata hechizada por la Muerte.
— Sophie Podolski y 70.
— LA Pista de Hielo
— LA cena de los escritores muertos.
— Los Tres Arboles (que impiden que pase el fuego al bosque.)

EL ESPÍRITU DE LA C-F.

1.– ESCENAS DEL CAMPO RUSO o LA MERIENDA BOLCHEVIQUE (LOS BAÑOS SAUNAS)
2.– MISERIA DE LA POESIA

Se cierra con el cáp del amor de Remo y Laura en los baños saunas del D.F.

1.– Escenas del Campo Ruso
2.– (Remo y Laura en los baños de vapor del D.F., escrito de un tirón, 20 pags. o 15, o así.)
3.– MISERIA DE LA POESÍA

Ordner Nr. 25 (Originale). Id. 136. Blau marmoriertes Notizheft ohne Spiralbindung in Halbfolio.

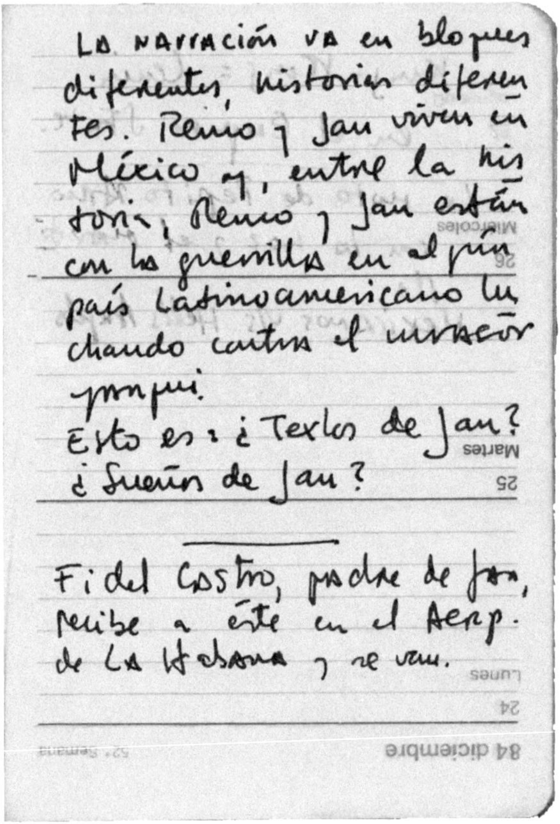
La narración va en bloques diferentes, historias diferentes. Remo y Jan viven en México y, entre la historia, Remo y Jan están con la guerrilla en algún país latinoamericano luchando contra el invasor porque.
Esto es: ¿Textos de Jan? ¿Sueños de Jan?

Fidel Castro, padre de Jan, recibe a éste en el Aerop. de La Habana y se van.

Ordner Nr. 22 (Originale). Id. 113. Taschenkalender.

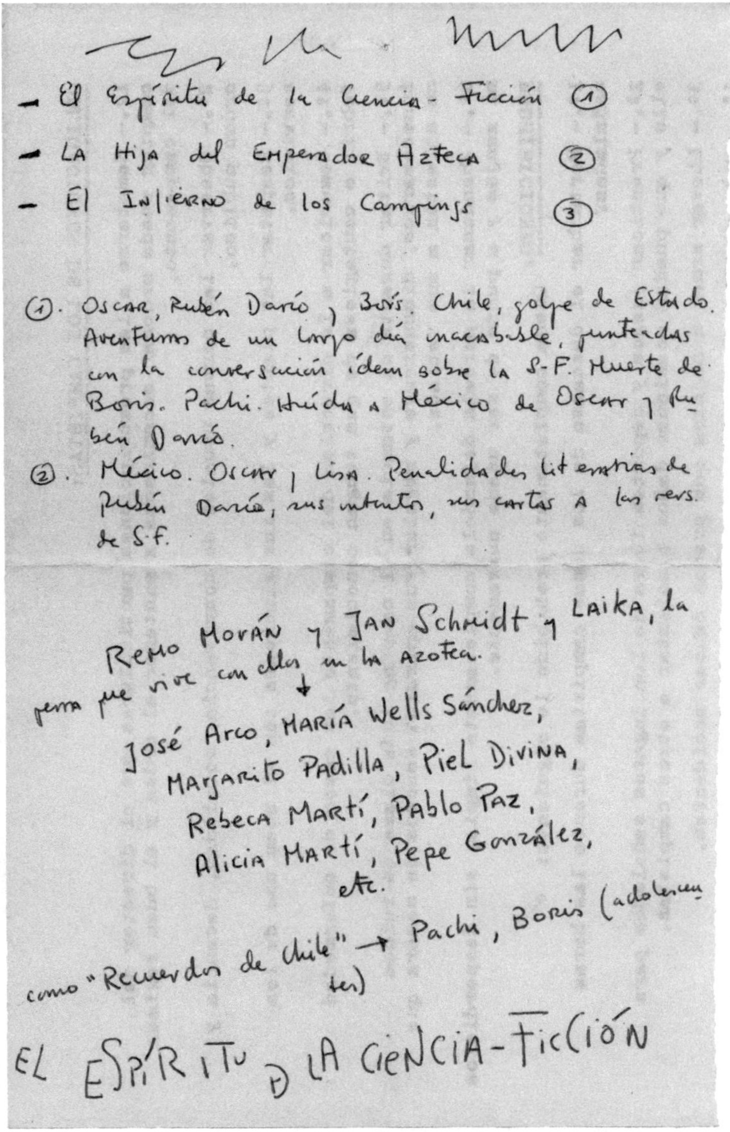

- El Espíritu de la Ciencia-Ficción ①
- La Hija del Emperador Azteca ②
- El Infierno de los Campings ③

①. Oscar, Rubén Darío y Boris. Chile, golpe de Estado. Aventuras de un largo día inacabable, punteadas con la conversación ídem sobre la S-F. Muerte de Boris. Pachi. Huida a México de Oscar y Rubén Darío.

②. México. Oscar y Lisa. Penalidades literarias de Rubén Darío, sus intentos, sus cartas a las revs. de S-F.

Remo Morán y Jan Schmidt y Laika, la perra que vive con ellos en la azotea.
↓
José Arco, María Wells Sánchez,
Margarito Padilla, Piel Divina,
Rebeca Martí, Pablo Paz,
Alicia Martí, Pepe González,
etc.

como "Recuerdos de Chile" → Pachi, Boris (adolescentes)

EL ESPÍRITU D LA CIENCIA-FICCIÓN

Ordner Nr. 25 (Originale). Id. 137. Rotes Notizheft mit Spiralbindung.

Ordner Nr. 18 (Originale). Id. 94. Weiß-rot-gelbes Notizheft ohne Spiralbindung.